U0572163

# 鲁迅全集

## 第十四卷

鲁迅 著

王德领 钱振文 葛涛 等审订

小约翰

表

俄罗斯的童话

药用植物

中国科学技术出版社

·北 京·

**图书在版编目（CIP）数据**

鲁迅全集. 第十四卷 / 鲁迅著. -- 北京：中国科
学技术出版社, 2024.3
ISBN 978-7-5236-0206-5

Ⅰ.①鲁… Ⅱ.①鲁… Ⅲ.①鲁迅著作—全集 Ⅳ.
①I210.1

中国国家版本馆CIP数据核字（2023）第073733号

# 目　录

## 小约翰

## 表

## 俄罗斯的童话

# 药用植物

# 小约翰

[荷]弗雷德里克·凡·伊登

# 引言

在我那《马上支日记》里,有这样的一段:——

到中央公园,径向约定的一个僻静处所,寿山已先到,略一休息,便开手对译《小约翰》。这是一本好书,然而得来却是偶然的事。大约二十年前罢[1],我在日本东京的旧书店头买到几十本旧的德文文学杂志,内中有着这书的绍介[2]和作者的评传,因为那时刚译成德文。觉得有趣,便托丸善书店去买来了;想译,没有这力。后来也常常想到,但是总被别的事情岔开。直到去年,才决计在暑假中将它译好,并且登出广告去,而不料那一暑假过得比别的时候还艰难。今年又记得起来,翻检一过,疑难之处很不少,还是没有这力。问寿山可肯同译,他答应了,于是就开手,并且约定,必须在这暑假期中译完。

这是去年,即一九二六年七月六日的事。那么,二十年前自然是一九〇六年。所谓文学杂志,绍介着《小约翰》的,是一八九九年八月一日出版的《文学的反响》(*Das literarische Echo*),现在是大概早成了旧派文学的机关了,但那一本却还是第一卷的第二十一期。原作的发表在一八八七年,作者只二十八岁;后十三年,德文译本才印出,译成还在其前,而翻作中文是在发表的四十整年之后,他已经六十八岁了。

---

1 现代汉语常用"吧"。——编者注
2 现代汉语常用"介绍"。——编者注

日记上的话写得很简单，但包含的琐事却多。留学时候，除了听讲教科书及抄写和教科书同种的讲义之外，也自有些乐趣，在我，其一是看看神田区一带的旧书坊。日本大地震后，想必很是两样了罢，那时是这一带书店颇不少，每当夏晚，常常猬集着一群破衣旧帽的学生。店的左右两壁和中央的大床上都是书，里面深处大抵跪坐着一个精明的掌柜，双目炯炯，从我看去很像一个静踞网上的大蜘蛛，在等候自投罗网者的有限的学费。但我总不免也如别人一样，不觉逡巡而入，去看一通，到底是买几本，弄得很觉得怀里有些空虚。但那破旧的半月刊《文学的反响》，却也从这样的处所得到的。

我还记得那时买它的目标是很可笑的，不过想看看他们每半月所出版的书名和各国文坛的消息，总算过屠门而大嚼，比不过屠门而空咽者好一些，至于进而购读群书的野心，却连梦中也未尝有。但偶然看见其中所载《小约翰》译本的标本，即本书的第五章，却使我非常神往了。几天以后，便跑到南江堂去买，没有这书，又跑到丸善书店，也没有，只好就托他向德国去定购。大约三个月之后，这书居然在我手里了，是莆垒斯（Anna Fles）女士的译笔，卷头有赍赫博士（Dr. Paul Raché）的序文，《内外国文学丛书》（*Bibliothek die Gesamt-Literatur des In-und Auslandes，Verlag von Otto Hendel，Halle a. d. S.*）之一，价只七十五芬涅[3]，即我们的四角，而且还是布面的！

这诚如序文所说，是一篇"象征写实底[4]童话诗"。无韵的诗，成人的童话。因为作者的博识和敏感，或者竟已超过了一般成人的童话了。其中如金虫的生平、菌类的言行、火萤的理想、蚂蚁的平和论，都是实际和幻想的混合。我有些怕，倘不甚留心于生物界现

---

3　现译"芬尼"，德国的旧货币。——编者注
4　现代汉语常用"的"。——编者注

象的，会因此减少若干兴趣。但我预觉也有人爱，只要不失赤子之心，而感到什么地方有着"人性和他们的悲痛之所在的大都市"的人们。

这也诚然是人性的矛盾，而祸福纠缠的悲欢。人在稚齿，追随"旋儿"，与造化为友。福乎祸乎，稍长而竟求知：怎么样，是什么，为什么？于是招来了智识[5]欲之具象化：小鬼头"将知"；逐渐还遇到科学研究的冷酷的精灵："穿凿"。童年的梦幻撕成粉碎了；科学的研究呢，"所学的一切的开端，是很好的，——只是他钻研得越深，那一切也就越凄凉，越黯淡"。——惟[6]有"号码博士"是幸福者，只要一切的结果，在纸张上变成数目字，他便满足，算是见了光明了。谁想更进，便得苦痛。为什么呢？原因就在他知道若干，却未曾知道一切，遂终于是"人类"之一，不能和自然合体，以天地之心为心。约翰正是寻求着这样一本一看便知一切的书，然而因此反得"将知"，反遇"穿凿"，终不过以"号码博士"为师，增加更多的苦痛。直到他在自身中看见神，将径向"人性和他们的悲痛之所在的大都市"时，才明白这书不在人间，惟从两处可以觅得：一是"旋儿"，已失的原与自然合体的混沌；一是"永终"——死，未到的复与自然合体的混沌。而且分明看见，他们俩本是同舟……。

假如我们在异乡讲演，因为言语不同，有人口译，那是没有法子的，至多，不过怕他遗漏、错误，失了精神。但若译者另外加些解释、申明、摘要，甚而至于阐发，我想，大概是讲者和听者都要讨厌的罢。因此，我也不想再说关于内容的话。

我也不愿意别人劝我去吃他所爱吃的东西，然而我所爱吃的，却往往不自觉地劝人吃。看的东西也一样，《小约翰》即是其一，是

---

5　现代汉语常用"知识"。——编者注
6　现代汉语常用"唯"。——编者注

自己爱看，又愿意别人也看的书，于是不知不觉，遂有了翻成中文的意思。这意思的发生，大约是很早的，因为我久已觉得仿佛对于作者和读者，负着一宗很大的债了。

然而为什么早不开手的呢？"忙"者，饰辞；大原因仍在很有不懂的处所。看去似乎已经懂，一到拔出笔来要译的时候，却又疑惑起来了，总而言之，就是外国语的实力不充足。前年我确曾决心，要利用暑假中的光阴，仗着一本辞典来走通这条路，而不料并无光阴，我的至少两三个月的生命，都死在"正人君子"和"学者"们的围攻里了。到去年夏，将离北京，先又记得了这书，便和我多年共事的朋友，曾经帮我译过《工人绥惠略夫》的齐宗颐君，躲在中央公园的一间红墙的小屋里，先译成一部草稿。

我们的翻译是每日下午，一定不缺的是身边一壶好茶叶的茶和身上一大片汗。有时进行得很快，有时争执得很凶，有时商量，有时谁也想不出适当的译法。译得头昏眼花时，便看看小窗外的日光和绿荫，心绪渐静，慢慢地听到高树上的蝉鸣，这样地约有一个月。不久我便带着草稿到厦门大学，想在那里抽空整理，然而没有工夫；也就住不下去了，那里也有"学者"。于是又带到广州的中山大学，想在那里抽空整理，然而又没有工夫；而且也就住不下去了，那里又来了"学者"。结果是带着逃进自己的寓所——刚刚租定不到一月的，很阔，然而很热的房子——白云楼。

荷兰海边的沙冈风景，单就本书所描写，已足令人神往了。我这楼外却不同：满天炎热的阳光，时而如绳的暴雨；前面的小港中是十几只蜑户的船，一船一家，一家一世界，谈笑哭骂，具有大都市中的悲欢。也仿佛觉得不知那里 [7] 有青春的生命沦亡，或者正被杀戮，或者正在呻吟，或者正在"经营腐烂事业"和作这事业的材

---

7　现代汉语常用"哪里"。——编者注

料。然而我却渐渐知道这虽然沉默的都市中，还有我的生命存在，纵已节节败退，我实未尝沦亡。只是不见"火云"，时窘阴雨，若明若昧，又像整理这译稿的时候了。于是以五月二日开手，稍加修正，并且誊清，月底才完，费时又一个月。

可惜我的老同事齐君现不知漫游何方，自去年分别以来，迄今未通消息，虽有疑难，也无从商酌或争论了。倘有误译，负责自然由我。加以虽然沉默的都市，而时有侦察的眼光，或扮演的函件，或京式的流言，来扰耳目，因此执笔又时时流于草率。务欲直译，文句也反成蹇涩；欧文清晰，我的力量实不足以达之。《小约翰》虽如波勒兑蒙德说，所用的是"近于儿童的简单的语言"，但翻译起来，却已够感困难，而仍得不如意的结果。例如末尾的紧要而有力的一句："Und mit seinem Begleiter ging er den frostigen Nachtwinde entgegen, den schweren Weg nach der grossen, finstern Stadt, wo die Menschheit war und ihr Whe." 那下半，被我译成这样拙劣的"上了走向那大而黑暗的都市即人性和他们的悲痛之所在的艰难的路"了，冗长而且费解，但我别无更好的译法，因为倘一解散，精神和力量就很不同。然而原译是极清楚的：上了艰难的路，这路是走向大而黑暗的都市去的，而这都市是人性和他们的悲痛之所在。

动植物的名字也使我感到不少的困难。我的身边只有一本《新独和辞书》，从中查出日本名，再从一本《辞林》里去查中国字。然而查不出的还有二十余，这些的译成，我要感谢周建人君在上海给我查考较详的辞典。但是，我们和自然一向太疏远了，即使查出了见于书上的名，也不知道实物是怎样。菊呀松呀，我们是明白的，紫花地丁便有些模胡[8]，莲馨花（Primel）则连译者也不知道究竟是怎样的形色，虽然已经依着字典写下来。有许多是生息在

8　现代汉语常用"模糊"。——编者注

荷兰沙地上的东西，难怪我们不熟悉，但是，例如虫类中的鼠妇（Kellerassel）和马陆（Lauferkäfer），我记得在我的故乡是只要翻开一块湿地上的断砖或碎石来就会遇见的。我们称后一种为"臭婆娘"，因为它浑身发着恶臭；前一种我未曾听到有人叫过它，似乎在我乡的民间还没有给它定出名字；广州却有"地猪"。

和文字的务欲近于直译相反，人物名却意译，因为它是象征。小鬼头 Wistik 去年商定的是"盖然"，现因"盖"者疑词，稍有不妥，索性擅改作"将知"了。科学研究的冷酷的精灵 Pleuzer，即德译的 Klauber，本来最好是译作"挑剔者"，挑谓挑选，剔谓吹求。但自从陈源教授造出"挑剔风潮"这一句妙语以来，我即敬避不用，因为恐怕"闲话"的教导力十分伟大，这译名也将暮地被解为"挑拨"。以此为学者的别名，则行同刀笔，于是又有重罪了，不如简直译作"穿凿"。况且中国之所谓"日凿一窍而混沌死"，也很像他的将约翰从自然中拉开。小姑娘 Robinetta 我久久不解其意，想译音；本月中旬托江绍原先生设法作最末的查考，几天后就有回信：——

> ROBINETTA 一名，韦氏大字典人名录未收入。我因为疑心她与 ROBIN 是一阴一阳，所以又查 ROBIN，看见下面的解释：——
>
> ROBIN：是 ROBERT 的亲热的称呼，
> 而 ROBERT 的本训是"令名赫赫"（！）

那么，好了，就译作"荣儿"。

英国的民间传说里，有叫作 Robin good fellow 的，是一种喜欢恶作剧的妖怪。如果荷兰也有此说，则小姑娘之所以称为 Robinetta 者，大概就和这相关。因为她实在和小约翰开了一个可怕的大玩笑。

《约翰跋妥尔》一名《爱之书》，是《小约翰》的续编，也是结束。我不知道别国可有译本；但据他同国的波勒兑蒙德说，则"这是一篇象征底散文诗，其中并非叙述或描写，而是号哭和欢呼"；而且便是他，也"不大懂得"。

原译本上赉赫博士的序文，虽然所说的关于本书并不多，但可以略见十九世纪八十年代的荷兰文学的大概，所以就译出了。此外我还将两篇文字作为附录。一即本书作者弗雷德里克·凡·伊登的评传，载在《文学的反响》一卷二十一期上的。评传的作者波勒兑蒙德，是那时荷兰著名的诗人，赉赫的序文上就说及他，但于他的诗颇致不满。他的文字也奇特，使我译得很有些害怕，想中止了，但因为究竟可以知道一点凡·伊登的那时为止的经历和作品，便索性将它译完，算是一种徒劳的工作。末一篇是我的关于翻译动植物名的小记，没有多大关系的。

评传所讲以外及以后的作者的事情，我一点不知道。仅隐约还记得欧洲大战的时候，精神底劳动者们有一篇反对战争的宣言，中国也曾译载在《新青年》上，其中确有一个他的署名。

一九二七年五月三十日，鲁迅于广州东堤寓楼之西窗下记。

# 原序

在我所译的库佩勒斯的《运命[1]》( Couperus'Noodlot )出版后不数月，能给现代荷兰文学的第二种作品以一篇导言，公之于世，这是我所欢喜的。在德国迄今对于荷兰的少年文学的漠视，似乎逐渐消灭，且以正当的尊重和深的同情的地位，给与这较之其他民族的文学，所获并不更少的荷兰文学了。

人们于荷兰的著作，只给以仅少的注重，而一面于凡有从法国、俄国、北欧来的一切，则热烈地向往，最先的原因，大概是由于久已习惯了的成见。自从十七世纪前叶，那伟大的诗人英雄冯德尔（ Joost van den Vondel, 1587—1679 ）以他的圆满的表现，获得荷兰文学的花期之后，荷兰的文学底发达便入于静止状态，这在时光的流逝里，其意义即与长久的退化相同了。凡荷兰人的可骇的保守的精神，旧习的拘泥，得意的自满，因而对于进步的完全的漠视，永不愿有所动摇——这些都忠实地在文学上反映出来，也便将她做成了一个无聊的文学。他们的讲道德和教导的苦吟的横溢，不可忍受的宽泛，温暖和深入的心声的全缺，荷兰文学是久为站在 Mynheer 和 Mevouw（译者注：荷兰语，先生和夫人）的狭隘细小的感觉范围之外的人们所不能消受的。

在几个成功的尝试之后，至八十年代的开头，荷兰文学上才发生了新鲜活泼的潮流，将她从古老的旧弊中撕出了。我在这里应该简略地记起几个人，在荷兰著作界上，他们是取得旧和新倾向之间的中间位置的，并且也可以看作现代理想的智力的提倡者，在最后的几年，他们都在荷兰读者的文学底见解上，唤起了一种很大的转变来。

---

1　现译"命运"。——编者注

这里首先应该称道的是天才的德克尔（Eduard Douwes Dekker, 1820—1887），他用了穆尔塔图里（Multatuli）这一个名号作文，而他一八六〇年所发表的传奇小说 *Max Havelaar*，在文学上也造成了分明的变动。这书是将崭新的材料输入于文学的，此外还因为描写的特殊体格，那荷兰散文的温暖生动的心声，便突然付与了迄今所不识的圆熟和转移，所以这也算作荷兰的文学底发达上的一块界石。穆尔塔图里之次，在此所当列举的是两个批评家兼美学家蒲司堪海忒（C. Busken-Huet, 1826—1886）和孚斯美尔（Karl Vosmaer, 1826—1888）。虽然孚斯美尔晚年时，当新倾向发展起来的时候，对之颇为漠视，遂在青年中造成许多敌人，然而他确有不可纷争的劳绩，曾给新倾向开路，直到一个一定之点，于是他们能够从此前进了。新理想的更勇敢的先锋是蒲司堪海忒，他在《文学底幻想和批评》这标题之中，所集成的论著，是在凡有荷兰底精神所表出的一切中，最为圆满的了。

人也可以举出波士本图珊夫人（Gertrude Bosboom-Toussaint, 1812—1886）作为一个新倾向的前驱，她的最初的传奇小说和人情小说，是还站在盘旋于自满的宽泛中的范围里和应用普通材料的旧荷兰史诗上的，但后来却转向社会底和心理学底问题，以甚大的熟练，运用于几种传奇小说上，如 *Major Frans* 及 *Raymond de schrijnwerker*。

继八十年代初的新倾向之后，首先的努力，是表面的，对于形式。人们为韵文和散文寻求新的表现法，这就给荷兰语的拙笨弄到了流动和生命。于是先行试验，将那已经全没在近两世纪由冷的回想所成的诗的尘芥之中的，直到那时很被忽略了的抒情诗，再给以荣誉。直到那时候，几乎没有一篇荷兰的抒情诗可言，现在则这些不惮于和别民族的相比较的抒情诗，已占得强有力的地位了。

在这里，那青年夭死的沛克（Jacques Perk, 1860—1881）首先值得声叙，他那一八八三年出版的诗，始将一切的优秀联合起来，以极短的时期，助荷兰的抒情诗在世界文学上得了光荣的位置。

少年荷兰的抒情诗人中，安忒卫普[2]（Antwerp）人波勒·兑·蒙德（Pol de Mont, geb. 1859）实最著名于德国。他那在许多结集上所发表的诗，因为思想的新颖和勇敢，还因为异常的形式的圆满，遂以显见。他对于无可非议的外形的努力，过于一切，往往大不利于他的诗。加以他的偏爱最烦重最复杂的韵律，致使他的诗颇失掉些表现的简单和自然，而这些是抒情底诗类的第一等的必要。

一切的形式圆满，而有表现的自然者，从一八五九年生于亚摩斯达登[3]（Amsterdam）的斯华司（Helene Swarth）可以觅得。她受教育于勃吕舍勒[4]（Brüssel），较之故乡的语言，却是法兰西语差堪自信，因此她最初发表的两本诗集，*FLeurs du Rêve*（1879）和 *Les Printannières*（1881），也用法兰西语的。后来她才和荷兰文学做了亲近的相识，但她于此却觉得熟悉不如德文。这特在她的精神生活上，加了深而持久的效力。她怎样地在极短时期中，闯入了幼时本曾熟习，而现在这才较为深信了的荷兰语的精神里，是她用这种语言的第一种著作 *Eenzame Bloemen*（1883）就显示着的，在次年的续集 *Blauwe Bloemen* 里便更甚了。后来她还发表了许多小本子的诗，其中以 *Sneeuwvlohken*（1888）和 *Passiebloemen*（1892）为最有凡新荷兰的抒情诗所能表见的圆满。

繁盛地开着花的荷兰抒情诗的别的代表者，还可称道的是普林思（J. Winkker Prins）、库佩勒斯（Louis Couperus）、跋尔卫（Albert Verwey）、弗雷德里克·凡·伊登（Frederik van Eeden）、戈尔台尔（Simon Gorter）、珂斯台尔（E. B. Koster）及其他等等[5]。

固有的现代的印记，即在最近时代通过一切文学而赋给以新

2　现译"安特卫普"。——编者注
3　现译"阿姆斯特丹"。——编者注
4　现译"布鲁塞尔"。——编者注
5　此句式在现代汉语中常用一个"等"。——编者注

的理想和见解的大变动，一到荷兰文学上，其效力在抒情诗却较在起于八十年代后半的小说为少。外来的影响，是无可否认的。显著的是法兰西，荷兰和它向来就有活泼的精神的往还，这便在少年文学上收了效果。福楼拜（Flaubert）、左拉（Zola）、龚古尔兄弟（Goncourts），一部分也有蒲尔治（Bourget）和于斯曼（Huysmans），联合了屡被翻译的俄国和北欧的诗人，在现代荷兰小说的发达上加了一个广远的影响。

现代荷兰散文作家的圆舞烈契尔（Frans Retscher），以他的两部小说集《裸体模特儿之研究》和《我们周围的人们》揭晓。这些小说，因为它们的苦闷的实况的描写，往往至于无聊。其余则不坏，除了第一本结集使人猜作以广告为务的名目。

实况的描写较为质实的是蒂谟（Alberdingk Thym），以望兑舍勒（L. van Deyssel）的假名写作，那两本小说《爱》和《小共和国》，都立了强有力的才士的证明，虽然他的小说得到一般的趣味时，他也还很站在模仿的区域里。

在新近的荷兰的诗家世代之中，最年青[6]而同时又最显著的，是那已经说过的库佩勒斯（Louis Couperus），生于一八六三年。当他已以诗人出名之后，在一八九〇年公表了一种传奇小说 *Eline Vere*。在那里，他给我们从荷兰首都的社会世界里，提出巧妙的典型来。落于心理学底小说的领域内较甚者，是他两种后来的公布，一八九一年的 *Noodlot*（《运命》）和一八九二年的 *Extaze*。在凡有现代荷兰文学迄今所能做到的一切中，*Noodlot* 确是最独立和最艺术的优秀的创作。

已经称道的之外，还有一大列现代的叙事诗人在劳作，我要从他们中略叙其最显著者。

一个特殊的有望的才士是兑斯丕（Vosmeer de Spie），他那往

---

6 现代汉语常用"年轻"。——编者注

年发表的心理学底小说 *Een Passie*（《伤感》），激起了相当的注视。蔼曼兹（Marcellus Emants）以蒲尔治的模仿者出名，曾公布了不少的可取的小说。同时，什普干斯（Emile Scipgens）也以人情小说家显达。作为传奇小说作家，还可称道的是望格罗宁干（Van Groeningen）和亚莱德里诺（A. Aletrino），他们的小说 *Martha de Bruin* 和 *Zuster Bertha*，可算作现代荷兰文学中的最好的作品。倘我临末还说及兑美斯台尔（Johan de Meester），他的小说 *Een Huwelijk*（《嫁娶》）正如他的巴黎的影画 *Parijsche Schimmen*，证明着优秀的观察才能，则我以为已将现代文学，凭其卓越的代表者们而敬叙了。

在一八八五年，新倾向也创立了一种机关，*de Nieuwe Gids*（《新前导》），这样立名，是因为对待旧的荷兰的月刊 *de Gids*。这新的期刊是一种战斗和革命的机关，对于文学上的琐屑和陈腐，锋利而且毫无顾虑地布成战线，还给新理想勇敢地开出道路来。现今是新倾向在荷兰也闯通了，最高贵的期刊也为他们开了栏，而那旧的《前导》，那后来一如既往，止为荷兰的最著名的文学机关的，是成了那样的期刊，即将库佩勒斯的小说，首先提出于荷兰的读者了。

可以看作群集于《新前导》周围的青年著作家的精神的领袖的，是弗雷德里克·凡·伊登（Frederik van Eeden），象征写实底童话诗《小约翰》的作者，那新的期刊即和它一同出世，并且由德文的翻译，使读者得以接近了。我在下面，将应用了译者给我的样样的说明，为这全体世界文学中不见其比的，如此完全奇特的，纯诗的故事的作者交出一二切近的报告。

一八六〇年生于哈来谟[7]（Haarlem），凡·伊登从事于医学的研究，以一八八六年毕业。他为富裕的父母的儿子，他遂可以和他的本业，在课余时一同研习他向来爱好的文学。

当大学生时，他已以几篇趣剧的作者出名，其中的两篇，曾开

---

7　现译"哈勒姆"。——编者注

演于亚摩斯达登和洛泰登[8]（Rotterdam）的剧场，得了大的功效。《小约翰》的发表，在一八八五年，只一下，便将他置身于荷兰诗人的最前列了。他的智识的广博，在他的各种小篇文字中，明白地表示着。那他所共同建立的机关，也逐年一律揭出论著来，论荷兰的，法兰西的或英吉利的文学，论社会问题，论科学的对象，无不异常分明，因了他所表出的分明的论证。他也以抒情诗人显，在荷兰迄今所到达的抒情诗里，他的诗也可以算是最好的。一八九〇年他发表了一篇较大的诗，《爱伦，苦痛之歌》（德译 *Ellen, ein Lied des Schmerzes*），远胜于他先前的著作，并且在近数十年的一切同类作品中占了光荣的地位。一八八六年受了学位之后，伊登便到南希[9]（Nancy），在有名的力波尔（Liébaul）的学校里研究催眠医术（Hypnotische Heilmethode）。此后不久，他在亚摩斯达登设立了一所现在很是繁忙的心理治疗法（Psychotherapie）的施医院。在接近亚摩斯达登的一处小地方蒲松[10]（Bussum），他造起一所幽静的艺术家住所来，他在他的眷属中间，可以休息他的努力的职务，并且不搅乱地生活于他的艺术。在那里，在乡村的寂寞的沉静中，新近他完成了一种较大的作品，《约翰跋妥尔，爱之书》（德译 *Johannes Viator, das Buch von der Liebe*）。在这密接下文的诗的作品中，那成熟的艺术家，将凡有《小约翰》的作者使人期待的事都圆满了。

愿这译本也在德国增加新朋友，并且帮助了我们对于荷兰文学的渐渐苏醒的兴趣，至于稳固和进步。

一八九二年七月，在美因河边之法兰克福（Frankfurt am Main）。

保罗·赉赫

---

8　现译"鹿特丹"。——编者注
9　现译"南锡"。——编者注
10　现译"比瑟姆"。——编者注

# 小约翰

## 一

我要对你们讲一点小约翰。我的故事，那韵调好像一篇童话，然而一切全是曾经实现的。设使你们不再相信了，你们就无须看下去，因为那就是我并非为你们而作。倘或你们遇见小约翰了，你们对他也不可提起那件事，因为这使他痛苦，而且我便要后悔，向你们讲说这一切了。

约翰住在有大花园的一所老房子里。那里面是很不容易明白的，因为那房子里是许多黑暗的路、扶梯、小屋子，还有一个很大的仓库，花园里又到处是保护墙和温室。这在约翰就是全世界。他在那里面能够作长远的散步，凡他所发见[1]的，他就给与一个名字。为了房间，他所发明的名字是出于动物界的：毛虫库，因为他在那里养过虫；鸡小房，因为他在那里寻着过一只母鸡。但这母鸡却并非自己跑去的，倒是约翰的母亲关在那里使它孵卵的。为了园，他从植物界里选出名字来，特别着重的，是于他紧要的出产。他就区别为一个覆盆子山，一个梨树林，一个地莓谷。园的最后面是一块小地方，就是他所称为天堂的，那自然是美观的罗[2]。那里有一片浩大的水，是一个池，其中浮生着白色的睡莲，芦苇和风也常在那里絮语。那一边站着几个沙冈。这天堂原是一块小草地在岸的这一边，由丛莽环绕，野凯白勒茂盛地生在那中间。约翰在那里，常常躺在高大的草中，从波动的芦苇

---

1　现代汉语常用"发现"。——编者注
2　现代汉语常用"啰"。——编者注

叶间，向着水那边的冈上眺望。当炎热的夏天的晚上，他是总在那里的，并且凝视许多时光，自己并不觉得厌倦。他想着又静又清的水的深处，在那奇特的夕照中的水草之间，有多么太平，他于是又想着远的，浮在冈上的，光怪陆离地著了色的云彩，——那后面是怎样的呢，那地方是否好看的呢，倘能够飞到那里去。太阳一落，这些云彩就堆积到这么高，至于像一所洞府的进口，在洞府的深处还照出一种淡红的光来。这正是约翰所期望的。"我能够飞到那里去 [3]！"他想，"那后面是怎样的呢？我将来真，真能够到那里去么？"

他虽然时常这样地想望，但这洞府总是散作浓浓淡淡的小云片，他到底也没有能够靠近它一点。于是池边就寒冷起来，潮湿起来了，他又得去访问老屋子里的他的昏暗的小屋子。

他在那里住得并不十分寂寞；他有一个父亲，是好好地抚养他的，一只狗，名叫普烈斯多，一只猫，叫西蒙。他自然最爱他的父亲，然而普烈斯多和西蒙在他的估量上却并不这么很低下，像在成人的那样。他还相信普烈斯多比他的父亲更有很多的秘密，对于西蒙，他是怀着极深的敬畏的。但这也不足为奇！西蒙是一匹大的猫，有着光亮乌黑的皮毛，还有粗尾巴。人们可以看出，它颇自负它自己的伟大和聪明。在它的景况中，它总能保持它的成算和尊严，即使它自己屈尊，和一个打滚的木塞子游嬉 [4]，或者在树后面吞下一个遗弃的沙定鱼头去。当普烈斯多不驯良的胡闹的时候，它便用碧绿的眼睛轻蔑地瞟视它，并且想：哈哈，这呆畜生此外不再懂得什么了。

约翰对它怀着敬畏的事，你们现在懂得了么？和这小小的棕色的普烈斯多，他却交际得极其情投意合。它并非美丽或高贵的，然而是一匹出格的诚恳而明白的动物，人总不能使它和约翰离开两步，而

---

3 　现代汉语常用"吗"。——编者注
4 　现代汉语常用"游戏"。——编者注

且它于它主人的讲话是耐心地谨听的。我很难于告诉你们，约翰怎样地挚爱这普烈斯多。但在他的心里，却还剩着许多空间，为别的物事。他的带着小玻璃窗的昏暗的小房间，在那里也占着一个重要的位置，你们觉得奇怪罢？他爱那地毯，那带着大的花纹的，在那里面他认得脸面，还有它的形式，他也察看过许多回，如果他生了病，或者早晨醒了躺在床上的时候；——他爱那惟一[5]的挂在那里的小画，上面是做出不动的游人，在尤其不动的园中散步，顺着平滑的池边，那里面喷出齐天的喷泉，还有媚人的天鹅正在游泳。然而他最爱的是时钟。他总以极大的谨慎去开它；倘若它敲起来了，就看它，以为这算是隆重的责任。但这自然只限于约翰还未睡去的时候。假使这钟因为他的疏忽而停住了，约翰就觉得很抱歉，他于是千百次的请它宽容。你们大概是要笑的，倘你们听到了他和他的钟或他的房间在谈话。然而留心罢，你们和你们自己怎样地时常谈话呵。这在你们全不以为可笑。此外约翰还相信，他的对手是完全懂得的，而且并不要求回答。虽然如此，他暗地里也还偶尔等候着钟或地毯的回音。

约翰在学校里虽然还有伙伴，但这却并非朋友。在校内他和他们玩耍和合伙，在外面还结成强盗团[6]，——然而只有单和普烈斯多在一起，他才觉得实在的舒服。于是他不愿意孩子们走近，自己觉得完全的自在和平安。

他的父亲是一个智慧的、恳切的人，时常带着约翰向远处游行，经过树林和冈阜。他们就不很交谈，约翰跟在他的父亲的十步之后，遇见花朵，他便问安，并且友爱地用了小手，抚摩那永远不移的老树，在粗糙的皮质上。于是这好意的巨物们便在瑟瑟作响中向他表示它们的感谢。

---

5　现代汉语常用"唯一"。——编者注
6　Räuberbande，一种游戏的名目。

在途中，父亲时常在沙土上写字母，一个又一个，约翰就拼出它们所造成的字来，——父亲也时常站定，并且教给约翰一个植物或动物的名字。

约翰也时常发问，因为他看见和听到许多谜。呆问题是常有的；他问，何以世界是这样，像现在似的，何以动物和植物都得死，还有奇迹是否也能出现。然而约翰的父亲是智慧的人，他并不都说出他所知道的一切。这于约翰是好的。

晚上，当他躺下睡觉之前，约翰总要说一篇长长的祷告。这是管理孩子的姑娘这样教他的。他为他父亲和普烈斯多祷告。西蒙用不着这样，他想。他也为他自己祷告得很长，临末，几乎永是发生那个希望，将来总会有奇迹出现的。他说过"亚门[7]"之后，便满怀期望地在半暗的屋子中环视，到那在轻微的黄昏里，比平时显得更其奇特的地毯上的花纹，到门的把手，到时钟，从那里是很可以出现奇迹的。但那钟总是这么镝鞳[8]镝鞳地走，把手是不动的；天全暗了，约翰也酣睡了，没有到奇迹的出现。然而总有一次得出现的，这他知道。

二

池边是闷热和死静。太阳因为白天的工作，显得通红而疲倦了，当未落以前，暂时在远处的冈头休息。光滑的水面，几乎全映出它炽烈的面貌来。垂在池上的山毛榉树的叶子，趁着平静，在镜中留神地端相着自己。孤寂的苍鹭，那用一足站在睡莲的阔叶之间的，也忘却了它曾经出去捉过虾蟆[9]，只沉在遐想中凝视着前面。

---

7　现译"阿门"。——编者注
8　现代汉语常用"嘀嗒"。——编者注
9　现代汉语常用"蛤蟆"。——编者注

　　这时约翰来到草地上了,为的是看看云彩的洞府。扑通,扑通!虾蟆从岸上跳下去了。水镜起了波纹,太阳的像裂成宽阔的绦带,山毛榉树的叶子也不高兴地颤动,因为他的自己观察还没有完。

　　山毛榉树的露出的根上系着一只旧的、小小的船。约翰自己上去坐,是被严厉地禁止的。唉!今晚的诱惑是多么强呵!云彩已经造成一个很大的门;太阳一定是要到那后面去安息。辉煌的小云排列成行,像一队全甲的卫士。水面也发出光闪,红的火星在芦苇间飞射,箭也似的。

　　约翰慢慢地从山毛榉树的根上解开船缆来。浮到那里去,那光怪陆离的中间!普烈斯多当它的主人还未准备之先,已经跳上船去了,芦苇的秆子便分头弯曲,将他们俩徐徐赶出,到那用了它最末的光照射着他们的夕阳那里去。

　　约翰倚在前舱,观览那光的洞府的深处。——"翅子!"他想,"现在,翅子,往那边去!"——太阳消失了。云彩还在发光。东方的天作深蓝色。柳树沿着岸站立成行。它们不动地将那狭的,白色的叶子伸在空气里。这垂着,由暗色的后面的衬托,如同华美的浅绿的花边。

　　静着!这是什么呢?水面上像是起了一个吹动——像是将水劈成一道深沟的微风的一触。这是来自沙冈,来自云的洞府的。

　　当约翰四顾的时候,船沿上坐着一个大的蓝色的水蜻蜓,这么大的一个是他向来没有见过的。它安静地坐着,但它的翅子抖成一个大的圈。这在约翰,似乎它的翅子的尖端形成了一枚发光的戒指。

　　"这是一个蛾儿罢,"他想,"这是很少见的。"

　　指环只是增大起来,它的翅子又抖得这样快,至使约翰只能看见一片雾。而且慢慢地觉得它,仿佛从雾中亮出两个漆黑的眼睛来,并且一个娇小的、苗条的身躯,穿着浅蓝的衣裳,坐在大蜻蜓的处所。白的旋花的冠戴在金黄的头发上，肩旁还垂着透明的翅子，肥皂泡似的千色地发光。约翰战栗了。这是一个奇迹！

"你要做我的朋友么？"他低声说。

对生客讲话，这虽是一种异样的仪节，但此地一切是全不寻常的。他又觉得，似乎这陌生的蓝东西在他是早就熟识的了。

"是的，约翰！"他这样地听到，那声音如芦苇在晚风中作响，或是淅沥地洒在树林的叶上的雨声。

"我怎样称呼你呢？"约翰问道。

"我生在一朵旋花的花托里，叫我旋儿罢！"

旋儿微笑着，并且很相信地看着约翰的眼睛，致使他心情觉得异样地安乐。

"今天是我的生日，"旋儿说，"我就生在这处所，从月亮的最初的光线和太阳的最末的。人说，太阳是女性的，但他并不是，他是我的父亲！"

约翰便慨诺，明天在学校里去说太阳是男性的。

"看哪！母亲的圆圆的白的脸已经出来了。——谢天，母亲！唉！不，她怎么又晦暗了呢！"

旋儿指着东方。在灰色的天际，在柳树的暗黑地垂在晴明的空中的尖叶之后，月亮大而灿烂地上升，并且装着一副很不高兴的脸。

"唉，唉，母亲！——这不要紧。我能够相信他！"

那美丽的东西高兴地颤动着翅子，还用他捏在手里的燕子花来打约翰，轻轻地在面庞上。

"我到你这里来，在她是不以为然的。你是第一个。但我相信你，约翰。你永不可在谁的面前提起我的名字，或者讲说我。你允许么？"

"可以，旋儿。"约翰说。这一切于他还很生疏。他感到莫可名言的幸福，然而怕，他的幸福是笑话。他做梦么？靠近他在船沿上躺着普烈斯多，安静地睡着。他的小狗的温暖的呼吸使他宁帖。蚊虻们盘旋水面上，并且在菩提树空气中跳舞，也如平日一般。周围的一切都这样清楚而且分明；这应该是真实的。他又总觉得旋儿的深信的眼光，怎样地停留在他这里。于是那腴润的声音又发响了：

"我时常在这里看见你，约翰。你知道我在什么地方么？——我大抵坐在池的沙地上，繁密的水草之间，而且仰视你，当你为了喝水或者来看水甲虫和鲦鱼，在水上弯腰的时候。然而你永是看不见我。我也往往从茂密的芦苇中窥看你。我是常在那里的。天一热，我总在那里睡觉，在一个空的鸟巢中。是呵，这是很柔软的。"

旋儿高兴地在船沿上摇幌[10]，还用他的花去扑飞蚊。

"现在我要和你作一个小聚会。你平常的生活是这么简单。我们要做好朋友，我还要讲给你许多事。比学校教师给你捆上去的好得多。他们什么都不知道。我有好得远远的来源，比书本子好得远。你倘若不信我，我就教你自己去看，去听去。我要携带你。"

"阿[11]，旋儿，爱的旋儿！你能带我往那里去么？"约翰嚷着，一面指着那边，是落日的紫光正在黄金的云门里放光的处所。——这华美的巨像已经怕要散作苍黄的烟雾了。但从最深处，总还是冲出淡红的光来。

旋儿凝视着那光，那将他美丽的脸和他的金黄的头发镀上金色的，并且慢慢地摇头。

"现在不！现在不，约翰。你不可立刻要求得太多。我自己就从来没有到过父亲那里哩。"

"我是总在我的父亲那里的，"约翰说。

"不！那不是你的父亲。我们是弟兄，我的父亲也是你的。但

---

10　现代汉语常用"摇晃"。——编者注
11　现代汉语常用"啊"。——编者注

你的母亲是地,我们因此就很各别了。你又生在一个家庭里,在人类中,而我是在一朵旋花的花托上。这自然是好得多。然而我们仍然能够很谅解。"

于是旋儿轻轻一跳,到了在轻装之下,毫不摇动的船的那边,一吻约翰的额。

但这于约翰是一种奇特的感觉。这是,似乎周围一切完全改变了。他觉得,这时他看得一切都更好、更分明。他看见,月亮现在怎样更加友爱地向他看,他又看见,睡莲怎样地有着面目,这都在诧异地沉思地观察他。现在他顿然懂得,蚊虻们为什么这样欢乐地上下跳舞,总是互相环绕,高高低低,直到它们用它们的长腿触着水面。他于此早就仔细地思量过,但这时却自然懂得了。

他又听得,芦苇絮语些什么,岸边的树木如何低声叹息,说是太阳下去了。

"阿,旋儿!我感谢你,这确是可观。是的,我们将要很了解了。"

"将你的手交给我。"旋儿说,一面展开彩色的翅子来。他于是拉着船里的约翰,经过了在月光下发亮的水蔷薇的叶子,走到水上去。

处处有一匹虾蟆坐在叶子上。但这时它已不像约翰来的时候似的跳下水去了。它只向他略略鞠躬,并且说:"阁阁[12]!"约翰也用了同等的鞠躬,回报这敬礼。他毫不愿意显出一点傲慢来。

于是他们到了芦苇旁,——这很广阔,他们还未到岸的时候,全船就隐没在那里面了。但约翰却紧牵着他的同伴,他们就从高大的秆子之间爬到陆地上。

约翰很明白,他变为很小而轻了,然而这大概不过是想象。他能够在一枝芦秆上爬上去,他却是未曾想到的。

"留神罢,"旋儿说,"你就要看见好看的事了。"

---

12 现代汉语常用"呱呱"。——编者注

他们在偶然透过几条明亮的月光的，昏暗的丛莽之下，穿着丰草前行。

"你晚上曾在冈子上听到过蟋蟀么，约翰？是不是呢，它们像是在合奏，而你总不能听出，那声音是从什么地方来的。唔，它们唱，并非为了快乐，你所听到的那声音，是来自蟋蟀学校的，成百的蟋蟀们就在那里练习它们的功课。静静的罢，我们就要到了。"

嘶尔尔！嘶尔尔！

丛莽露出光来了，当旋儿用花推开草茎的时候，约翰看见一片明亮的、开阔的地面，小蟋蟀们就在那里做着那些事，在薄的，狭的冈草上练习它们的功课。

嘶尔尔！嘶尔尔！

一个大的、肥胖的蟋蟀是教员，监视着学课。学生们一个跟着一个的，向它跳过去，总是一跳就到，又一跳回到原地方。有谁跳错了，便该站在地菌上受罚。

"好好地听着罢，约翰！你也许能在这里学一点。"旋儿说。

蟋蟀怎样地回答，约翰很懂得。但那和教员在学校里的讲说，是全不相同的。最先是地理。它们不知道世界的各部分。它们只要熟悉二十六个沙冈和两个池。凡有较远的，就没有人能够知道一点点。那教师说，凡讲起这些的，不过是一种幻想罢了。

这回轮到植物学了。它们于此都学得不错，并且分给了许多奖赏：各样长的、特别嫩的、脆的草秆子。但约翰最为惊奇的是动物学。动物被区分为跳的、飞的和爬的。蟋蟀能够跳和飞，就站在最高位；其次是虾蟆。鸟类被它们用了种种愤激的表示，说成最大的祸害和危险。最末也讲到人类。那是一种大的，无用而有害的动物，是站在进化的很低的阶级上的，因为这既不能跳，也不能飞，但幸而还少见。一个小蟋蟀，还没有见过一个人，误将人类数在无害的动物里面了，就得了草秆子的三下责打。

约翰从来没有听到过这等事！

教师忽然高呼道："静着！练跳！"

一切蟋蟀们便立刻停了学习，很敏捷很勤快地翻起筋斗来。胖教员带领着。

这是很滑稽的美观，致使约翰愉快得拍手。它们一听到，全校便骤然在冈上迸散，草地上也即成了死静了。

"唉，这是你呀，约翰！你举动不要这么粗蛮！大家会看出，你是生在人类中的。"

"我很难过，下回我要好好地留心，但那也实在太滑稽了。"

"滑稽的还多哩。"旋儿说。

他们经过草地，就从那一边走到冈上。呸！这是厚的沙土里面的工作；——但待到约翰抓住旋儿的透明的蓝衣，他便轻易地，迅速地飞上去了。冈头的中途是一匹野兔的窠。在那里住家的兔子，用头和爪躺在洞口，以享受这佳美的夜气。冈蔷薇还在蓓蕾，而它那细腻的、娇柔的香气，是混和着生在冈上的麝香草的花香。

约翰常看见野兔躲进它的洞里去，一面就自己问："那里面是什么情形呢？能有多少聚在那里呢？它们不担心么？"

待到他听见他的同伴在问野兔，是否可以参观一回洞穴，他就非常高兴了。

"在我是可以的，"那兔说，"但适值不凑巧，我今晚正把我的洞穴交出，去开一个慈善事业的典礼了，因此在自己的家里便并不是主人。"

"哦，哦，是出了不幸的事么？"

"唉，是呵！"野兔伤感地说，"一个大大的打击，我们要几年痛不完。从这里一千跳之外，造起一所人类的住所来了。这么大，这么大！——人们便搬到那里去了，带着狗。我家的七个分子，就在那里被祸，而无家可归的还有三倍之多。于老鼠这一伙和土拨鼠的家属尤为不利，癞虾蟆也大受侵害了。于是我们便为着遗族们开一个会，各人能什么，他就做什么；我是交出我的洞来。大家总该给它们的同类留下一点什么的。"

富于同情的野兔叹息着，并且用它的右前爪将长耳朵从头上拉过来，来拭干一滴泪。这样的是它的手巾。

冈草里索索地响起来，一个肥胖的、笨重的身躯来到洞穴。

"看哪！"旋儿大声说，"硕鼠伯伯来了。"

那硕鼠并不留心旋儿的话，将一枝用干叶包好的整谷穗，安详地放在洞口，就灵敏地跳过野兔的脊梁，进洞去了。

"我们可以进去么？"实在好奇的约翰问，"我也愿意捐一点东西。"

他记得衣袋里还有一个 [13] 饼干。当他拿了出来时，这才确实觉到，他变得怎样地小了。他用了两只手才能将这捧起来，还诧异在他的衣袋里怎么会容得下。

"这是很少见，很宝贵的！"野兔嚷着……"好阔绰的礼物！"

它十分恭敬地允许两个进门。洞里很黑暗；约翰愿意使旋儿在前面走。但即刻他们看见一点淡绿的小光，向他们近来了。这是一个火萤，为要使他们满意，来照他们的。

"今天晚上看来是要极其漂亮的。"火萤前导着说。"这里早有许多来客了。我觉得你们是妖精，对不对？"那火萤一面看定了约翰，有些怀疑。

"你将我们当作妖精去禀报就是了。"旋儿回答说。

"你们可知道，你们的王也在赴会么？"火萤接着道。

"上首在这里么？这使我非常喜欢！"旋儿大声说，"我本身和他认识的。"

---

13　现代汉语常用"块"。——编者注

"阿呀!"火萤说,——"我不知道我有光荣。"因为惊讶,它的小光几乎消灭了。"是呵,陛下平时最爱的是自由空气,但为了慈善的目的,他倒是什么都可以的,这要成为一个很有光彩的会罢。"

那也的确。兔子建筑里的大堂,是辉煌地装饰了。地面踏得很坚实,还撒上含香的麝香草;进口的前面用后脚斜挂着一只蝙蝠;它禀报来客,同时又当着帘幕的差。这是一种节省的办法。大堂的墙上都用了枯叶、蛛网,以及小小的、挂着的小蝙蝠极有趣致地装潢[14]着。无数的火萤往来其间,还在顶上盘旋,造成一个动心的活动的照耀。大堂上面是朽烂的树干所做的宝座,放着光,弄出金刚石一般的结果来。这是一个辉煌的情景!

早有了许多来客了。约翰在这生疏的环境中,觉得只像在家里的一半,惟有紧紧地靠着旋儿。他看见稀奇的东西。一匹土拨鼠极有兴会地和野鼠议论着美观的灯和装饰。一个角落里坐着两个肥胖的癞虾蟆,还摇着头诉说长久的旱天。一个虾蟆想挽着手引一个蝎虎穿过大堂去,这于它很为难,因为它是略有些神经兴奋和躁急的,所以它每一回总将墙上的装饰弄得非常凌乱了。

宝座上坐着上首,妖的王,围绕着一小群妖精的侍从,有几个轻蔑地俯视着周围。王本身是照着王模样,出格地和蔼,并且和各种来客亲睦地交谈。他是从东方旅行来的,穿一件奇特的衣服,用美观的、各色的花叶制成。这里并不生长这样的花,约翰想。他头上戴一个深蓝的花托,散出新鲜的香气,像新折一般。在手里他拿着莲花的一条花须,当作御杖。

一切与会的都受着他的恩泽。他称赞这里的月光,还说,本地的火萤也美丽,几乎和东方的飞萤相同。他又很合意地看了墙上的装饰,一个土拨鼠还看出陛下曾经休憩,惬意地点着头。

---

14　现代汉语常用"装潢"。——编者注

"同我走，"旋儿对约翰说，"我要引见你。"于是他们直冲到王的座前。

上首一认出旋儿，便高兴地伸开两臂，并且和他接吻。这在宾客之间搅起了私语，妖精的侍从中是嫉妒的眼光。那在角落里的两个肥胖的癞虾蟆，絮说些"谄媚者""乞怜者"和"不会长久的"而且别有用意地点头。旋儿和上首谈得很久，用了异样的话，于是就将约翰招过去。

"给我手，约翰！"那王说，"旋儿的朋友就是我的朋友。凡我能够的，我都愿意帮助你。我要给你我们这一党的表记。"

上首从他的项链上解下一个小小的金的锁匙来，递给约翰。他十分恭敬地接受了，紧紧地捏在手里。

"这匙儿能是你的幸福，"王接着说，"这能开一个金的小箱，藏些高贵的至宝的。然而谁有这箱，我却不能告诉你。你只要热心地寻求。倘使你和我和旋儿长做好朋友而且忠实，那于你就要成功了。"

妖王于是和蔼地点着他美丽的头，约翰喜出望外地向他致谢。

坐在湿的莓苔的略高处的三个虾蟆，联成慢圆舞的领导，对偶也配搭起来了。有谁不跳舞，便被一个绿色的蜥蜴，这是充当司仪，并且奔忙于职务的，推到旁边去，那两个癞虾蟆就大烦恼，一齐诉苦，说它们不能看见了。这时跳舞已经开头。

但这确是可笑！各个都用了它的本相跳舞，并且自然地摆出那一种态度，以为它所做的比别个好得多。老鼠和虾蟆站起后脚高高地跳着，一个年老的硕鼠旋得如此粗野，使所有跳舞者都从它的前面躲向旁边，还有一匹惟一的肥胖的树蜗牛，敢于和土拨鼠来转一圈，但不久便被抛弃了，在前墙之下，以致她（译者按：蜗牛）因此得了腰胁痛，那实在的原因，倒是因为她不很懂得那些事。

然而一切都做得很诚实而庄严。大家很有几分将这些看作荣耀，并且惴惴地窥伺王，想在他的脸上看出一点赞赏的表示。王却怕惹起不满，只是凝视着前方。他的侍从人等，那看重它们的技艺的品格，来参与跳舞的，是高傲地旁观着。

约翰熬得很久了。待到他看见，一匹大的蜥蜴怎样地抢着一个小小的癞虾蟆[15]，时常将这可怜的癞虾蟆从地面高高举起，并且在空中抢一个半圆，便在响亮的哄笑里，发泄出他的兴致来了。

这惹起了一个激动。音乐暗哑了。王严厉地四顾。司仪员向笑者飞奔过去，并且严重地申斥他，举动须要合礼。

"跳舞是一件最庄重的事，"它说，"毫[16]没有什么可笑的。这里是一个高尚的集会，大家在这里跳舞并非单为了游戏。各显各的特长，没有一个会希望被笑的，这是大不敬。除此之外，大家在这里是一个悲哀的仪节，为了重大的原因。在这里举动务须合礼，也不要做在人类里面似的事！"

这使约翰害怕起来了。他到处看见仇视的眼光。他和王的亲密给他招了许多的仇敌。旋儿将他拉在旁边：

"我们还是走的好罢，约翰！"他低声说，"你将这又闹坏了。是呵，是呵，如果从人类中教育出来的，就那样！"

他们慌忙从蝙蝠门房的翅子下潜行，走到黑暗的路上。恭敬的火萤等着他们。"你们好好地行乐了么？"它问，"你们和上首大王扳谈了么？"

"唉，是的！那是一个有趣的会，"约翰说，"你必须永站在这暗路上么？"

"这是本身的自由的选择，"火萤用了悲苦的声音说，"我再不能参与这样无聊的集会了。"

"去罢！"旋儿说，"你并不这样想。"

---

15 现代汉语常用"癞蛤蟆"。——编者注
16 现代汉语常用"丝毫"。——编者注

"然而这是实情。早先——早先有一时，我也曾参与过各种的会，跳舞，徘徊。但现在我是被忧愁扫荡了，现在……"它还这样的激动，至于消失了它的光。

幸而他们已近洞口，野兔听得他们临近，略向旁边一躲，放进月光来。

他们一到外面野兔的旁边，约翰说："那么，就给我讲你的故事罢，火萤！"

"唉！"火萤叹息，"这事是简单而且悲伤。这不使你们高兴。"

"讲罢，讲它就是！"大家都嚷起来。

"那么，你们都知道，我们火萤是极其异乎寻常的东西。是呵，我觉得，谁也不能否认，我们火萤是一切生物中最有天禀的。"

"何以呢？这我却愿意知道。"野兔说。

火萤渺视 [17] 地回答道："你们能发光么？"

"不，这正不然。"野兔只得赞成。

"那么，我们发光，我们大家！我们还能够随意发光或者熄灭。光是最高的天赋，而一个生物能发最高的光。还有谁要和我们竞争前列么？我们男的此外还有翅子，并且能够飞到几里远。"

"这我也不能。"野兔谦逊地自白。

"就因为我们有发光的天赋，"火萤接着说，"别的动物也哀矜我们，没有鸟来攻击我们。只有一种动物，是一切中最低级的那个，搜寻我们，还捉了我们去。那就是人，是造物的最蛮横的出产。"

说到这里，约翰注视着旋儿，似乎不懂它。旋儿只微笑，并且示意他，教他不开口。

"有一回，我也往来飞翔，一个明亮的迷光，高兴地在黑暗的丛莽里。在寂寞的潮湿的草上，在沟的岸边。这里生活着她，她的存

---

17　现代汉语常用"藐视"。——编者注

在，和我的幸福是分不开的。她华美地在蓝的碧玉光中灿烂着，当她顺着草爬行的时候，很强烈地蛊惑了我的少年的心。我绕着她飞翔，还竭力用了颜色的变换来牵引她的注意。幸而我看出，她已经怎样地收受了我的敬礼，觑觑地将她的光儿韬晦了。因为感动而发着抖，我知道收敛起我的翅子，降到我的爱者那里去，其时正有一种强大的声响弥满着空中。暗黑的形体近来了。那是人类。我骇怕得奔逃。他们追赶我，还用一种沉重的、乌黑的东西照着我打。但我的翅子担着我是比他们的笨重的腿要快一点的。待到我回来的时候……"

讲故事的至此停止说话了。先是寂静的刺激一刹那，——这时三个听的都惴惴地沉默着，——它才接着说：

"你们早经料到了。我的娇嫩的未婚妻，——一切中最灿烂和最光明的，——她是消失了，给恶意的人们捉去了。闲静的、潮湿的小草地是踏坏了，而她那在沟沿的心爱的住所是惨淡和荒凉。我在世界上是孤独了。"

多感的野兔仍旧拉过耳朵来，从眼里拭去一滴泪。

"从此以后我就改变了。一切轻浮的娱乐我都反对。我只记得我所失掉的她，还想着我和她再会的时候。"

"这样么？你还有这样的希望么？"野兔高兴地问。

"比希望还要切实，我有把握的。在那上面我将再会我的爱者。"

"然而……"野兔想反驳。

"兔儿，"火萤严肃地说，"我知道，只有应该在昏暗里彷徨的，才会怀疑。然而如果是看得见的，如果是用自己的眼来看的，那就凡有不确的事于我是一个疑案。那边！"光虫说，并且敬畏地仰看着种满星星的天空，"我在那边看见她！一切我的祖先，一切我的朋友，以及她，我看见较之在这地上，更其分明地发着威严的光辉。唉唉，什么时候我才能蓦地离开这空虚的生活，飞到那诱引着招致我的她那里去呢？唉唉！什么时候，什么时候？……"

光虫叹息着，离开它的听者，又爬进黑暗的洞里去了。

"可怜的东西！"野兔说，"我盼望，它不错。"

"我也盼望。"约翰赞同着。

"我以为未必，"旋儿说，"然而那倒很动人。"

"爱的旋儿，"约翰说，"我很疲倦，也要睡了。"

"那么来罢，你躺在这里我的旁边，我要用我的氅衣盖着你。"

旋儿取了他的蓝色的小氅衣，盖了约翰和自己。他们就这样躺在冈坡的发香的草上，彼此紧紧地拥抱着。

"你们将头放得这么平，"野兔大声说，"你们愿意枕着我么？"

这一个贡献他们不能拒绝。

"好晚上，母亲。"旋儿对月亮说。

于是约翰将金的小锁匙紧握在手中，将头靠在好心的野兔的蒙茸的毛上，静静地酣睡了。

# 三

他在那里呢，普烈斯多？——你的小主人在那里呢？——在船上，在芦苇间醒来的时候，怎样地吃惊呵！——只剩了自己——主人是无踪无影地消失了。这可教人担心和害怕。——你现在已经奔波得很久，并且不住地奋亢的呜呜着寻觅他罢？——可怜的普烈斯多。你怎么也能睡得这样熟，且不留心你的主人离了船呢？平常是只要他一动，你就醒了的。你平常这样灵敏的鼻子，今天不为你所用了。你几乎辨不出主人从那里上岸，在这沙冈上也完全失掉了踪迹。你的热心的鼼[18]也不帮助你。唉，这绝望！主人去了！无踪

---

18 现代汉语常用"嗅"。——编者注

无影地去了！——那么，寻罢，普烈斯多，寻他罢！且住，正在你前面，在冈坡上，——那边不是躺着一点小小的、暗黑的东西么？你好好地看一看罢！

那小狗屹立着倾听了一些时，并且凝视着远处。于是它忽然抬起头来，用了它四条细腿的全力，跑向冈坡上的暗黑的小点那里去了。

一寻到，却确是那苦痛的失踪的小主人，于是它尽力设法，表出它的一切高兴和感谢来，似乎还不够。它摇尾、跳跃、呜呜、吠叫，并且向多时寻觅的人舔着、舔着，将冷鼻子搁在脸面上。

"静静的罢，普烈斯多，到你的窠里去！"约翰在半睡中大声说。

主人有多么胡涂[19]呵！凡是望得见的地方，没有一个窠在近处。

小小的睡眠者的精神逐渐清楚起来了。普烈斯多的舔，——这是他每早晨习惯了的。但在他的灵魂之前，还挂着妖精和月光的轻微的梦影，正如丘冈景色上的晓雾一般。他生怕清晨的凉快的呼吸会将这些驱走。"合上眼睛，"他想，"要不然，我又将看见时钟和地毯，像平日似的。"

但他也躺得很异样。他觉得他没有被。慢慢地他小心着将眼睛睁开了一线。

明亮的光！蓝的天！云！

于是约翰睁大了眼睛，并且说："那是真的么？"是呀！他躺在冈的中间。清朗的日光温暖他；他吸进新鲜的朝气去，在他的眼前还有一层薄雾环绕着远处的山林。他只看见池边的高的山毛榉树和自家的屋顶伸出在丛碧的上面。蜜蜂和甲虫绕着他飞鸣；头上唱着高飞的云雀，远处传来犬吠和远隔的城市的喧嚣。这些都是纯粹的事实。

然而他曾经梦见了什么还是没有什么呢？旋儿在那里呢？还有那野兔？

---

19 现代汉语常用"糊涂"。——编者注

两个他都不见。只有普烈斯多坐在他身边，久候了似的摇着尾巴向他看。

"我真成了梦游者了么？"约翰自己问。

他的近旁是一个兔窟。这在冈上倒是常有的。他站起来，要去看它个仔细。在他紧握的手里他觉得什么呢？

他摊开手，他从脊骨到脚跟都震悚了。是灿烂着一个小小的、黄金的锁匙。

他默默地坐了许多时。

"普烈斯多！"他于是说，几乎要哭出来，"普烈斯多，这也还是实在的！"

普烈斯多一跃而起，试用吠叫来指示它的主人，它饥饿了，它要回家去。

回家么？是的，约翰没有想到这一层，他于此也很少挂念。但他即刻听到几种声音叫着他的名字了。他便明白，他的举动，大家是全不能当作驯良和规矩的，他还须等候那很不和气的话。

只一刹时，高兴的眼泪化为恐怖和后悔的眼泪了。但他就想着现是他的朋友和心腹的旋儿，想着妖王的赠品，还想着过去一切的华美的不能否认的真实，他静静地，被诸事羁绊着，向回家的路上走。

那遭际是比他所预料的还不利。他想不到他的家属有这样地恐怖和不安。他应该郑重地认可，永不再是这么顽皮和大意了。这又给他一个羁绊。"这我不能。"他坚决地说。人们很诧异。他被讯问，恳求，恫吓。但他却只想着旋儿，坚持着。只要能保住旋儿的友情，他怕什么责罚呢——为了旋儿，他有什么不能忍受呢。他将小锁匙紧紧地按在胸前，并且紧闭了嘴唇，每一问，都只用耸肩来作回答。"我不能一定。"他永是说。

但他的父亲却道："那就不管他罢，这于他太严紧了。他必是遇到了什么出奇的事情。将来总会有讲给我们的时候的。"

约翰微笑，沉默着吃了他的奶油面包，就潜进自己的小屋去。他剪下一段窗幔的绳子，系了那宝贵的锁匙，帖身[20]挂在胸前。于是他放心去上学校了。

这一天他在学校里确是很不行。他做不出他的学课，而且也全不经意。他的思想总是飞向池边和昨夜的奇异的事件去。他几乎想不明白，怎么一个妖王的朋友现在须负做算术和变化动词的义务了。然而这一切都是真实，周围的人们于此谁也不知道，谁也不能够相信或相疑，连那教员都不，虽然他也深刻地瞥着眼，并且也轻蔑地将约翰叫作懒东西。他欣然承受了这不好的品评，还做着惩罚的工作，这是他的疏忽拉给他的。

"他们谁都猜不到。他们要怎样呵斥我，都随意罢。旋儿总是我的朋友，而且旋儿于我，胜过所有他们的全群，连先生都算上。"

约翰的这是不大恭敬的。对于他的同胞的敬意，自从他前晚听到议论他们的一切劣点之后，却是没有加增。

当教员讲述着，怎样只有人类是由上帝给与了理性，并且置于一切动物之上，作为主人的时候，他笑起来了。这又给他博得一个不好的品评和严厉的指摘。待到他的邻座者在课本上读着下面的话："我的任性的叔母的年龄是大的，然而较之太阳，没有伊的那么大，"——约翰便赶快大声地叫道："他的！"[21]

大家都笑他，连那教员，对于他所说那样的自负的胡涂，觉得诧异，教约翰留下，并且写一百回："我的任性的叔母的年龄是大的，然而较之太阳，没有伊的那么大，——较之两个更大的，然而是我的胡涂。"

---

20　现代汉语常用"贴身"。——编者注
21　在荷兰文中，太阳是女性的，所以须用"伊"，称"他"便错。

学生们都去了，约翰孤独地坐在广大的校区里面写。太阳光愉快地映射进来，在它的经过的路上使无数白色的尘埃发闪，还在白涂的墙上形成明亮的点，和时间的代谢慢慢地迁移。教员走了，高声地关了门。当约翰写到第二十五任性的叔母的时候，一匹小小的、敏捷的小鼠，有着乌黑的珠子眼和绸缎似的小耳朵，无声地从班级的最远的角上沿着壁偷偷走来了。约翰一声不响，怕赶走了那有趣的小动物。但这并不胆怯，径到约翰的座前。它用细小的、明亮的眼睛暂时锋利地四顾，便敏捷地一跳，到了椅子上，再一跳就上了约翰在写着字的书桌。

"阿，阿，"他半是自言自语地说，"你倒是一匹勇敢的鼠子。"

"我却也不知道，我须怕谁。"一种微细的声音说，那小鼠还微笑似的露出雪白的小牙。

约翰曾经阅历过许多奇异的事，——但这时却还是圆睁了眼睛。这样地在白天而且在学校里，——这是不可信的。

"在我这里你无须恐怖，"他低声说，仍然是怕惊吓了那小鼠，——"你是从旋儿那里来的么？"

"我正从那里来，来告诉你，那教员完全有理，你的惩罚是恰恰相当的。"

"但是旋儿说的呵，太阳盖是男性，太阳是我们的父亲。"

"是的，然而此外用不着谁知道。这和人类有什么相干呢。你永不必将这么精微的事去对人类讲。他们太粗。人是一种可骇的恶劣和蛮野的东西，只要什么到了他的范围之内，他最喜欢将一切擒拿和蹂躏。这是我们鼠族从经验上识得的。"

"但是，小鼠，你为什么停在他们的四近的呢，你为什么不远远地躲到山林里去呢？"

"唉，我们现在不再能够了。我们太惯于都市风味了。如果小心着，并且时时注意，避开他们的捕机和他们的沉重的脚，在人类里也就可以支撑。幸而我们也还算敏捷的。最坏的是人类和猫结了一个联盟，借此来补救他们自己的蠢笨，——这是大不幸。但山林里却有枭和鹰，我们会一时都死完。好，约翰，记着我的忠告罢，教员来了！"

"小鼠，小鼠，不要走。问问旋儿，我将我的匙儿怎么办呢。我将这帖 [22] 胸挂在颈子上。土曜日我要换干净的小衫，我很怕有谁会看见。告诉我罢，我藏在那里最是稳当呢，爱的小鼠。"

"在地里，永久在地里，这是最为稳当的。要我给你收藏起来么？"

"不，不要在这里学校里！"

"那就埋在那边冈子上。我要通知我的表姊 [23]，那野鼠去，教她必须留神些。"

"多谢，小鼠。"

蓬，蓬！教员到来了。这时候，约翰正将他的笔尖浸在墨水里，那小鼠是消失了。自己想要回家的教员，就赦免了约翰四十八行字。

两日之久，约翰在不断的忧惧中过活。他受了严重的监视，凡有溜到冈上去的机会，都被剥夺了。已经是金曜日，他还在带着那宝贵的匙儿往来。明天晚上他便须换穿干净的小衫，人会发见这匙儿，而且拿了去，——他为了这思想而战栗。家里或园里他都不敢藏：他觉得没有一处是够安稳的。

金曜日的晚上了，黄昏已经闯进来。约翰坐在他卧室的窗前，出神地从园子的碧绿的丛草中，眺望着远处的冈阜。

"旋儿！旋儿！帮助我。"他忧闷地絮叨着。

近旁响着一种轻轻的拍翅声，他闻到铃兰的香味，还忽然听得

---

22　现代汉语常用"贴"。——编者注
23　现代汉语常用"表姐"。——编者注

熟识的、甜美的声音。

旋儿靠近他坐在窗沿上，摇动着一枝长梗的铃兰。

"你到底来了！——我是这么渴想你！"约翰说。

"同我走，约翰，我们要埋起你的匙儿。"

"我不能。"约翰惨淡地叹息说。

然而旋儿握了他的手，他便觉得他轻得正如一粒蒲公英的带着羽毛的种子，在静穆的晚天里，飘浮而去了。

"旋儿，"约翰飘浮着说，"我这样地爱你。我相信，我能为你放下一切的人们，连普烈斯多！"

旋儿吻他，问道："连西蒙？"

"阿，我喜欢西蒙与否，这于它不算什么。我想，它以为这是孩子气的。西蒙就只喜欢那卖鱼的女人，而且这也只在它肚饿的时候。从你看来，西蒙是一匹平常的猫么，旋儿？"

"不，它先前是一个人。"

呼——蓬！——一个金虫[24]向约翰撞来了。

"你们不能看清楚一点么，"金虫不平地说，"妖精族纷飞着，好像他们将全部的空气都租去了！会无用到这样，总是单为了自己的快乐飘来飘去，——而我辈，尽着自己的义务，永是追求着食物，只要能吃多少，便尽量吃多少的，却被他们赶到路旁去了。"

它呶呶着飞了开去。

"我们不吃，它以为不好么？"约翰问。

"是呵，金虫类是这样的。金虫以为这是它们的最高的义务，大嚼得多。要我给你讲一个幼小的金虫的故事么？"

"好，讲罢，旋儿！"

---

24　旧称金牛儿，或金龟子，是一种金绿色的甲虫，食植物的花叶为害。幼虫躲在地里，白色，食植物的根，俗名地蚕；即旧书上的所谓蛴螬。

"曾经有一个好看的幼小的金虫，是刚从地里钻出来的。唔，这是大奇事。它坐在黑暗的地下一整年，等候着第一个温暖的夜晚。待到它从地皮里伸出头来的时候，所有的绿叶和鸣禽，都使它非常慌张了。它不知道它究竟应该怎样开手。它用了它的触角，去摸近地的小草茎，并且扇子似的将这伸开去。于是它觉得，它是雄的。它是它种族中的一个美丽的模范，有着灿烂的乌黑的前足，厚积尘埃的后腹，和一个胸甲，镜子似的放光。幸而不久它在近处看见了一个别的金虫，那虽然没有这样美，然而前一天已经飞出，因此确是有了年纪的。因为它这样地年青，它便极其谦恭地去叫那一个。

"'什么事，朋友？'那一个从上面问，因为它看出这一个是新家伙了，'你要问我道路么？'

"'不，请你原谅，'幼小的谦恭地说，'我先不知道，这里我必须怎样开头。做金虫是应该怎么办的？'

"'哦，原来，'那一个说，'那你不知道么？我明白你，我也曾经这样的。好好地听罢，我就要告诉你了。金虫生活的最要义是大嚼。离此不远有一片贵重的菩提树林，那是为我们而种的，将它竭力地勤勉地大嚼，是我们所有的义务。'

"'谁将这菩提树林安置在那里的呢？'年幼的甲虫问。

"'阿，一个大东西，是给我们办得很好的。每早晨这就走过树林，有谁大嚼得最多的，这就带它去，到一所华美的屋子里。那屋子是放着清朗的光，一切金虫都在那里幸福地团聚着的。但要是谁不大嚼，反而整夜向各处纷飞的，他就要被蝙蝠捉住了。'

"'那是谁呢？'新家伙问。

"'这是一种可怕的怪物，有着锋利的牙，它从我们的后面突然飞来，用残酷的一嘎咕便吃尽了。'

"甲虫正在这么说，它们听得上面有清亮的霍的一声，透了它们的心髓。'呵,那就是!'长辈大声说,'你要小心它,青年朋友。感谢罢,恰巧我通知你了。你的前面有一个整夜,不要耽误罢。你吃得越少,祸事就越多,会被蝙蝠吞掉的。只有能够挑选那正经的生活的本分的,才到有着清朗的光的屋子去。记着罢!正经的生活的本分!'

"年纪大了一整天的那甲虫,于是在草梗之间爬开去了,并且将这一个惘然地留下。——你知道么,什么是生活的本分,约翰?不罢?那幼小的甲虫也正不知道。这事和大嚼相连,它是懂得的。然而它须怎样,才可以到那菩提树林呢?

"它近旁竖着一枝瘦长的、有力的草梗,轻轻地在晚风中摇摆。它就用它六条弯曲的腿,很坚牢地抓住它。从下面望去,它觉得仿佛一个高大的巨灵而且很险峻。但那金虫还要往上走。这是生活的本分,它想,并且怯怯地开始了升进。这是缓慢的,它屡次滑回去,然而它向前;当它终于爬到最高的梢头,在那上面动荡和摇摆的时候,它觉得满足和幸福。它在那里望见什么呢?这在它,似乎看见了全世界。各方面都由空气环绕着,这是多么极乐呵!它尽量鼓起后腹来。它兴致很稀奇!它总想要升上去!它在大欢喜中掀起了翅鞘,暂时抖动着网翅。——它要升上去,永是升上去,——又抖动着它的翅子,爪子放掉了草梗,而且——阿,高兴呀!……呼——呼——它飞起来了——自由而且快乐——到那静穆的、温暖的晚空中。"——

"以后呢?"约翰问。

"后文并不有趣,我下回再给你讲罢。"

他们飞过池子了,两只迁延的白胡蝶<sup>25</sup>和他们一同翩跹着。

"这一程往那里去呀,妖精们?"它们问。

"往大的冈蔷薇那里去,那在那边坡上开着花的。"

---

25 现代汉语常用"蝴蝶"。——编者注

"我们和你们一路去!"

从远处早就分明看见,她有着她的许多嫩黄的、绵软的花。小蓓蕾已经染得通红,开了的花还显着红色的条纹,作为那一时的记号,那时她们是还是蓓蕾的。在寂寞的宁静中开着野生的冈蔷薇,并且将四近满注了她们的奇甜的香味。这是有如此华美,至使冈妖们的食养,就只靠着她们。胡蝶是在她们上面盘旋,还一朵一朵地去接吻。

"我们这来,是有一件宝贝要托付你们," 旋儿大声说,"你们肯给我们看管这个么?"

"为什么不呢? 为什么不呢?" 冈蔷薇细声说,"我是不以守候为苦的, ——如果人不将我移去,我并不要走动。我又有锋利的刺。"

于是野鼠到了,学校里的小鼠的表姊,在蔷薇的根下掘了一条路。它就运进锁匙去。

"如果你要取回去,就应该再叫我。那么,你就用不着使蔷薇为难。"

蔷薇将她的带刺的枝条交织在进口上,并且郑重允许,忠实地看管着。胡蝶是见证。

第二天的早晨,约翰在自己的床上醒来了,在普烈斯多的旁边,在钟和地毯的旁边。那系着锁匙的挂在他颈上的绳子是消失了。

## 四

"煞派门! [26] 夏天是多么讨厌的无聊呵!" 在老屋子的仓库里,很懊恼地一同站着的三个火炉中的一个叹息说, ——"许多星期以来,我见不到活的东西,也听不到合理的话。而且这久远的内部的空虚! 实在可怕!"

"我这里满是蜘蛛网," 第二个说,"这在冬天也不会有的。"

---

26  Saperment, 詈语, 表厌恶之意。现在大概仅见于童话中, 为非人类所用。

"我并且到处是灰尘，如果那黑的人再来的时候，一定要使我羞死。"

几个灯和火钩，那些，是因为预防生锈，用纸包着，散躺在地上各处的，对于这样轻率的语气，都毫无疑义地宣布抗争。

但谈论突然沉默了，因为吊窗已被拉起，冲进一条光线来，直到最暗的角上，而且将全社会都显出在它们的尘封的混乱里面了。

那是约翰，他来了，而且搅扰了它们的谈话。这仓库常给约翰以强烈的刺激。现在，自从出了最近的奇事以来，他屡屡逃到那里去。他于此发见安静和寂寞。那地方也有一个窗，是用抽替<sup>27</sup>关起来的，也望见冈阜的一面。忽然拉开窗抽替，并且在满是秘密的仓库之后，蓦地看见眼前有遥远的、明亮的景色，直到那白色的，软软地起伏着的连冈，是一种很大的享用。

从那天金曜日的晚上起，早过了三星期了，约翰全没有见到他的朋友。小锁匙也去了，他更缺少了并非做梦的证据。他常怕一切不过是幻想。他就沉静起来，他的父亲忧闷地想，约翰从在冈上的那晚以来，一定是得了病。然而约翰是神往于旋儿。

"他的爱我，不及我的爱他么？"当他站在屋顶窗的旁边，眺望着绿叶繁花的园中时，他琐屑地猜想着，"他为什么不常到我这里来，而且已经很久了呢？倘使我能够……。但他也许有许多朋友罢。比起我来，他该是更爱那些罢？……我没有别的朋友，——一个也没有。我只爱他。爱得很！唉，爱得很！"

他看见，一群雪白的鸽子的飞翔，怎样地由蔚蓝的天空中降下，这原是以可闻的鼓翼声，在房屋上面盘旋的。那仿佛有一种思想驱遣着它们，每一瞬息便变换方向，宛如要在它们所浮游着的夏光和夏气的大海里，成了排豪饮似的。

它们忽然飞向约翰的屋顶窗前来了，用了各种的鼓翼和抖翅，停在房檐上，在那里它们便忙碌地格磔着，细步往来。其中一匹的翅上有一枝[28]红色的小翎。它拔而又拔，拔得很长久，待到它拔到嘴里的时候，它便飞向约翰，将这交给他。

约翰一接取，便觉得他这样地轻而且快了，正如一个鸽子。他伸开四肢，鸽子飞式的[29]飞起来，约翰并且漂浮在它们的中央，在自由的空气中和清朗的日光里。环绕着他的更无别物，除了纯净的蓝碧和洁白的鸽翅的闪闪的光辉。

他们飞过了林中的大花园，那茂密的树梢在远处波动，像是碧海里的波涛。约翰向下看，看见他父亲坐在住房的畅开[30]的窗边；西蒙是拳着前爪坐在窗台上，并且晒太阳取暖。

“他们看见我没有？”他想，然而叫呢他却不敢。

普烈斯多在园子里奔波，遍齅着各处的草丛，各坐的墙后，还抓着各个温室的门户，想寻出小主人来。

“普烈斯多！普烈斯多！”约翰叫着。小狗仰视，便摇尾，而且诉苦地呻吟。

“我回来，普烈斯多！等着就是！”约翰大声说，然而他已经离得太远了。

他们飘过树林去，乌鸦在有着它们的窠的高的枝梢上，哑哑地叫着飞翔。这正是盛夏，满开的菩提树花的香气，云一般从碧林中升腾起来。在一枝高的菩提树梢的一个空巢里，坐着旋儿，额上的他的冠是旋花的花托，向约翰点点头。

“你到这里了？这很好，”他说，“我教迎取你去了。我们就可以长在一处，——如果你愿意。”

“我早愿意。”约翰说。

28 现代汉语常用“支”。——编者注
29 现代汉语常用“地”。——编者注
30 现代汉语常用“敞开”。——编者注

他于是谢了给他引导的友爱的鸽子，和旋儿一同降到树林中。

那地方是凉爽而且多荫。鶸鶒几乎永是嗯哨<sup>31</sup>着这一套，但也微有一些分别。

"可怜的鸟儿，"旋儿说，"先前它是天堂鸟。这你还可以从它那特别的黄色的翅子上认出来，——但它改变了，而且被逐出天堂了。有一句话，这句话能够还给它原先的华美的衣衫，并且使它再回天堂去。然而它忘却了这句话。现在它天天在试验，想再觅得它。虽然有一两句的类似，但都不是正对的。"

无数飞蝇在穿过浓阴的日光中，飞扬的晶粒似的营营着。人如果留神倾听，便可以听出，它们的营营，宛如一场大的，单调的合奏，充满了全树林，仿佛是日光的歌唱。

繁密的深绿的莓苔盖着地面，而约翰又变得这么小了，他见得这像是大森林区域里的一座新林。干子是多么精美，丛生是多么茂密。要走通是不容易的，而且苔林也显得非常之大。

于是他们到了一座蚂蚁的桥梁。成百的蚂蚁忙忙碌碌地在四处走，——有几个在颚间衔着小树枝、小叶片或小草梗。这是有如此杂沓，至使约翰几乎头晕了。

许多工夫之后，他们才遇到一个蚂蚁，愿意和他们来谈天。它们全体都忙于工作。他们终于遇见一个年老的蚂蚁，那差使是，为着看守细小的蚜虫的，蚂蚁们由此得到它们的甘露。因为它的畜群很安静，它已经可以顾及外人了，还将那大的窠指示给他们。窠是在一株大树的根上盖造起来的，很宽广，而且包含着百数的道路和房间。蚜虫牧者加以说明，还引了访问者往各处，直到那有着稚弱的幼虫，从白色的襁褓中匍匐而出的儿童室。约翰是惊讶而且狂喜了。

年老的蚂蚁讲起，为了就要发生的军事，大家正在强大的激动里。对于离此不远的别一蚁群，要用大的强力去袭击，扫荡窠巢，劫夺幼虫或者杀戮；这是要尽全力的，大家就必须预先准备那最为切要的工作。

"为什么要有军事呢？"约翰说，"这我觉得不美。"

"不然，不然！"看守者说，"这是很美的可以赞颂的军事。想罢，我们要去攻取的，是战斗蚂蚁呵；我们去，只为歼灭它们这一族，这是很好的事业。"

"你们不是战斗蚂蚁么？"

"自然不是！你在怎样想呢？我们是平和蚂蚁。"

"这是什么意思呢？"

"你不知道这事么？我要告诉你。有那么一个时候，因为一切蚂蚁常常战争，免于大战的日子是没有的。于是出了一位好的有智慧的蚂蚁，它发见，如果蚂蚁们彼此约定，从此不再战争，便将省去许多的劳力。待到它一说，大家觉得这特别，并且就因为这原因，大家开始将它咬成小块了。后来又有别的蚂蚁们，也像它一样的意思。这些也都被咬成了小块。然而终于，这样的是这么多，致使这咬断的事，在别个也成了太忙的工作。从此它们便自称平和蚂蚁，而且都主张，那第一个平和蚂蚁是不错的；有谁来争辩，它们这边便将它撕成小块子。这模样，所有蚂蚁就几乎都成了平和蚂蚁了，那第一个平和蚂蚁的残体，还被慎重而敬畏地保存起来。我们有着头颅，是真正的。我们已经将别的十二个自以为有真头的部落毁坏，并且屠戮了。它们自称平和蚁，然而自然倒是战斗蚁，因为真的头为我们所有，而平和蚂蚁是只有一个头的。现在我们就要动手，去歼除那第十三个。这确是一件好事业。"

"是呵，是呵，"约翰说，"这很值得注意！"

他本有些怕起来了，但当他们谢了恳切的牧者并且作过别，远离了蚂蚁民族，在羊齿草丛的阴凉之下，休息在一枝美丽的弯曲的草梗上的时候，他便觉得安静得许多了。

"阿！"约翰叹息，"那是一个渴血的胡涂的社会！"

旋儿笑着，一上一下地低昂着他所坐的草梗。

"阿！"他说，"你不必责备它们胡涂。人们若要聪明起来，还须到蚂蚁那里去。"

于是旋儿指示约翰以树林的所有的神奇，——他们俩飞向树梢的禽鸟们，又进茂密的丛莽，下到土拨鼠的美术的住所，还看老树腔里的蜂房。

末后，他们到了一个围着树丛的处所。成堆成皁地生着忍冬藤。繁茂的枝条到处蔓延在灌木之上，群绿里盛装着馥郁的花冠。一只吵闹的白颊鸟，高声地唧唧足足[32]着，在嫩枝间跳跃而且鼓翼。

"给我们在这里过一会罢，"约翰请托，"这里是美观的。"

"好，"旋儿说，"你也就要看见一点可笑的。"

地上的草里，站着蓝色的铃兰。约翰坐在其中的一株的近旁，并且开始议论那蜜蜂和胡蝶。这些是铃兰的好朋友，因此这谈天就像河流一般。

但是，那是什么呢？一个大影子来到草上，还有仿佛白云似的东西在铃兰上面飘下来。约翰几乎来不及免于粉身碎骨，——他飞向那坐在盛开的忍冬花里的旋儿。他这才看出，那白云是一块手巾，——并且，蓬！——在手巾上，也在底下的可怜的铃兰上，坐下了一个肥胖的太太。

他无暇怜惜它，因为声音的喧哗和树枝的骚扰充满了林中的隙地，而且，来了一大堆人们。

"那就，我们要笑了。"旋儿说。

---

32  现代汉语常用"叽叽喳喳"。——编者注

于是他们来了，那人类，——女人们手里拿着篮子和伞，男人们头上戴着高而硬的黑帽子。他们几乎统是黑的，漆黑的。他们在晴明的碧绿的树林里，很显得特殊，正如一个大而且丑的墨污，在一幅华美的图画上。

灌木被四散冲开，花朵踏坏了。又摊开了许多白手巾，柔顺的草茎和忍耐的莓苔是叹息着在底下担负，还恐怕遭了这样的打击，从此不能复元。

雪茄的烟气在忍冬丛上蜿蜒着，凶恶地赶走它们的花的柔香。粗大的声音吓退了欢乐的白颊鸟的鸣噪，这在恐怖和忿怒中唧唧地叫着，逃向近旁的树上去了。

一个男人从那堆中站起来，并且安在冈尖上。他有着长的、金色的头发和苍白的脸。他说了几句，大家便都大张着嘴，唱起歌来，有这么高声，致使乌鸦们都嘎嘎地从它们的窠巢飞到高处，还有好奇的野兔，本是从冈边上过来看一看的，也吃惊地跑走，并且直跑至整一刻钟之久，才又安全地到了沙冈。

旋儿笑了，用一片羊齿叶抵御着雪茄的烟气；约翰的眼里含了泪，却并不是因为烟。

"旋儿，"他说，"我要走开，有这么讨厌和喧闹。"

"不，我们还该停留。你就要笑，还有许多好玩的呢。"

唱歌停止了，那苍白男人便起来说话。他大声嚷，要使大家都懂得，但他所说的，却过于亲爱。他称人们为兄弟和姊妹，并且议论那华美的天然，还议论造化的奇迹，论上帝的日光，论花和禽鸟。

"这叫什么？"约翰问，"他怎么说起这个来呢？他认识你么？他是你的朋友么？"

旋儿轻蔑地摇那戴冠的头。

"他不认识我，——太阳、禽鸟、花，也一样地很少。凡他所说的，都是谎。"

人们十分虔敬地听着，那坐在蓝的铃兰上面的胖太太，还哭出来了好几回，用她的衣角来拭泪，因为她没有可使的手巾。

苍白的男人说，上帝为了他们的聚会，使太阳这样快活地照临。旋儿便讪笑他，并且从密叶中将一颗槲树子掷在他的鼻子上。

"他要换一个别的意见，"他说，"我的父亲须为他们照临，——他究竟妄想着什么！"

但那苍白的男人，却因为要防这仿佛从空中落下来似的槲树子，正在冒火了。他说得很长久，越久，声音就越高。末后，他脸上是青一阵红一阵，他捏起拳头，而且嚷得这样响，至于树叶都发抖，野草也吓得往来动摇。待到他终于再平静下去的时候，大家却又歌唱起来了。

"呸，"一只白头鸟，是从高树上下来看看热闹的，说，"这是可惊的胡闹！倘是一群牛们来到树林里，我倒还要喜欢些。听一下子罢，呸！"

唔，那白头鸟是懂事的，也有精微的鉴别。

歌唱之后，大家便从篮子、盒子和纸兜里拉出各种食物来。许多纸张摊开了，小面包和香橙分散了。也看见瓶子。

于是旋儿便召集他的同志们，并且开手，进攻这宴乐的团体。

一匹大胆的虾蟆跳到一个年老的小姐的大腿上，紧靠着她正要咀嚼的小面包，并且停在那里，似乎在惊异它自己的冒险。这小姐发一声大叫，惊愕地凝视着攻击者，自己却不敢去触它。这勇敢的例子得了仿效。碧绿的青虫们大无畏地爬上了帽子，手巾和小面包，到处散布着愁闷和惊疑，大而胖的十字蜘蛛将灿烂的丝放在麦酒杯上，头上以及颈子上，而且在它们的袭击之后，总接着一声尖锐的叫喊；无数的蝇直冲到人们的脸上来，还为着好东西牺牲了它们的性命，它们倒栽在食品和饮料里，因为它们的身体连东西也弄得不能享用了。临末，是来了看不分明的成堆的蚂蚁，随处成百地攻击那敌人，不放一个人在这里做梦。这却惹起了混乱和惊惶！男人们和女人们都慌忙从压得那么久了的莓苔和小草上跳起来；——那可怜的小蓝铃儿也被解放了，靠着两匹蚂蚁在胖太太的大腿上的成功的袭击。绝望更加厉害了。人们旋转着，跳跃着，想在很奇特的态度中，来避开他们的追击者。苍白的男人抵抗许多时，还用一枝黑色的小棍，愤愤地向各处打；然而两匹勇敢的蚂蚁，那是什么兵器都会用的，和一个胡蜂，钻进他的黑裤子，在腿肚上一刺，使他失了战斗的能力。

这快活的太阳也就不能久驻，将他的脸藏在一片云后面了。大雨淋着这战斗的两党。仿佛是因为雨，地面上突然生出大的黑的地菌的森林来似的。这是张开的雨伞。几个女人将衣裳盖在头上，于是分明看见白的小衫、白袜的腿和不带高跟的鞋子。不，旋儿觉得多么好玩呵！他笑得必须紧抓着花梗了。

雨越下越密了，它开始将树林罩在一个灰色的发光的网里。纷纷的水雷，从伞上，从高帽子上，以及水甲虫的甲壳一般发着闪的黑衣服上直流下来，鞋在湿透的地上劈劈拍拍[33]地响。人们于是交卸了，并且成了小群默默地退走。只留下一堆纸、空瓶子和橙子皮，当作他们访问的无味的遗踪。树林中的空旷的小草地上，便又寂寂与安静起来，即刻只听得独有雨的单调的淅沥。

"唔，约翰，我们也见过人类了，你为什么不也讥笑他们呢？"

"唉，旋儿，所有人们都这样的么？"

"阿！有些个还要恶得多，坏得多呢。他们常常狂躁和胡闹，凡有美丽和华贵的，便毁灭它。他们砍倒树木，在他们的地方造起

---

33　现代汉语常用"噼噼啪啪"。——编者注

笨重的四角的房子来。他们任性踏坏花朵们，还为了他们的高兴，杀戮那凡有在他们的范围之内的各动物。他们一同盘据<sup>34</sup>着的城市里，是全都污秽和乌黑，空气是浑浊的，且被尘埃和烟气毒掉了。他们是太疏远了天然和他们的同类，所以一回到天然这里，他们便做出这样的疯颠<sup>35</sup>和凄惨的模样来。"

"唉，旋儿，旋儿！"

"你为什么哭呢，约翰？你不必因为你是生在人类中的，便哭。我爱你，我是从一切别的里面，将你选出来的。我已经教你懂得禽鸟和胡蝶和花的观察了。月亮认识你，而这好的柔和的大地，也爱你如它的最爱的孩子一般。我是你的朋友，你为什么不高兴的呢？"

"阿，旋儿！我高兴，我高兴的！但我仍要哭，为着一切的这人类！"

"为什么呢？——如果这使你忧愁，你用不着和他们在一处。你可以住在这里，并且永久追随着我。我们要在最密的树林里盘桓，在寂寞的、明朗的沙冈上，或者在池边的芦苇里。我要带你到各处去，到水底里，在水草之间，到妖精的宫阙里，到小鬼头<sup>36</sup>的住所里。我要同你飘泛，在旷野和森林上，在远方的陆地和海面上。我要使蜘蛛给你织一件衣裳，并且给你翅子，像我所生着的似的。我们要靠花香为生，还在月光中和妖精们跳舞。秋天一近，我们便和夏天一同迁徙，到那繁生着高大的椰树的地方，彩色的花伞挂在峰头，还有深蓝的海面在日光中灿烂，而且我要永久讲给你童话。你愿意么，约翰？"

"那我就可以永不住在人类里面了么？"

"在人类里忍受着你的无穷的悲哀、烦恼、艰窘和忧愁。每天

---

34　现代汉语常用"盘踞"。——编者注
35　现代汉语常用"疯癫"。——编者注
36　Heinzelmännchen，身躯矮小的精怪。

每天,你将使你苦辛[37],而且在生活的重担底下叹息。他们会用了他们的粗犷,来损伤或窘迫你柔弱的灵魂。他们将使你无聊和苦恼到死。你爱人类过于爱我么?"

"不,不!旋儿,我要留在你这里!"

他就可以对旋儿表示,他怎样地很爱他。他愿意将一切和所有自己这一面的抛弃和遗忘:他的小房子,他的父亲和普烈斯多。高兴而坚决地重述他的愿望。

雨停止了,在灰色的云底下,闪出一片欢喜的微笑的太阳光,经过树林,照着湿而发光的树叶,还照着在所有枝梗上闪烁,并且装饰着张在槲树枝间的蛛网的水珠。从丛草中的湿地上,腾起一道淡淡的雾气来,夹带着千数甘美的梦幻的香味。白头鸟这时飞上了最高的枝梢,用着简短的、亲密的音节,为落日歌唱,——仿佛它要试一试,怎样的歌,才适宜于这严肃的晚静,和为下堕的水珠作温柔的同伴。

"这不比人声还美么,约翰?是的,白头鸟早知道敲出恰当的音韵了。这里一切都是谐和,一个如此完全的,你在人类中永远得不到。"

"什么是谐和,旋儿?"

"这和幸福是一件事。一切都向着它努力。人类也这样。但他们总是弄得像那想捉胡蝶的儿童。正因为他们的拙笨的努力,却将它惊走了。"

"我会在你这里得到谐和么?"

"是的,约翰!——那你就应该将人类忘却。生在人类里,是一个恶劣的开端,然而你还幼小,——你必须将在你记忆上的先前的人间生活,一一除去;这些都会使你迷惑和错乱、纷争、零落;那你就要像我所讲的幼小的金虫一样了。"

---

37  现代汉语常用"辛苦"。——编者注

"它后来怎样了呢？"

"它看见明亮的光，那老甲虫说起过的；它想，除了即刻飞往那里之外，它不能做什么较好的事了。它直线地飞到一间屋，并且落在人手里。它在那里受苦至三日之久；它坐在纸匣里，——人用一条线系在它腿上，还使它这样地飞，——于是它挣脱了，并且失去了一个翅子和一条腿，而且终于——其间它无助地在地毯上四处爬，也徒劳地试着往那园里去——被一只沉重的脚踏碎了。一切动物，约翰，凡是在夜里到处彷徨的，正如我们一样，是太阳的孩子。它们虽然从来没有见过它们的晃耀的父亲，却仍然永是引起一种不知不觉的记忆，向往着发光的一切。千数可怜的幽暗的生物，就从这对于久已迁移和疏远了的太阳的爱，得到极悲惨的死亡。一个不可解的、不能抗的冲动，就引着人类向那毁坏，向那警起他们而他们所不识的大光的幻象那里去。"

约翰想要发问似的仰视旋儿的眼。但那眼却幽深而神秘，一如众星之间的黑暗的天。

"你想上帝么？"他终于战战兢兢地问。

"上帝？"——这幽深的眼睛温和地微笑。——"只要你说出话来，约翰，我便知道你所想的是什么。你想那床前的椅子，你每晚上在它前面说那长的祷告的，——想那教堂窗上的绿绒的帏幔，你每日曜日的早晨看得它这么长久的，——想那你的赞美歌书的花纹字母，——想那带着长柄的铃包[38]，——想那坏的歌唱和薰蒸[39]的人气。你用了那一个名称所表示的，约翰，是一个可笑的幻象，——不是太阳而是一盏大的煤油灯，成千成百的飞虫儿在那上面无助地紧粘着。"

"但这大光是怎么称呼呢，旋儿？我应该向谁祷告呢？"

---

38　Klingelbeutel，教堂所用，募捐的器具。
39　现代汉语常用"薰蒸"。——编者注

"约翰,这就像一个霉菌问我,这带着它旋转着的大地,应当怎样称呼。如果对于你的询问有回答,那你就将懂得它,有如蚯蚓之于群星的音乐了。祷告呢,我倒是愿意教给你的。"

旋儿和那在沉静的惊愕中,深思着他的话的小约翰,飞出树林,这样高,至于沿着冈边,分明见得是长的金闪闪的一线。他们再飞远去,变幻的成影的丘冈景色都在他们的眼下飞逝,而光的线是逐渐宽广起来。沙冈的绿色消失了,岸边的芦苇见得黯淡,也如特别的浅蓝的植物,生长其间。又是一排连冈,一条伸长的,狭窄的沙线,于是就是那广远的雄伟的海。——蓝的是宽大的水面,直到远处的地平线,在太阳下,却有一条狭的线发着光,闪出通红的晃耀。

一条长的、白的飞沫的边镶着海面,宛如黄鼬皮上,镶了蓝色的天鹅绒。

地平线上分出一条柔和的,天和水的奇异的界线。这像是一个奇迹:直的,且是弯的、截然的,且是游移的、分明的,且是不可捉摸的。这有如曼长而梦幻地响着的琴声,似乎绕缭着,然而且是消歇的。

于是小约翰坐在沙阜边上眺望——长久地不动地沉默着眺望,—— 一直到他仿佛应该死,仿佛这宇宙的大的黄金的门庄严地开开了,而且仿佛他的小小的灵魂,径飘向无穷的最初的光线去。

一直到从他那圆睁的眼里涌出的人世的泪,幕住了美丽的太阳,并且使那天和地的豪华,回向那暗淡的、颤动的黄昏里……

"你须这样地祷告!"其时旋儿说。

# 五

你当晴明的秋日,在树林里徘徊没有?当太阳如此沉静和明朗,在染色的叶子上发光,当树枝萧骚着,枯叶在你的脚下颤抖着的时候。

于是树林显得很疲倦，——它只是还能够沉思，并且生活在古老的记忆里。一片蓝色的雾围住它，有如一个梦挟着满是神秘的绚烂。还有那明晃晃的秋丝，飘泛在空气里懒懒地回旋，像是美丽的、沉静的梦。

单在莓苔和枯叶之间的湿地上，这时就骤然而且暧昧地射出菌类的奇异的形象来。许多胖的，不成样子而且多肉，此外是长的，还是瘦长，带着有箍的柄和染得亮晶晶的帽子。这是树林的奇特的梦。

于是在朽烂的树身上，也看见无数小小的白色的小干，都有黑的小尖子，像烧过似的。有几个聪明人以为这是一种香菌。约翰却学得一个更好的：

那是烛。它们在沉静的秋夜燃烧着，小鬼头们便坐在旁边，读着细小的小书。

这是在一个极其沉静的秋日，旋儿教给他的，而且约翰还饮着梦兴，其中含有从林地中升腾起来的熏蒸的气息。

"为什么这槲树的叶子带着这样的黑斑的呢？"

"是呵，这也是小鬼头们弄的，"旋儿说，"倘若他们夜里写了字，就将他们小墨水瓶里的剩余洒在叶子上。他们不能容忍这树。人从槲树的木材做出十字架和铃包的柄来。"

对于这细小的精勤的小鬼头们，约翰觉得新奇了，他还请旋儿允许，领他去见他们之中的一个去。

他已经和旋儿久在一处了，他在他的新生活中，非常幸福，使他对于忘却一切旧事物的誓约，很少什么后悔。他没有寂寞的一刹那，一寂寞是常会后悔的。旋儿永不离开他，跟着他就到处都是乡里。他安静地在挂在碧绿的芦干之间的，苇雀的摇动的窠巢里睡眠，虽然苇雀也大叫，或者乌鸦报凶似的哑哑着。他在潇潇的大雨或怒吼的狂风中，并不觉得恐怖，他就躲进空树或野兔的洞里去，或者他钻在旋儿的小氅衣下，如果他讲童话，他还倾听他的声音。

于是他就要看见小鬼头了。

这是适宜的日子。太沉静，太沉静。约翰似乎已经听到他们的细语和足音了，然而还是正午。禽鸟们是走了，都走了，只有嗌雀还馋着深红的莓果。一匹是落在圈套里被捕了，它张了翅子挂在那里，而且挣扎着，直到那紧紧夹住的爪子几乎撕开。约翰即刻去放了它，高兴地啾唧着，它迅速地飞去了。

菌类是彼此都陷在热烈的交谈中。

"看看我罢，"一个肥胖的鬼菌说，"你们见过这样的么？看罢，我的柄是多么肥、多么白呀，我的帽子是多么亮呀。我是一切中最大的。而且在一夜里。"

"哼！"红色的捕蝇菌说，"你真蠢。这样棕色和粗糙。而我却在芦秆一般的我的苗条的柄上摇摆。我华美地红得像乌莓，还美丽地加了点。我比一切都美。"

"住口！"早就认识它们的约翰说，"你们俩都是毒的。"

"这是操守。"捕蝇菌说。

"你大概是人罢？"肥胖者讥笑地唠叨着，"那我早就愿意了，你吃掉我！"

约翰果然不吃。他拿起一条枯枝来，插进那多肉的帽里去。这见得很滑稽，其余的一切都笑了。还有一群微弱的小菌，有着棕色的小头，是大约两小时内一同钻出来的，并且往外直冲，为要观察这世界。那鬼菌因为愤怒变成蓝色了。这也正表白了它是有毒的种类。

地星在四尖的脚凳上，伸起它们的圆而肿起的小头。有时就用那圆的小头上的嘴里的极细的尘土，喷成一朵棕色的小云彩。那尘土落在湿地上，就有黑土组成的线，而且第二年便生出成百的新的地星来。

"怎样的一个美的生存呵!"它们彼此说,"扬尘是最高的生活目的。生活几多时,就扬尘几多时,是怎样的幸福呵!"

于是它们用了深信的向往,将小小的尘云驱到空气中。

"他们对么,旋儿?"

"为什么不呢?它们那里还能够更高一点呢?它们并不多要求幸福,因为此外它们再不能够了。"

夜已深,树影都飞进了一律的黑暗里的时候,充满秘密的树林的震动没有停。在草和丛莽中间,处处有小枝们瑟瑟着、格格着,枯的小叶子们簌簌着。约翰感觉着不可闻的鼓翼的风动,且知道不可辨的东西来到近旁了。现在他却听得有分明的声音在细语,还有脚在细步地跳跃了。看哪,丛莽的黑暗的深处,正有一粒小小的蓝的火星在发光,而且消失。那边又一粒,而且又一粒!静着!……倘若他留神倾听,便听得树叶里有一种簌簌声,就在他极近旁,——靠近那黑暗的树干的所在。这蓝的小光就从它后面起来,并且停在尖上了。

现在约翰看见到处闪着火光;它们在黑暗的枝柯间飘浮,小跳着吹到地面,还有大的闪烁的一堆,如一个愉快的火,在众星间发亮。

"这是什么火呢?"约翰问,"这烧得辉煌。"

"这是一个朽烂的树干。"旋儿说。

他们走向一粒沉静的、明亮的小光去。

"那我就要给你介绍将知[40]了。他是小鬼头们中最年老,且最伶俐的。"

约翰临近的时候,他看见他坐在他的小光旁边。在蓝色的照映中,可以分明地辨别打皱的脸带着灰色的胡须;他蹙着眉头,高声地诵读着。小头上戴一顶槲斗的小帽还插一枝小翎,——前面坐着一个十字蜘蛛,并且对他倾听。

40　Wistik,德译 Wüsstich,"我将知道"之意。

待到他们俩接近时，小鬼头便扬起眉毛来看，却不从他的小书上抬头。十字蜘蛛爬去了。

"好晚上，"小鬼头说，"我是将知。你们俩是谁呢？"

"我叫约翰。我很愿意和你相识。你在那里读什么呢？"

"这不合于你的耳朵，"将知说，"这仅只是为那十字蜘蛛的。"

"也给我看一看罢，爱的将知。"约翰恳求说。

"这我不可以。这是蜘蛛的圣书，我替它们保存着的，并且永不得交在别一个的手里。我有神圣的文件，那甲虫的和胡蝶的、刺猬的、土拨鼠的，以及凡有生活在这里的一切的。它们不能都读，倘它们想要知道一些，我便读给它们听。这于我是一个大大的光荣，一个信任的职位，你懂么？"

那小男人屡次十分诚恳地点头，且向高处伸上一个示指去。

"你刚才做了什么了呢？"

"讲那涂鸦泼剌的故事。那是十字蜘蛛中的大英雄，很久以前活着的，而且有一个网，张在三棵大树上，它还在那里一日里捉获过一千二百匹飞蝇们。在涂鸦泼剌时代以前，蜘蛛们是都不结网，单靠着草和死动物营生的；涂鸦泼剌却是一个明晰的头脑，并且指出，活的动物也都为着蜘蛛的食料而创造。其时涂鸦泼剌又靠着繁难的计算，发明了十分精美的网，因为它是一位伟大的数学家。于是十字蜘蛛才结它的网，线交线，正如它所传授的一样，只是小得多。因为蜘蛛的族类也很变种了。涂鸦泼剌曾在它的网上捉获过大禽鸟，还杀害过成千的它自己的孩子们，——这曾是一个大的蜘蛛呵！末后，来了一阵大风，便拖着涂鸦泼剌和它的网带着紧结着网的三棵树，都穿过空中，到了远方的树林里，在那里它便永被崇拜了，因了它的大凶心和它的机巧。"

"这都是真实么？"约翰问。

"那是载在这书儿上的。"将知说。

"你相信这些么？"

小鬼头细着一只眼，且将示指放在鼻子上。

"在别种动物的圣书里，也曾讲过涂鸦泼刺的，它被称为一个剽悍的和卑劣的怪物。我于此不加可否。"

"可也有一本地祇的书儿呢，将知？"

将知微微怀疑地看定了约翰。

"你究竟是一个什么东西呢，约翰？你有点——有点是人似的，我可以说。"

"不是，不是！放心罢，将知，"旋儿说，"我们是妖。约翰虽然先前常在人类里往来，但你可以相信他。这于他无损的。"

"是呵，是呵！那很好，然而我倒是地祇中的最贤明的，我并且长久而勤勉地研究过，直到知道了我现今所知道的一切。因了我的智慧，我就必须谨慎。如果我讲得太多，就毁损我的名声。"

"你以为在什么书儿上，是记着正确的事的呢？"

"我曾经读得很不少，但我却不信我读过这些书。那须不是妖精书，也不是地祇书。然而那样的书儿是应该存在的。"

"那是人类书么？"

"那我不知道，但我不大相信，因为真的书儿是应该能致大幸福和大太平的——在那上面，应该详细地记载着，为什么一切是这样的，像现状这样。那就谁也不能再多问或多希望了。人类还没有到这地步，我相信。"

"阿，实在的。"旋儿笑着说。

"然而也真有这样的一本书儿么？"约翰切望地问。

"有，有！"小鬼头低声说，"那我知道，——从古老的、古老的传说。静着呀！我又知道，它在那里，谁能够觅得它。"

"阿，将知！将知！"

"为什么你还没有呢?"旋儿问。

"只要耐心,——这就要来了。几个条件我还没有知道。但不久我就要觅得了。我曾毕生为此工作而且向此寻求。因为一觅得,则生活将如晴明的秋日,上是蓝色的天而周围是蓝色的雾;但没有落叶簌簌着,没有小枝格格着,也没有水珠点滴着;阴影将永不变化,树梢的金光将永不惨淡。谁曾读过这书,则凡是于我们显得明的,将是黑暗,凡是于我们显得幸福的,将是忧愁。是的,我都知道,而且我也总有一回要觅得它。"

那山鬼很高地扬起眉毛,并且将手指搁在嘴上。

"将知,你许能教给我罢。"约翰提议道,但他还未说完,便觉得有猛烈的风的一突,还看见一个又大又黑的形象,在自己前面迅速而无声地射过去了。

他回顾将知时,他还及见一只细小的脚怎样地消没在树干里,噗哧!小鬼头连那书儿都跳进他的洞里去了。小光烧得渐渐地微弱了,而且忽然消灭了。那是非常奇特的烛。

"那是什么?"在暗中紧握着旋儿的约翰问。

"一个猫头鹰。"旋儿说。

两个都沉默了好些时。约翰于是问道:"将知所说的,你相信么?"

"将知却并不如他所自负似的伶俐。那样的书他永远觅不到,你也觅不到的。"

"然而有是有的罢?"

"那书儿的存在,就如你的影子的存在,约翰。你怎样地飞跑,你怎样地四顾着想攫取,也总不能抓住或拿回。而且你终于觉着,你是在寻觅自己呢。不要做呆子,并且忘掉了那山鬼的胡说罢!我愿意给你讲一百个更好的故事呢。同我来,我们不如到林边去,看我们的好父亲怎样地从睡觉的草上,揭起那洁白的、绵软的露被来罢。同来呵！"

约翰走着，然而他不懂旋儿的话，也不从他的忠告。他看见灿烂的秋晨一到黎明，便想那书儿，在那上面，是写着为什么一切是这样，像现状这样的，——他并且低声自己反复着说道："将知！将知！"

# 六

从此以后，他在树林中和沙阜上，旋儿的旁边，似乎不再那么高兴和自得了。凡有旋儿所讲述和指示的，都不能满足他的思想。他每次必想那小书，但议论却不敢。他所看见的，也不再先前似的美丽和神奇了。云是这样地黑而重，使他恐怖，仿佛就要从头上压下来。倘秋风不歇地摇撼和鞭扑这可怜的疲倦的林木，致使浅绿的叶腹，翻向上边，以及黄色的柯叶和枯枝在空气中飘摇时，也使他觉得悲痛。

旋儿所说的，于他不满足。许多是他不懂，即使提出一个，他所日夜操心的问题来，他也永是得不到圆满分明的答案。他于是又想那一切全都这样清楚和简单地写着的小书，想那将来的永是晴明而沉静的秋日。

"将知！将知！"

"约翰，我怕你终于还是一个人，你的友情也正如人类的一样，——在我之后和你说话的第一个，将你的信任全都夺去了。唉，我的母亲一点也不错。"

"不，旋儿！你却聪明过于将知，你也聪明如同小书。你为什么不告诉我一切的呢？就看罢！为什么风吹树木，致使它们必须弯而又弯呢？它们不能再，——最美的枝条折断，成百的叶儿纷坠，纵然它们也还碧绿和新鲜。它们都这样地疲乏，也不再能够支撑了，但仍然从这粗野的恶意的风，永是从新的摇动和打击。为什么这样的呢？风要怎样呢？"

"可怜的约翰！这是人的议论呵！"

"使它静着罢，旋儿。我要安静和日光。"

"你的质问和愿望都很像一个人，因此既没有回答，更没有满足。如果你不去学学质问和希望些较好的事，那秋日便将永不为你黎明，而你也将如说起将知的成千的人们一样了。"

"有这么多的人们么？"

"是的，成千的！将知做得很秘密，但他仍然是一个永不能沉默他的秘密的胡涂的饶舌者。他希望在人间觅得那小书，且向每个或者能够帮助他的人，宣传他的智慧。他并且已经将许多人们因此弄得不幸了。人们相信他，想自己觅得那书，正如几个试验炼金的一样地热烈。他们牺牲一切，——忘却了所有他们的工作和他们的幸福，而自己监禁在厚的书籍、奇特的工具和装置之间。他们将生活和健康抛在一旁，他们忘却了蔚蓝的天和这温和的慈惠的天然——以及他们的同类。有时他们也觅得紧要和有用的东西，有如从他们的洞穴里，掷上明朗的地面来的金块似的；他们自己和这不相干，让别人去享用，而自己却奋发地无休无息地在黑暗里更向远处掘和挖。他们并非寻金，倒是寻小书，他们沉沦得越深，离花和光就越远，由此他们希望得越多，而他们的期待也越滋长。有几个却因这工作而昏聩了，忘其所以，一直捣乱到苦恼的儿戏。于是那山鬼便将他们变得稚气。人看见，他们怎样地用沙来造小塔，并且计算，到它落成为止，要用多少粒沙；他们做小瀑布，并且细算那水所形成的各个涡和各个浪；他们掘小沟，还应用所有他们的坚忍和才智，为的是将这掘得光滑，而且没有小石头。倘有谁来搅扰了在他们工作上的这昏迷，并且问，他们做着什么事；他们便正经地重要地看定你，还喃喃道：'将知！将知！'"

"是的，一切都是那么么的可恶的山鬼的罪！你要小心他，约翰！"

但约翰却凝视着对面的摇动和呼哨的树木；在他明澈的孩童眼上，嫩皮肤都打起皱来了。他从来没有这样严正地凝视过。

"而仍然，——你自己说过，——那书儿是存在的！阿，我确实知道，那上面也载着你所不愿意说出名字来的那大光。"

"可怜的，可怜的约翰！"旋儿说，他的声音如超出于暴风雨声之上的平和的歌颂，"爱我，以你的全存在爱我罢。在我这里，你所觅得的会比你所希望的还要多。凡你所不能想象的，你将了然，凡你所希望知道的，你将是自己。天和地将是你的亲信，群星将是你的同胞，无穷将是你的住所。"

"爱我，爱我——霍布草蔓之于树似的围抱我，海之于地似的忠于我，——只有在我这里是安宁，约翰！"

旋儿的话销歇了，然而颂歌似的袅袅着。它从远处飘荡而来，匀整而且庄严，透过了风的吹拂和呼啸，——平和如月色，那从相逐的云间穿射出来的。

旋儿伸开臂膊，约翰睡在他的胸前，用蓝的小氅衣保护着。

他夜里却醒来了。沉静是蓦地不知不觉地笼罩了地面，月亮已经沉没在地平线下。不动地垂着疲倦的枝叶，沉默的黑暗掩盖着树林。

于是问题来了，迅速而阴森地接续着，回到约翰的头里来，并且将还很稚弱的信任驱逐了。为什么人类是这样子的？为什么他应该抛掉他们而且失了他们的爱？为什么要有冬天？为什么叶应该落而花应该死？为什么？为什么？

于是深深地在丛莽里，又跳着那蓝色的小光。它们来来去去。约翰严密地注视着它们。他看见较大的明亮的小光在黑暗的树干上发亮。旋儿酣睡得很安静。

"还有一个问。"约翰想，并且溜出了蓝色的小氅衣，去了。

"你又来了？"将知说，还诚意地点头，"这我很喜欢。你的朋友在那里呢？"

"那边！我只还想问一下。你肯回答我么？"

"你曾在人类里，实在的么？你去办我的秘密么？"

"谁会觅得那书儿呢，将知？"

"是呵，是呵！这正是那个，这正是！——你愿意帮助我么，倘我告诉了你？"

"如果我能够，当然！"

"那就听着，约翰！"将知将眼睛张得可怕地大，还将他的眉毛扬得比平常更其高。于是他伸手向前，小声说："人类存着金箱子，妖精存着金锁匙，妖敌觅不得，妖友独开之。春夜正其时，红膝鸟深知。"

"这是真的么，这是真的么？"约翰嚷着，并且想着他的小锁匙。

"真的！"将知说。

"为什么还没有人得到呢？有这么多的人们寻觅它。"

"凡我所托付你的，我没有告诉过一个人，一个也不。"

"我有着，将知！我能够帮助你！"约翰欢呼起来，并且拍着手，"我去问问旋儿。"

他从莓苔和枯叶上飞回去。但他颠踬了许多回，他的脚步是沉重了。粗枝在他的脚下索索地响，往常是连小草梗也不弯曲的。

这里是茂盛的羊齿草丛，他曾在底下睡过觉。这于他显得多么矮小了呵。

"旋儿！"他呼唤。他就害怕了他自己的声音。

"旋儿！"这就如一个人类的声音似的发响，一匹胆怯的夜莺叫喊着飞去了。

羊齿丛下是空的，——约翰看见一无所有。

蓝色的小光消失了,围绕着他的是寒冷和无底的幽暗。他向前看,只见树梢的黑影,散布在星夜的空中。

他再叫了一回。于是他不再敢了。他的声音,响出来像是对于安静的天然的亵黩[41],对于旋儿的名字的讥嘲。

可怜的小约翰于是仆倒,在绝望的后悔里呜咽起来了。

# 七

早晨是寒冷而黯淡。黑色的光亮的树枝,被暴风雨脱了叶,在雾中哭泣。下垂的湿草上面,慌忙地跑着小约翰,凝视着前面,是树林发亮的地方,似乎那边就摆着他的目的。他的眼睛哭红了,并且因为恐惧和苦恼而僵硬了。他是这样地跑了一整夜,像寻觅着光明似的,——和旋儿在一处,他是安稳地如在故乡的感觉。每一暗处,都坐着抛弃的游魂,他也不敢回顾自己的身后。

他终于到了一个树林的边际。他望见一片牧场,那上面徐徐下着细微的尘雨。牧场中央的一株秃柳树旁站着一匹马。它不动地弯着颈子,雨水从它发亮的背脊和粘成一片的鬃毛上懒散地滴沥下来。

约翰还是跑远去,沿着树林。他用了疲乏的恐惧的眼光,看着那孤寂的马和晦暗的雨烟,微微呻吟着。

“现在是都完了,”他想,“太阳就永不回来了。于我就要永是这样,像这里似的。”

在他的绝望中,他却不敢静静地站定,——惊人的事就要出现了,他想。

他在那里看见一株带着淡黄叶子的菩提树下,有一个村舍的大的栅栏门和一间小屋子。

---

41  现代汉语常用“亵渎”。——编者注

　　他穿进门去,走过宽广的树间路,棕色的和黄的菩提叶,厚铺在地面上。草坛旁边生着紫色的翠菊,还随便错杂着几朵彩色的秋花。

　　他走近一个池。池旁站着一所全有门户和窗的大屋。蔷薇丛和常春藤生在墙根。半已秃叶的栗树围绕着它,在地上和将落的枝叶之间,约翰还看见闪着光亮的棕色的栗子。

　　冰冷的死的感觉,从他这里退避了。他想到他自己的住所,——那地方也有栗树,当这时候他总是去觅光滑的栗子的。蓦地有一个愿望捆住他了,他似乎听得有熟识的声音在呼唤。他就在大屋旁边的板凳上坐下,并且静静地啜泣起来。

　　一种特别的气味又引得他抬了头。他近旁站着一个人,系着白色的围裙,还有烟管衔在嘴里。环着腰带有一条菩提树皮,他用它系些花朵。约翰也熟识这气味,他就记起了他在自己的园子里,并且想到那送他美丽的青虫和为他选取鹧鸪蛋的园丁。

　　他并不怕,——虽然站在他身边的也是一个人。他对那人说,他是被抛弃,而且迷路了,他还感谢地跟着他,进那黄叶的菩提树下的小屋去。

　　那里面坐着园丁的妻,织着黑色的袜子。灶头的煤火上挂一个大的水罐,且煮着。火旁的席子上坐着一匹猫,拳了前爪,正如约翰离家时候坐在那里的西蒙。

　　约翰要烘干他的脚,便坐在火旁边。"镝!——镝!——镝!——镝!"——那大的时钟说。约翰看看呼哨着从水罐里纷飞出来的蒸汽,看看活泼而游戏地超过瓦器,跳着的小小的火苗。

　　"我就在人类里了。"他想。

　　然而于他并无不舒服。他觉得完全安宁了。他们都好心而且友爱,还问他怎样是他最心爱的。

　　"我最爱留在这里。"他回答说。

这里给他安全，倘一回家，将就有忧愁和眼泪。他必须不开口，人也将说他做了错事了。一切他就须再看见，一切又须想一回。

他实在渴慕着他的小房子、他的父亲、普烈斯多，——但比起困苦的愁烦的再见来，他宁可在这里忍受着平静的渴慕。他又觉得，仿佛这里是可以毫无搅扰地怀想着旋儿，在家里便不行了。

旋儿一定是走掉了。远远地到了椰树高出于碧海之上的晴朗的地方去了。他情愿在这里忏悔，并且坚候他。

他因此请求这两个好心的人们，许他留在他那里。他愿意帮助养园和花卉。只在这一冬。因为他私自盼望，旋儿是将和春天一同回来的。

园丁和他的妻以为约翰是在家里受了严刻的待遇，所以逃出来的。他们对他怀着同情，并且许他留下了。

他的愿望实现了。他留下来，帮助那花卉和园子的养护。他们给他一间小房，有一个蓝板的床位。在那里，他早晨看那潮湿的黄色的菩提树叶子怎样地在窗前轻拂，夜间看那黑暗的树干，后面有星星们玩着捉迷藏的游戏，怎样地往来动摇。他就给星星们名字，而那最亮的一颗，他称之为旋儿。

给花卉们呢，那是他在故乡时几乎全都熟识的，他叙述自己的故事。给严正的大的翠菊，给彩色的莘尼亚，给洁白的菊花，那开得很长久，直到凛烈[42]的秋天的。当别的花们全都死去时，菊花还挺立着，待到初雪才下的清晨，约翰一早走来看它们的时候，——它们也还伸着愉快的脸，并且说："是的，我们还在这里呢！这是你没有想到的罢！"它们自以为勇敢，但三天之后，它们却都死了。

温室中这时还盛装着木本羊齿和椰树，在润湿的闷热里，并且挂着兰类的奇特的花须。约翰惊异地凝视在这些华美的花托上，一

---

42　现代汉语常用"凛冽"。——编者注

面想着旋儿。但他一到野外，一切是怎样地寒冷而无色呵，带着黑色的足印的雪，索索作响的滴水的秃树。

倘若雪团沉默着下得很久，树枝因着增长的茸毛而弯曲了，约翰便喜欢走到雪林的紫色的昏黄中去。那是沉静，却不是死。如果那伸开的小枝条的皎洁的白，分布在明蓝的天空中，或者过于负重的丛莽，摇去积雪，使它纷飞成一阵灿烂的云烟的时候，却几乎更美于夏绿。

有一次，就在这样的游行中，他走得很远，周围只看见戴雪的枝条，——半黑，半白，——而且各个声响，各个生命，仿佛都在灿烂的蒙茸里消融了，于是使他似乎见有一匹小小的白色的动物在他前面走。他追随它，——这不像是他所认识的动物，——但当他想要捉，这却慌忙消失在一株树干里了。约翰窥探着黑色的穴口，那小动物所伏匿的，并且自问道："这许是旋儿罢？"

他不甚想念他。他以他为不好，他也不肯轻减他的忏悔。而在两个好人身边的生活，也使他很少疑问了。他虽然每晚必须读一点大而且黑的书，其中许多是关于上帝的议论，但他却认识那书，也读得很轻率。然而在他游行雪地以后的那一夜，他醒着躺在床上，眺望那地上的寒冷的月光。他蓦地看见一双小手，怎样地伸上床架来试探，并且紧紧地扳住了床沿。于是在两手之间显出一个白的小皮帽的尖来，末后，他看见扬起的眉毛之下，一对严正的小眼。

"好晚上，约翰！"将知说，"我到你这里来一下，为的是使你记念我们的前约。你不能觅得那书儿，是因为还不是春天。但你却想着那个么？那是怎样地一本厚书呀，那我看见你所读的？那不能是那正当的呵。不要信它罢！"

"我不信它，将知。"约翰说。他翻一个身，且要睡去了。然而那小锁匙却不肯离开他的心念。从此他每读那本厚书的时候，也就想到那匙儿，于是他看得很清楚，那不是那正当的。

# 八

"他就要来罢!"当积雪初融,松雪草到处成群出现时,约翰想。"他来不来呢?"他问松雪草。然而它们不知道,只将那下垂的小头,尽向地面注视,仿佛它们羞惭着自己的匆遽,也仿佛想要再回地里似的。

只要它们能!冰冷的东风怒吼起来了,雪积得比那可怜的太早的东西还要高。

许多星期以后,紫花地丁来到了;它们的甜香突过了丛莽,而当太阳悠长地温暖地照着生苔的地面的时候,那斑斓的莲馨花们也就成千成百地开起来。

怯弱的紫花地丁和它们的强烈的芳香是将要到来的豪华的秘密的前驱,快活的莲馨花却就是这愉快的现实。醒了的地,将最初的日光紧紧地握住了,还借此给自己做了一种金的装饰。

"然而现在!他现在却一定来了!"约翰想,他紧张地看着枝上的芽,它们怎样地逐日徐徐涌现,并且挣脱厚皮,直到那最初的淡绿的小尖,在棕色的鳞片之间向外窥探。约翰费了许多时光,看那绿色的小叶:他永是看不出它们如何转动,但倘或他略一转瞬,它们又仿佛就大了一点了。他想:"倘若我看着它们,它们是不敢的。"

枝柯已经织出阴来。旋儿还没有到,没有鸽子在他这里降下,没有小鼠和他谈天。倘或他对花讲话,它们只是点头,并不回答。"我的罚还没有完罢。"他想。

在一个晴朗的春日里,他来到池旁和屋子前。几个窗户都畅开了。是人们搬进那里去了罢?

站在池边的鸟莓的宿丛,已经都用嫩的小叶子遮盖了,所有枝条，都得到精细的小翅子了。在草地上，靠近乌莓的宿丛，躺着一个女孩子。约翰只看见她浅蓝的衣裳和她金黄的头发。一匹小小的红縢乌停在她肩上，从她的手里啄东西。她忽而转过脸来向约翰注视着。

"好天，小孩儿。"她说，并且友爱地点点头。

约翰从头到脚都震悚了。这是旋儿的眼睛，这是旋儿的声音。

"你是谁呀？"他问，因为感动，他的嘴唇发着抖。

"我是荣儿，这里的这个是我的鸟。当你面前它是不害怕的。你可喜欢禽鸟么？"

那红縢乌在约翰面前并不怯。它飞到他的臂膊上。这正如先前一样。她应该一定是旋儿了，这蓝东西。

"告诉我，你叫什么，小孩儿。"旋儿的声音说。

"你不认识我么？你不知道我叫约翰么？"

"我怎样会知道呢？"

这是什么意思呢？那也还是熟识的甜美的声音，那也还是黑暗的，天一般深的眼睛。

"你怎么这样对我看呢，约翰？你见过我么？"

"我以为，是的。"

"你却一定是做梦了。"

"做梦了？"约翰想，"我是否一切都是做的梦呢？还是此时正在做梦呢？"

"你是在那里生的？"他问。

"离这里很远，在一个大都会里。"

"在人类里么？"

荣儿笑了，那是旋儿的笑。"我想，一定。你不是么？"

"唉，是的，我也是！"

"这于你难受么？——你不喜欢人们么？"

"不！谁能喜欢人们呢？"

"谁？不，约翰。你却是怎样的一个稀奇的小家伙呵！你更爱动物么？"

"阿，爱得多，和那花儿们！"

"我早先原也这样的。只有一次。然而这些都不正当。我们应该爱人类，父亲说。"

"这为什么不正当？我要爱谁，我就爱谁，有什么正当不正当。"

"呸，约翰！你没有父母，或别的照顾你的谁么？你不爱他们么？"

"是呵，"约翰沉思地说，"我爱我的父亲。但不是因为正当。也不因为他是一个人。"

"为什么呢？"

"这我不知道：因为他不像别的人们那样，因为他也爱花们和鸟们。"

"我也曾这样，约翰！你看见了罢。"荣儿还将红𦸂鸟叫回她的手上来，并且友爱地和它说话。

"这我知道，"约翰说，"我也喜欢你。"

"现在已经？这却快呀！"女孩笑着。"但你最爱谁呢？"

"谁？……"约翰迟疑起来了。他须提出旋儿的名字么？对着人们可否提这名字的畏惧，在他的思想上是分不清楚的。然而那蓝衣服的金发东西，却总该就是那个名目了。此外谁还能给他这样的一个安宁而且幸福的感觉呢？

"你！"他突然说，且将全副眼光看着那深邃的眼睛。他大胆地敢于完全给与了；然而他还担心，紧张地看着对于他的贵重的赠品的接受。

荣儿又发一阵响亮的笑，但她便拉了他的手，而且她的眼光并不更冷漠，她的声音也没有减少些亲密。

"阿！约翰，"她说，"我怎么忽然挣得了这个呢？"

约翰并不回答，还是用了滋长的信任，对着她的眼睛看。荣儿站了起来，将臂膊围了约翰的肩头。她比他年纪大一点。

他们在树林里走，一面采撷些大簇的莲馨花，直至能够全然爬出，到了玲珑的花卉的山下。红膝鸟和他们一起，从这枝飞到那枝，还用了闪闪的漆黑的小眼睛，向他们窥伺。

他们谈得并不多，却屡次向旁边互视。两个都惊讶于这相遇，且不知道彼此应该如何。然而荣儿就须回家了，——这使他难受。

"我该去了，约翰。但你还愿意和我同走一回么？你真是一个好孩子。"她在分离的时候说。

"唯！唯！"红膝鸟说，并且在她后面飞。

当她已去，只留下她的影像时，他不再疑惑她是谁了。她和他是一个，对于那他，他是送给了一切自己的友爱的；旋儿这名字，在他这里逐渐响得微弱下去了，而且和荣儿混杂了。

他的周围也又如先前一样。花卉们高兴地点头，它们的芳香，则将他对于感动和养育他至今的家乡的愁思，全都驱逐了。在嫩绿中间，在微温的柔软的春气里，他觉得忽然如在故乡，正如一只觅得了它的窠巢的禽鸟。他应该伸开臂膊来，并且深深地呼吸。他太幸福了。在归途中，是嫩蓝衣的金发，飘泛在他眼前，总在他眼前，无论他向那一方面看。那是，仿佛他看了太阳，又仿佛日轮总是和他的眼光一同迁徙似的。

从那一日起，每一清晨，约翰便到池边去。他去得早，只要是垂在窗外的常春藤间的麻雀的争闹，或者在屋檐上鼓翼和初日光中喧嚷着的白头翁的咭喇或曼声的啾啾来叫醒他，他便慌忙走过湿草，来到房屋的近旁，还在紫丁香丛后等候，直到他听得玻璃门怎样地被推开了，并且看见一个明朗的风姿的临近。

他们于是经过树林和为树林作界的沙冈。他们闲谈着凡有他们所见的一切，谈树木和花草，谈沙冈。倘和她一同走，约翰就有一种奇特的昏迷的感觉：他每又来得这样地轻，似乎能够飞向空中了。但这却没有实现。他叙述花卉和动物的故事，就是从旋儿那里知道的。然而他已经忘却了如何学得那故事，而且旋儿也不再为他存了，只有荣儿。倘或她对他微笑，或在她眼里看出友情，或和她谈心，纵意所如，毫无迟疑和畏怯，一如先前对着普烈斯多说话的时候，在他是一种享用。倘不相见，他便想她，每作一事，也必自问道，荣儿是否以为好或美呢。

她也显得很高兴；一相见，她便微笑，并且走得更快了。她也曾对他说，她的喜欢和他散步，是和谁也比不上的。

"然而约翰，"有一回，她问，"你从何知道，金虫想什么，嗌雀唱什么，兔洞里和水底里是怎样的呢？"

"它们对我说过，"约翰答道，"而且我自己曾到过兔洞和水底的。"

荣儿蹙了精美的双眉，半是嘲弄地向他看。但她在他那里寻不出虚伪来。

他们坐在丁香丛下，满丛垂着紫色的花。横在他们脚下的是池子带着睡莲和芦苇。他们看见黑色的小甲虫怎样地打着圈子滑过水面，红色的小蜘蛛怎样忙碌地上下泅水。这里是扰动着旋风般的生活。约翰沉在回忆中，看着深处，并且说：

"我曾经没入那里去过的，我顺着一枝荻梗滑下去，到了水底。地面全铺着枯叶子，走起来很软，也很轻。在那里永远是黄昏，绿色的黄昏，因为光线的透入是经过了绿的浮萍的。并且在我头上，看见垂着长而白的浮萍的小根。鲵鱼近来，而且绕着我游泳，它是很好奇的。这是奇特的，假如一个这么大的动物，从上面游来。——我也不能远望前面,那里是黑暗的,却也绿。就从那幽暗里,动物们都像黑色的影子一般走过来。生着桨爪的水甲虫和光滑的水蜘蛛,——往往也有一条小小的鱼儿。我走得很远。我觉得有几小时之远,在那中央,是一坐[43]水草的大森林,其间有蜗牛向上爬着,水蜘蛛们做些光亮的小窠。刺鱼们飞射过去,并且时时张着嘴抖着髻向我注视,它们是这样地惊疑。我在那里,和我几乎踏着它的尾巴了的一条鳗鱼,成了相识。它给我叙述它的旅行;它是一直到过海里的,它说。因此大家便将它当作池子的王了,因为谁也不及它游行得这么远。它却永是躺在泥泞里而且睡觉,除了它得到别个给它弄来的什么吃的东西的时候。它吃得非常之多。这就因为它是王;大家喜欢一个胖王,这是格外的体面。唉,在池子里是太好看了!"

"为什么你现在不能再到那里去了呢?"

"现在?"约翰问,并且用了睁大的沉思的眼睛对她看,"现在?我不再能够了,我会在那里淹死。然而现在也无须了。我愿意在这里,傍着丁香和你。"

荣儿骇异地摇着金发的头,并且抚摩约翰的头发。她于是去看那在池边像是寻觅种种食饵的红膝鸟。它忽然抬起头,用了它的明亮的小眼睛,向两人凝眺了一瞬息。

"你可有些懂得么,小鸟儿?"

那小鸟儿很狡猾地向里一看,就又去寻觅和玩耍了。

"给我讲下去,约翰,讲那凡你所看见的。"

这是约翰极愿照办的,荣儿听着他,相信而且凝神地。

"然而为什么全都停止了呢?为什么你现在不能同我——到那边的各处去走呢?那我也很喜欢。"

---

43　现代汉语常用"座"。——编者注

约翰督促起他的记忆来，然而一幅他曾在那上面走过的晴朗的轻纱，却掩覆着深处。他已经不很知道，他怎样地失掉了那先前的幸福了。

"那我不很明白，你不必再问这些罢。一个可恶的小小的东西，将一切都毁掉了。但现在是一切都已回来。比先前还要好。"

紫丁香花香从丛里在他们上面飘泛下来，飞蝇在水面上营营地叫，还有平静的日光，用了甘美的迷醉，将他们沁透了。直到家里的一口钟开始敲打，发出响亮的震动来，才和荣儿迅速地慌忙走去。

这一晚约翰到了他的小屋子里，看着溜过窗玻璃去的常春藤叶的月影的时候，似乎听得叩窗声。约翰以为这许是在风中颤动的一片常春叶。然而叩得很分明，总是一叩三下，使约翰只能轻轻地开了窗，而且谨慎地四顾。小屋边的藤叶子在蓝色的照映里发光，这之下，是一个满是秘密的世界。在那里有窠和洞，月光只投下一点小小的蓝色的星火来，这却使幽暗更加深邃。

许多时光，约翰凝视着那奇异的阴影世界的时候，他终于极清楚地，在高高地挨着窗，一片大的常春藤叶下面，看见藏着一个小小的小男人的轮廓。他从那轩起的眉毛下的睁大的骇诧的眼，即刻认出是将知了。在将知的长的鼻子的尖端，月亮画上了一点细小的星火。

"你忘掉我了么，约翰？为什么你不想想那个呢？这正是正当的时候了。你还没有向红膝鸟问路么？"

"唉，将知，我须问什么呢？凡我能希望的，我都有了。我有荣儿。"

"但这却不会经久的。你还能更幸福，——荣儿一定也如此。那匙儿就须放在那里么？想一想罢，多么出色呵，如果你们俩觅得那书儿。问问红膝鸟去；我愿意帮助你，倘若我能够。"

"我可以问一问。"约翰说。

将知点点头,火速地爬下去了。

约翰在睡倒以前,还向着黑暗的阴影和发亮的常春藤叶看了许多时。第二天,他问红縢鸟,是否知道向那小箱的路径。荣儿惊异地听着。约翰看见,那红縢鸟怎样地点头,并且从旁向荣儿窥伺。

"不是这里!不是这里!"小鸟啾唧着。

"你想着什么,约翰?"荣儿问。

"你不知道什么缘故么,荣儿?你不知道在那里寻觅这个么?你不等候着金匙儿么?"

"不,不!告诉我,这是怎的?"

约翰叙述出他所知道的关于小书的事来。

"而且我存着匙儿;我想,你有着金箧。不是这样的么,小鸟儿?"

但那小鸟却装作似乎没有听到,只在嫩的碧绿的山毛榉树的枝柯里翩跹。

他们坐在一个冈坡上,这地方生长着幼小的山毛榉和枞树。一条绿色的道路斜引上去,他们便坐在这些的边缘,在沙冈上,在繁密的浓绿的莓苔上。他们可以从最小的树木的梢头,望见绿色的海带着明明暗暗的著色的波浪。

"我已经相信了,约翰,"荣儿深思地说,"你在寻觅的,我能够给你觅得。但你怎么对付那匙儿呢?你怎么想到这里的呢?"

"是呵,这是怎的,这是怎么一回事呢?"约翰喃喃着,从树海上望着远方。

他们刚走出晴明的蔚蓝里,在他们的望中忽然浮起了两只白胡蝶。它们搅乱着,颤动着,而且在日光下闪烁着,无定地轻浮地飞舞。但它们却近来了。

"旋儿,旋儿。"约翰轻轻地说,蓦地沉在忆念里了。

"旋儿是谁？"荣儿问。

红膆鸟啾唧着飞了起来，约翰还觉得那就在他面前草里的雏菊们，突然用了它们的大睁的白的小眼睛，非常可怕地对他看。

"他给你那匙儿么？"女孩往下问，——约翰点点头，沉默着，然而她还要知道得多一点，——"这是谁呢？一切都是他教给你的么？他在那里呢？"

"现在是不再有他了。现在是荣儿，单是荣儿，只还有荣儿。"他捏住她的臂膊，靠上自己的头去。

"胡涂孩子！"她说，且笑着，"我要使你觅得那书儿，——我知道，这在那里。"

"那我就得走，去取匙儿，那是很远呢。"

"不，不，这不必。我不用匙儿觅得它，——明早，明早呵，我准许你。"

当他们回家时，胡蝶们在他们前面翻跰着。

约翰在那夜，梦见他的父亲，梦见荣儿，还梦见许多另外的。那一切都是好朋友，站在他周围，而且亲密地信任地对他看。但忽然面目都改变了，他们的眼光是寒冷而且讥嘲，——他恐怖地四顾，——到处是惨淡的仇视的面目。他感到一种无名的恐怖，并且哭着醒来了。

# 九

约翰坐得很长久，而且等候着。空气是冷冷的，大的云接近了地面，不断的无穷的连续着飘浮。它们展开了暗灰色的、波纹无际的氅衣，还在清朗的光中卷起它们的傲慢的峰头，即在那光中发亮。树上的日光和阴影变换得出奇地迅疾，如永有烈焰飞腾的火。

约翰于是觉得恐惧了；他思索着那书儿，难于相信，而还希望着，他今天将要觅得。云的中间，很高，奇怪的高，他看见清朗的凝固的蔚蓝，那上面是和平地扩张在不动的宁静中的，柔嫩的洁白的小云，精妙地蒙茸着。

"这得是这样，"他想，"这样高，这样明，这样静。"

于是荣儿来到了。然而红膝鸟却不同来。"正好，约翰，"她大声叫，"你可以来，并且看那书去。"

"红膝鸟在那里呢？"约翰迟疑着问。

"没有带来，我们并不是散步呵。"

他一同走，不住地暗想着：那是不能，——那不能是这样的，——一切都应该是另外的样子。

然而他跟随着在他前面放光的灿烂的金发。

唉！从此以后，小约翰就悲哀了。我希望他的故事在这里就完结。你可曾讨厌地梦见过一个魔幻的园，其中有着爱你而且和你谈天的花卉们和动物们的没有？于是你在梦里就有了那知觉，知道你就要醒来，并且将一切的华美都失掉了？于是你徒然费力于坚留它，而且你也不愿看那冰冷的晓色。

当他一同进去的时候，约翰就潜藏着这样的感觉。

他走到一所住房，那边一条进路，反响着他的脚步。他齅到衣服和食物的气味，他想到他该在家里时的悠长的日子，——想到学校的功课，想到一切，凡是在他生活上幽暗而且冰冷的。

他到了一间有人的房间。人有几多，他没有看。他们在闲谈，但他一进去，便寂静了。他注视地毯，有着很大的不能有的花纹带些刺目的色彩。色彩都很特别和异样，正如家乡的在他小屋子里的一般。

"这是园丁孩子么？"一个正对着他的声音说，"进来就是，小朋友，你用不着害怕的。"

一个别的声音在他近旁突然发响："唔，小荣，你有一个好宝贝儿哩。"

这都是什么意义呢？在约翰的乌黑的孩子眼上，又迭起深深的皱来，他并且惑乱地惊骇地四顾。

那边坐着一个穿黑的男人，用了冷冷的严厉的眼睛看着他。

"你要学习书中之书么？我很诧异，你的父亲，那园丁，那我以为是一个虔诚人的，竟还没有将这给了你。"

"他不是我的父亲，——他远得很。"

"唔，那也一样。——看罢，我的孩子！常常读着这一本，那就要到你的生活道上了。……"

约翰却已认得了这书。他也不能这样地得到那一本，那应该是全然各别的。他摇摇头。

"不对，不对！这不是我所想的那一本。我知道，这不是那一本！"

他听到了惊讶的声音，他也觉得了从四面刺他的眼光。

"什么？你想着什么呢，小男人？"

"我知道那本书儿，那是人类的书。这本却是还不够，否则人类就安宁和太平了。这并不是。我想着的是一些各别的，人一看，谁也不能怀疑。那里面记着，为什么一切是这样的，像现状的这样，又清楚，又分明。"

"这能么？这孩子的话是那里来的？"

"谁教你的，小朋友？"

"我相信，你看了邪书了，孩子，照它胡说出来罢。"

几个声音这样地发响，约翰觉得他面庞炽热起来，——他快要晕眩了，——房屋旋转着，地毯上的大花朵一上一下地飘浮。前些日子在学校里这样忠诚地劝戒他的小鼠在那里呢？他现在用得着它了。

"我没有照书胡说，那教给我的，也比你们全班的价值要高些。我知道花卉们和动物们的话，我是它们的亲信。我明白人类是什么，以及他们怎样地生活着。我知道妖精们和小鬼头们的一切秘密，因为它们比人类更爱我。"

约翰听得自己的周围和后面，有窃笑和喧笑。在他的耳朵里，吟唱并且骚鸣起来了。

"他像是读过安徒生[44]了。"

"他是不很了了的。"

正对着他的男人说：

"如果你知道安徒生，孩子，你就得多有些他对于上帝的敬畏和他的话。"

"上帝!"这个字他识得的，而且他想到旋儿的所说。

"我对于上帝没有敬畏。上帝是一盏大煤油灯，由此成千的迷误了，毁灭了。"

没有喧笑，却是可怕的沉静，其中混杂着嫌恶和惊怖。约翰在背上觉得钻刺的眼光。那是，就如在昨夜的他的梦里。

那黑衣男人立起身来，抓住了他的臂膊。他痛楚，而且几乎挫折了勇气。

"听着罢，我的孩子，我不知道，你是否不甚了了，还是全毁了，——这样的毁谤上帝在我这里却不能容忍。——滚出去，也不要再到我的眼前来，我说。懂么？"

一切的眼光是寒冷和仇视，就如在那一夜。

约翰恐怖地四顾。

"荣儿! ——荣儿在那里？"

---

44　H. Ch. Andersen(1805—1875)，有名的童话作家，丹麦人。

"是了，我的孩子要毁了！——你当心着，你永不准和她说话！"

"不，让我到她那里！我不愿意离开她。荣儿，荣儿！"约翰哭着。

她却恐怖地坐在屋角里，并不抬起眼来。

"滚开，你这坏种！你不听！你不配再来！"

而且那痛楚的紧握，带着他走过反响的路，玻璃门砰然阖上了。——约翰站在外面的黑暗的低垂的云物下。

他不再哭了，当他徐徐地前行的时候，沉静地凝视着前面。在他眼睛上面的阴郁的皱纹也更其深，而且永不失却了。

红膆鸟坐在一座菩提树林中，并且向他窥看。他静静地站住，沉默地报答以眼光。但在它胆怯的侦察的小眼睛里，已不再见信任，当他更近一步的时候，那敏捷的小动物便鼓翼而去了。

"走罢！走罢！一个人！"同坐在园路上的麻雀们啾唧着，并且四散地飞开。

盛开的花们也不再微笑，它们却严正而淡漠地凝视，就如对于一切的生人。

但约翰并不注意这些事，他只想着那人们给他的侮辱；在他是，仿佛有冰冷的坚硬的手，污了他的最深处了。"他们得相信我，"他想，"我要取我的匙儿，并且指示给他们。"

"约翰！约翰！"一个脆的小声音叫道，那地方有一个小窠在一株冬青树里，将知的大眼睛正从窠边上望出来，"你往那里去？"

"一切都是你的罪，将知！"约翰说，"让我安静着罢。"

"你怎么也同人类去说呢，人类是不懂你的呵。你为什么将这样的事情去讲给人类的？这真是呆气！"

"他们笑骂我，又给我痛楚。那都是下贱东西；我憎恶他们。"

"不然，约翰，你爱他们。"

"不然！不然！"

"他们不像你这样,于你就少一些痛苦了,——他们的话,于你也就算不得什么了。对于人类,你须少介意一点。"

"我要我的匙儿。我要将这示给他们。"

"这你不必做,他们还是不信你的,这有什么用呢?"

"我要蔷薇丛下的我的匙儿。你知道怎么寻觅它么?"

"是呀!——在池边,是么?是的,我知道它。"

"那就带领我去罢,将知!"

将知腾上了约翰的肩头,告诉他道路,他们奔走了一整天,——发风,有时下狂雨,但到晚上,云却平静了,并且伸成金色和灰色的长条。

他们来到约翰所认识的沙冈时,他的心情柔软了,他每次细语着:"旋儿,旋儿。"

这里是兔窟——以及沙冈,在这上面他曾经睡过一回的。灰色的鹿苔软而且湿,并不在他的脚下挫折作响。蔷薇开完了,黄色的月下香带着它们的迷醉的微香,成百地伸出花蕚来。那长的傲兀的王烛花伸得更高,和它们的厚实的毛叶。

约翰细看那冈蔷薇的精细的淡褐色的枝柯。

"它在那里呢,将知?我看不见它。"

"那我不知道,"将知说,"是你藏了匙儿的,不是我。"

蔷薇曾经开过的地方,已是满是淡漠地向上望着的黄色的月下香的田野了。约翰询问它们,也问王烛;然而它们太傲慢,因为它们的长花是高过他,——约翰还去问沙地上的三色地丁花。

却没有一个知道一点蔷薇的事。它们一切都是这一夏天的。不但那这么高的自负的王烛。

"唉,它在那里呢?它在那里呢?"

"那么,你也骗了我了?"将知说,"这我早想到,人类总是这样的。"

他从约翰的肩头溜下，在冈草间跑掉了。

约翰在绝望中四顾，——那里站着一窠小小的冈蔷薇丛。

"那大蔷薇在那里呢？"约翰问，"那大的，那先前站在这里的？"

"我们不和人类说话，"那小丛说。这是他所听到的末一回，——四围的一切生物都沉静地缄默了，只有芦叶在轻微的晚风中瑟瑟地作响。

"我是一个人么，"约翰想，"不，这不能是，不能是。我不愿意是人，我憎恶人类。"

他疲乏，他的精神也迟钝了。他坐在小草地边的，散布着湿而强烈的气息的，柔软的苍苔上。

"我不能回去了，我也不能再见荣儿了。我的匙儿在那里呢？旋儿在那里呢？为什么我也须离开荣儿呢？我不能缺掉她，如果少了她，我不会死么？我总须生活着，且是一个人，——像其他的，那笑骂我的一个人么？"

于是他忽又看见那两个白胡蝶；那是从阳光方面向他飞来的。他紧张着跟在它们的飞舞之后，看它们是否指给他道路。它们在他的头上飞，彼此接近了，于是又分开了，在愉快的游戏中盘旋着。它们慢慢地离开阳光，终于飘过冈沿，到了树林里。那树林是只还有最高的尖，在从长的云列下面通红而鲜艳地闪射出来的夕照中发亮。

约翰跟定它们。但当它们飞过最前排的树木的时候，他便觉察出，怎样地有一个黑影追蹑着有声的鼓翼，并且将它们擒拿。一转瞬间，它们便消失了。那黑影却迅速地向他射过来，他恐怖地用手掩了脸。

"唉，小孩子！你为什么坐在这里哭？"帖近他响着一个锋利的嘲笑的声音。约翰先曾看见，像是一只大的黑蝙蝠奔向他，待到他抬头去看的时候，却站着一个黑的小男人，比他自己大得很有限。

他有一个大头带着大耳朵，黑暗地翘在明朗的暮天中，瘦的身躯和细细的腿。从他脸上，约翰只看见细小的闪烁的眼睛。

"你失掉了一点什么，小孩子？那我愿意帮你寻。"他说。

但约翰沉默着摇摇头。

"看罢，你要我的这个么？"他又开始了，并且摊开手。约翰在那上面看见一点白东西，时时动弹着。那便是白色的胡蝶儿，快要死了，颤动着撕破的和拗断的小翅子。约翰觉得一个寒栗，似乎有人从后面在吹他，并且恐惧地仰看那奇特的家伙。"你是谁？"他问。

"你要知道我的名字么，小孩子？那么，你就只称我穿凿[45]，简直穿凿。我虽然还有较美的名字，然而你是不懂的。"

"你是一个人么？"

"听罢！我有着臂膊和腿和一个头，——看看是怎样的一个头罢！——那孩子却问我，我是否一个人哩！但是，约翰，约翰！"那小男人还用咿咿哑哑的声音笑起来。

"你怎么知道我是谁呢？"约翰问。

"唉，这在我是容易的。我知道的还多得很。我也知道你从那里来以及你在这里做什么。我知道得怪气的多，几乎一切。"

"唉，穿凿先生……"

"穿凿，穿凿，不要客气。"

"你可也知道……？"但约翰骤然沉默了。"他是一个人。"他想。

"你想你的匙儿罢？一定是！"

"我却自己想着，人类是不能知道那个的。"

"胡涂孩子！将知已经泄漏[46]了很多了。"

"那么你也和将知认识的？"

---

45　Pleuzer，德译 Klauber，也可以译作挑选者、吹求者、挑剔者等。

46　现代汉语常用"泄露"。——编者注

"呵，是的！他是我的最好的朋友之一，——这样的我还很多。但这却不用将知我早知道了。我所知道的比将知还要广。一个好小子，然而胡涂，出格地胡涂。我不然！全不然。"穿凿并且用了瘦小的手，自慰地敲他的大头。

"你知道么，约翰，"他说下去，"什么是将知的大缺点？但你千万永不可告诉他，否则他要大大地恼怒的。"

"那么，是什么呢？"约翰问。

"他完全不存在。这是一个大缺点，他却不肯赞成，而且他还说过我，我是不存在的。然而那是他说诳。我是否在这里！还有一千回！"

穿凿将胡蝶塞在衣袋里，并且突然在约翰面前倒立起来。于是他可厌地装着怪相笑，还吐出一条长长的舌头。约翰是，时当傍晚，和这样的一个奇特东西在沙冈上，心情本已愁惨了的，现在却因恐怖而发抖了。

"观察世界，这是一个很适宜的方法，"穿凿说，还总是倒立着，"如果你愿意，我也肯教给你。看一切都更清楚，更自然。"

他还将那细腿在空中开阖着，并且用手向四面旋转。当红色的夕光落在颠倒的脸上时，约翰觉得这很可厌——小眼睛在光中瞟着，还露出寻常看不见的眼白来。

"你看，这样是云彩如地面，而这地有如世界的屋顶。相反也一样地很可以站得住的。既没有上，也没有下。云那里许是一片更美的游步场。"

约翰仰视那连绵的云。他想，这颇像有着涌血的红畦的生翼的田野。在海上，灿烂着云的洞府的高门。

"人能够到那里去，并且进去么？"他问。

"无意识！"穿凿说，而使约翰很安心的，是忽然又用两脚来站立了，"无意识！倘你在那里，那完全同这里一模一样，——那就许是仿佛那华美再远一点儿。在那美丽的云里，是冥濛的，灰色而且寒冷的。"

"我不信你，"约翰说，"我这才看清楚，你是一个人。"

"去罢！你不信我，可爱的孩子，因为我是一个人么？而你——你或者是别的什么么？"

"唉，穿凿，我也是一个人么？"

"你怎么想，一个妖精么？妖精们是不被爱的。"穿凿便交叉着腿坐在约翰的面前，而且含着怪笑目不转睛地对他看。约翰在这眼光之下，觉得不可名言地失措和不安，想要潜藏或隐去。然而他不复能够转眼了。"只有人类被爱，约翰，你听着！而且这是完全正当的，否则他们也许早已不存在了。你虽然还太年青，却一直被爱到耳朵之上。你正想着谁呢？"

"想荣儿，"约翰小声说，几乎听不见地。

"你对谁最仰慕呢？"

"对荣儿。"

"你以为没有谁便不能生活呢？"

约翰的嘴唇轻轻地说："荣儿。"

"唉，哪，小子，"穿凿忍着笑，"你怎么自己想象，是一个妖精呢？妖们是并不痴爱人类的孩子的。"

"然而她是旋儿……"约翰在慌张中含胡[47]地说。

于是穿凿便嫌忌地做作地注视，并且用他骨立的手捏住了约翰的耳朵："这是怎样的无意识呢？你要用那蠢物来吓我么？他比将知还胡涂得远——胡涂得远。他一点不懂。那最坏的是，他其实就没有存在着，而且也没有存在过。只有我存在着，你懂么？——如果你不信我，我就要使你觉得，我就在这里。"

他还用力摇撼那可怜的约翰的耳朵。约翰叫道："我却认识他

---

47　现代汉语常用"含糊"。——编者注

很长久，还和他巡游得很远的！"

"你做了梦，我说。你的蔷薇丛和你的匙儿在那里呢，说？——但你现在不要做梦了，你明白么？"

"噢！"约翰叫喊，因为穿凿在掐他。

天已经昏黑了，蝙蝠在他们的头边纷飞，还叫得刺耳。天空是黑而且重，——没有一片叶在树林里作声。

"我可以回家去么？"约翰恳求着，"向我的父亲？"

"你的父亲？你要在那里做什么？"穿凿问，"在你这样久远地出外之后，人将亲爱地对你叫欢迎。"

"我念家。"约翰说，他一面想着那明亮地照耀着的住室，他在那里常常挨近他父亲坐，并且倾听着他的笔锋声的。那里是平和而且舒畅。

"是呵，因为爱那并不存在的蠢才[48]，你就无须走开和出外了。现在已经太迟。而这也不算什么，我早就要照管你了。我来做呢，或是你的父亲来做呢，本来总归是一件事。这样的一个父亲却不过是想象。你大概是为自己选定了他的罢？你以为再没有一个别的，会一样好，一样明白的么？我就一样好，而且明白得多，明白得多。"

约翰没有勇气回答了；他合了眼，疲乏地点头。

"而且对于这荣儿，你也不必寻觅了。"穿凿接下去。他将手放在约翰的肩头，紧接着他的耳朵说："那孩子也如别个一样，领你去上痴子索。当人们笑骂你的时候，你没有见她怎样地坐在屋角里，而且一句话也不说么？她并不比别人好。她看得你好，同你游嬉，就正如她和一个金虫玩耍。你的走开与否，她不在意，她也毫不知道那书儿。然而我却是——我知道那书在那里，还要帮你去寻觅。我几乎知道一切。"

约翰相信他起来了。

---

"你同我去么？你愿意同我寻觅么？"

"我很困倦，"约翰说，"给我在无论什么地方睡觉罢。"

"我向来不喜欢这睡觉，"穿凿说，"这一层我是太活泼了。一个人应该永远醒着，并且思想着。但我要给你安静一会儿。——明晨见！"

于是他做出友爱的姿态，这是他刚才懂得做法的。约翰凝视着闪烁的小眼睛，直至他此外一无所见。他的头沉重了，他倚在生苔的冈坡上。似乎那小眼睛越闪越远，后来就像星星在黑暗的天空。他仿佛听到远处的声音发响，地面也从他底下远远地离开……于是他的思想停止了。

## 十

当他有些微知觉，觉得在他的睡眠中起了一点特别事情的时候，他还没有完全醒过来。但他不希望知道，也不愿意四顾。他要再回到宛如懒散的烟雾，正在徐徐消失着的那梦中，——其中是荣儿又来访他了，而且一如从前，抚摩他的头发，——其中他又曾在有池的园子里，看见了他的父亲和普烈斯多。

"噢！这好痛！是谁干的？"约翰睁开眼，在黎明中，他就在左近看见一个小小的形体，还觉出一只正在拉他头发的手来。他躺在床上，晨光是微薄而平均，如在一间屋子里。

然而那俯向着他的脸，却将他昨日的一切困苦和一切忧郁都叫醒了。这是穿凿的脸，鬼样较少，人样较多，但还如昨晚一样的可憎和可怕。

"唉，不！让我做梦。"他恳求道。

然而穿凿摇撼他："你疯了么，懒货？梦是痴呆，你在那里走不通的。人须工作、思想、寻觅，——因此，他才是一个人！"

"我情愿不是人，我要做梦！"

"那你就无法可救。你应该。现在你在我的守护之下了，你须和我一同工作并且思想。只有和我，你能够觅得你所希望的东西。而且直到觅得了那个为止，我也不愿意离开你。"

约翰从这外观上，感到了无限的忧惧。然而他却仿佛被一种不能抵御的威力，压制和强迫了。他不知不觉地降伏了。

冈阜、树木和花卉是过去了。他在一间狭窄的微明的小屋里，——他望见外面，凡目力所及，是房屋又房屋，作成长长的一式的排列，黯淡而且模胡。

烟气到处升作沉重的环，并且淡棕色雾似的，降到街道上。街上是人们忙乱地往来，正如大的黑色的蚂蚁。骚乱的轰闹，混沌而不绝地从那人堆里升腾起来。

"看呀，约翰！"穿凿说，"这岂不有点好看么？这就是一切人们和一切房子们，一如你所望见的那样远，——比那蓝的塔还远些，——也满是人们，从底下塞到上面。这不值得注意么？比起蚂蚁堆来，这是完全两样的。"

约翰怀着恐怖的好奇心倾听，似乎人示给了他一条伟大的可怕的大怪物。他仿佛就站在这大怪物的背上，又仿佛看见黑血在厚的血管中流过，以及昏暗的呼吸从百数鼻孔里升腾。当那骇人的声音将要兆凶的怒吼之前，就使他恐怖。

"看哪，人们都怎样地跑着呵，约翰，"穿凿往下说，"你可以看出，他们有所奔忙，并且有所寻觅，对不对？那却好玩，他自己正在寻觅什么，却谁都不大知道。倘若他们寻觅了一会儿，他们便遇见一个谁，那名叫永终的……"

"那是什么人呢？"约翰问。

"我的好相识之一，我早要给他绍介你了。那永终便说：'你在寻觅我么？'大多数大概回答道：'阿，不，我没有想到你！'但永终却又反驳道：'除了我，你却不能觅得别的。'于是他们就只得和永终满足了。"

约翰懂得，他是说着死。

"而且这永是，永是这么下去么？"

"一定，永是。然而每日又来一堆新的人，即刻又寻觅起来，不知道为什么，而寻觅又寻觅，直到他们终于觅得永终，——这已经这样地经过了好一会儿了，也还要这样地经过好一会儿的。"

"我也觅不到别的东西么，穿凿，除了……"

"是呵，永终是你一定会觅得一回的，然而这不算什么；只是寻觅罢！不断地寻觅！"

"但是那书儿，穿凿，你曾要使我觅得的那书儿。"

"唔，谁知道呢！我没有说谎。我们应该寻觅，寻觅。我们寻觅什么，我们还知道得很少。这是将知教给我们的。也有这样的人，他们一生中寻觅着，只为要知道他们正在寻觅着什么。这是哲学家，约翰。然而倘若永终一到，那也就和他们的寻觅都去了。"

"这可怕，穿凿！"

"阿，不然，全不然，永终是一个实在忠厚的人。他被看错了。"

有人在门前的梯子上踮着脚。橐橐！橐橐！在木梯上面响。于是有人叩门了，仿佛是铁敲着木似的。

一个长的、瘦的男人进来了。他有深陷的眼睛和长而瘦的手。一阵冷风透过了那小屋。

"哦，这样！"穿凿说，"你来了，坐下罢！我们正谈到你。你好么？"

"工作！许多工作！"那长人说，一面拭着自己的骨出的灰白的额上的冷汗。

不动而胆怯地约翰看着那僵视着他的深陷的眼睛。眼睛是严正而且黑暗，然而并不残忍，也无敌意。几瞬息之后，他又呼吸得较为自由，他的心也跳得不大剧烈了。

"这是约翰，"穿凿说，"他曾经听说有那么一本书儿，里面记着，为什么一切是这样，像这似的，而且我们还要一同去寻觅，是么？"穿凿一面别有许多用意地微笑着。

"唉，这样——唔，这是正当的！"死亲爱地说，且向约翰点头。

"他怕觅不到那个呢，——但我告诉他，他首先须要实在勤恳地寻觅。"

"诚然，"死说，"勤恳地寻觅那是正当的。"

"他以为你许是很残忍；但你看罢，约翰，你错了，对不对？"

"唉，是呵！"死亲爱地说，"人说我许多坏处。我没有胜人的外观，——但我以为这也还好。"

他疲乏地微笑，如一个忙碌于一件正在议论的严重事情的人。于是他的黑暗的眼光从约翰弯到远方，并且在大都市上沉思地恍忽[49]着。

约翰长久不敢说话，终于他低声说：

"你现在要带着我么？"

"你想什么，我的孩子？"死说，从他的梦幻中仰视着，"不，现在还不。你应该长大，且成一个好人。"

"我不愿意是一个人，如同其他那样的。"

"去罢，去罢！"死说，"这无从办起。"

人可以听出他来，这是他的一种常用的语气。他接续着：

"人怎地能成一个好人，我的朋友穿凿可以教你的。这也有各样的方法；但穿凿教得最出色。成一个好人，实在是很好看，很值得期望的事。你不可以低廉地估计它，年青小子！"

---

49 现代汉语常用"恍惚"。——编者注

"寻觅，思想，观察。"穿凿说。

"诚然，诚然。"死说；——于是对着穿凿道："你想领他到谁那里去呢？"

"到号码博士那里，我的老学生。"

"唉，是呀，那是一个好学生，人的模范。在他这一类里，几乎完备了。"

"我会再见荣儿么？"约翰抖着问。

"那孩子想谁呀？"死问。

"唉，他曾经被爱了，至今还在幻想，成一个妖精，嘻嘻嘻。"穿凿阴险地微笑着。

"不然，我的孩子，这不相干，"死说，"这样的事情，你在号码博士那里便没有了。谁要寻觅你所寻觅的，他应该将所有别的都忘掉。一切或全无。[50]"

"我要以一铸将他造成一个人，我要指示他什么是恋爱，他就早要想穿了。"

穿凿又复高兴地笑起来，——死又将他的黑眼睛放在可怜的约翰上，那竭力忍住他的呜咽的。因为他在死面前羞愧。

死骤然起立。"我应该去了，"他说，"我谈过了我的时间。这里还有许多事情做。好天，约翰，我们要再见了。你只不可在我面前有害怕。"

"我在你面前没有害怕，——我情愿你带着我。请！带我去罢！"

死却温和地拒绝了他，这一类的请求，他是听惯了的。

"不，约翰，你现在去工作，寻觅和观察罢。不要再请求我。我只招呼一次，而且够是时候的。"

他一消失，穿凿又完全恣肆了。他跳过椅子，顺着地面滑走，爬

---

50　Alles oder Nichts，易卜生的话，出于他所作的剧曲 Brand。

上柜子和烟突去，还在开着的窗间，要出许多可以折断颈子的技艺。

"这就是那永终呵，我的好朋友永终！"他大声说，——"你看不出他好来么？他确也见得有点儿可憎，而且很阴惨。但倘在他的工作上有了他的欢喜，他也能很高兴的，然而这工作常常使他无聊。这事也单调一点。"

"他该到那里去，是谁告诉他的呢，穿凿？"

穿凿猜疑地，侦察地用一目斜睨着约翰。

"你为什么问这个？他走他自己的路。他一得来，他就带着。"

后来，约翰别有见地了。但现在他却没有知道得更分明，且相信穿凿所说的总该是真实的。

他们在街道上走，辗转着穿过蠕动的人堆。黑色的人们交错奔波着，笑着，喋喋着，显得这样地高兴而且无愁，不免使约翰诧异。他看见穿凿向许多人们点头，却没有一个人回礼，大家都看着自己的前面，仿佛他们一无所见似的。

"现在他们走着，笑着，似乎他们之中没有一个认识我。但这不过是景象。倘或我单独和他们在一处，他们就不再能够否认我，而且他们也就失却了兴趣了。"

在路上，约翰觉得有人跟在他后面走。他一回顾，他看出是那用了不可闻的大踏步，在人们中间往来的，长的苍白的人。他向约翰点头。

"人们也看见他么？"约翰问穿凿。

"一定，他们个个，然而他们连他也不愿意认识。唔，我喜欢让他们高傲。"

那混乱和喧闹使约翰昏聩了，这即刻又使他忘却了他的忧愁。狭窄的街道和将天的蔚蓝分成长条的高的房屋，沿屋走着的人们，脚步的橐橐和车子的隆隆，扰乱了那夜的旧的幻觉和梦境，正如暴风之于水镜上的影象[51]一般。这在他，仿佛是人们之外更无别物存在，——仿佛他应该在无休无歇的绝息的扰乱里，一同做，一同跑。

于是他们到了沉静的都市的一部分，那地方站着一所大房屋，有着大而素朴的窗门。这显得无情而且严厉。里面是静静的，约翰还觉到一种不熟悉的、刺鼻的气味夹着钝浊的地窖气作为底子的混合。一间小屋，里面是奇异的家具，还坐着一个孤寂的人，他被许多书籍、玻璃杯和铜的器具围绕着，那些也都是约翰所不熟悉的。一道寂寞的目光从他头上照入屋中，并且在盛着美色液体的玻璃杯间闪烁。那人努力地在一个黄铜管里注视，也并不抬头。

当约翰走得较近时，他听到他怎样地喃喃着：

"将知！将知！"

那人旁边，在一个长的黑架子上，躺着一点他所不很能够辨别的白东西。

"好早晨，博士先生。"穿凿说，然而那博士还是不抬头。

于是约翰吃惊了，因为他在竭力探视的那白东西，突然起了痉挛的颤抖的运动。他所见的是一只兔身上的白茸皮。有那动着的鼻子的小头，向下缚在铁架上，四条脚是在身上紧紧地绑起来。那想要摆脱的绝望的试验，只经过了一瞬息，这小动物便又静静地躺着了，只是那流血的颈子的急速的颤动，还在显示它没有死。

约翰还看见那圆圆的仁厚的眼睛，圆睁在它的无力的恐怖中，并且他仿佛有些熟识。唉，当那最初的有幸的妖夜里，在这柔软的，而现在是带着急速的恐怖的喘息而颤动着的小身体上，他曾经枕过自己的头。他的过去生活的一切记念，用了威力逼起他来了。他并不想，他却直闯到那小动物面前去：

"等一等！等一等！可怜的小兔，我要帮助你。"他并且急急地

---

51　现代汉语常用"影像"。——编者注

想解开那紧缚着嫩脚的绳子来。

但他的手同时也被紧紧地捏住了，耳边还响着尖利的笑声。

"这是什么意思，约翰？你还是这样孩子气么？那博士对你得怎样想呢？"

"那孩子要怎样？他在这里干什么？"那博士惊讶地问。

"他要成一个人，因此我带他到你这里来的。然而他还太小，也太孩子气。要寻觅你所寻觅的。这样可不是那条路呵，约翰！"

"是的，那样的路不是那正当的。"博士说。

"博士先生，放掉那小兔罢！"——

穿凿掐住了他的两手，致使他发起抖来。

"我们怎样约定的，小孩子？"他向他附耳说，"我们须寻觅，是不是？我们在这里并非在沙冈上旋儿身边和无理性的畜类里面。我们要是人类——人类！你懂得么？倘或你愿意止于一个小孩子，倘或你不够强，来帮助我，我就使你走，那就独自去寻觅！"

约翰默然，并且相信了，他愿意强。他闭了眼睛，想看不见那小兔。

"可爱的孩子！"博士说，"你在开初似乎还有一点仁厚。那是的确，第一回是看去很有些不舒服的。我本身就永不愿意看，我只要能避开就避开。然而这是不能免的，你还应该懂得：我们正是人类而非动物，而且人类的和科学的尊荣，是远出于几匹小兔的尊荣之上的。"

"你听到么？"穿凿说，"科学和人类！"

"科学的人，"博士接着说，"高于一切此外的人们。然而他也就应该将平常人的小感触，为了那大事业，科学，作为牺牲。你愿意做一个这样的人么？你觉得这是你的本分么，我的小孩子？"

约翰迟疑着，他不大懂得"本分"这一个字，正如那金虫一样。

"我要觅得那书儿，"他说，"那将知说过的。"——

博士惊讶了，并且问："将知？"

但穿凿却迅速地说道："他要这个，博士，我很明白的。他要寻觅那最高的智慧，他要给万有立一个根基。"

约翰点头。——"是的！"他对于这话所懂得的那些，即是他的目的。

"唉，那你就应该强，约翰，不要小气以及软心。那么我就要帮助你了。然而你打算打算罢：一切或全无。"——

于是约翰用着发抖的手，又将那解开的绳帮同捆在小兔的四爪上。

# 十一

"我们要试一试，"穿凿说，"我可能旋儿似的示给你许多美。"

他们向博士告了别，且约定当即回来之后，他便领着约翰到大城的一切角落巡行，他指示它，这大怪物怎样地生活，呼吸和滋养，它怎样地吸收自己并且从自己重行 [52] 生长起来。

但他偏爱这人们紧挤着，一切灰色而干枯，空气沉重而潮湿的、阴郁的困苦区域。

他领他走进大建筑中之一，烟气从那里面升腾，这是约翰第一天就见过的。那地方主宰着一个震聋耳朵的喧闹，——到处鸣吼着，格磔着，撞击着，隆隆着，——大的轮子嗡嗡有声，长带蜿蜒着拖过去，黑的是墙和地面，窗玻璃破碎或则尘昏。雄伟的烟突高高地伸起，超过黑的建筑物，还喷出浓厚的旋转的烟柱来。在这轮子和机器的杂沓中，约翰看见无数人们带着苍白的脸，黑的手和衣服，默默地不住地工作着。

---

52　现代汉语常用"重新"。——编者注

"这是什么？"他问。

"轮子，也是轮子，"穿凿笑着，"如果你愿意，也可以说是人。他们经营着什么，他们便终年的经营，一天又一天。在这种样子上，人也能是一个人。"

他们走到污秽的巷中，天的蔚蓝的条，见得狭如一指，还被悬挂出来的衣服遮暗了。人们在那里蠢动着，他们互相挨挤、叫喊、喧笑，有时也还唱歌。房屋里是小屋子，这样小，这样黑暗而且昏沉，至使约翰不大敢呼吸。他看见在赤地上爬着的相打的孩子，蓬着头发给消瘦的乳儿哼着小曲的年青姑娘。他听到争闹和呵斥，凡在他周围的一切面目，也显得疲乏、鲁钝，或漠不相关。

无名的苦痛侵入约翰了。这和他现以为愧的先前的苦痛，是不一样的。

"穿凿，"他问，"在这里活着的人们，永是这么苦恼和艰难么？也比我……"他不敢接下去了。

"固然，——而他们称这为幸福。他们活得全不艰难，他们已经习惯，也不知道别的了。那是一匹胡涂的不识好歹的畜生。看那两个坐在她门口的女人罢。她们满足地眺望着污秽的巷，正如你先前眺望你的沙冈。为这人们你无须颦蹙。否则你也须为那永不看见日光的土拨鼠颦蹙了。"

约翰不知道回答，也不知道为什么他却还要哭。

而且在喧扰的操作和旋转中间，他总看见那苍白的空眼的人，怎样地用了无声的脚步走动。

"总而言之统而言之是一个好人，对不对，他从这里将人们带走。但这里他们也一样地怕他。"

已经是深夜，小光的百数在风中动摇，并且将长的波动的影象投到黑暗的水上的时候，这两个顺着寂静的街道趱行。古旧的高的房屋似乎因为疲劳，互相倚靠起来，并且睡着了。大部分已经合了眼。有几处却还有一个窗户透出黯淡的黄光。

穿凿给约翰讲那住在后面的许多故事，讲到在那里受着的苦楚，讲到在那里争斗着的困苦和生趣之间的争斗。他不给它省去最阴郁的；还偏爱选取最下贱和最难堪的事，倘若约翰因为他的惨酷的叙述而失色，沉默了，他便愉快得歪着嘴笑。

"穿凿，"约翰忽然问，"你知道一点那大光么？"

他以为这问题可以将他从沉重而可怕地压迫着他的幽暗里解放出来。

"空话！旋儿的空话！"穿凿说，"幻想和梦境。人们和我自己之外，没有东西。你以为有一个上帝或相类的东西，乐于在这里似的地上，来主宰这样的废物们么？而且这样的大光，也决不[53] 在这黑暗里放出这许多来的。"

"还有星星们呢，星星们？"约翰问，似乎他希望这分明的伟大，能够来抬高他面前的卑贱。

"那星星们么？你可知道你说了什么了，小孩子？那上面并不是小光，像你在这里四面看见的灯烛似的。那一切都是世界们。比起这带着千数的城镇的世界来，都大得多，我们就如一粒微尘，在它们之间飘浮着，而且那是既无所谓上，也无所谓下，到处都有世界们，永是世界们，而且这是永没，永没有穷尽。"

"不然！不然！"约翰恐惧地叫喊，"不要说这个，不要说这个罢！在广大的黑暗的田野上，我看见小光们在我上面。"

"是呀，你看去不过是小光们。你也向上面呆望一辈子，只能看见黑暗的田野里在你上面的小光们。然而你能，你应该知道，那是世界们，既无上，也无下，在那里，那球儿是带着那些什么都不算，

---

53　现代汉语常用"绝不"。——编者注

并且不算什么地消失了去的，可怜的蠕动着的人堆儿。那么，就不要向我再说'星星们'了，仿佛那是二三十个似的，这是无意识。"

约翰沉默着。这会将卑贱提高的伟大，将卑贱压碎了。

"来罢，"穿凿说，"我们要看一点有趣的。"对他们传来了可爱的响亮的音乐。在黑暗的街道之一角，立着一所高大的房屋，从许多高窗内，明朗地透出些光辉。前面停着一大排车。马匹的顿足，空洞地在夜静中发响，它们的头还点着。哦！哦！闪光在车件的银钉上和车子的漆光上闪烁。

里面是明亮的光。约翰半被迷眩地看着百数抖着的火焰的，夺目的，颜色的镜子和花的光彩。鲜明的姿态溜过窗前，他们都用了微笑的仪容和友爱的态度互相亲近着。直到大厅的最后面，都转动着盛装的人们，或是舒徐的步伐，或是迅速的旋风一般的回旋。那大声的喧嚣和欢喜的声音，磨擦的脚步和缀缀的长衣，都夹在约翰曾在远处听到过的柔媚的音乐的悠扬中，成为一个交错，传到街道上。在外面，接近窗边，是两个黑暗的形体，只有那面目，被他们正在贪看的光辉，照得不一律而且鲜明。

"这美呵！这堂皇呵！"约翰叫喊，他耽溺于这么多的色采[54]，光辉和花朵的观览了，"出了什么事？我们可以进去么？"

"哦，这你却称为美呀？或者你也许先选一个兔洞罢？但是看罢？人们怎样地微笑，辉煌，并且鞠躬呵。看哪，男人们怎么这样地体面和漂亮，女人们怎么这样地艳丽和打扮呵。跳舞起来又多么郑重，像是世界上的最重要事件似的！"

约翰回想到兔洞里的跳舞，也看出了几样使他记忆起来的事。然而这却一切盛大得远，灿烂得远了。那些盛装的年青女子们，倘若伸高了她们的长的洁白的臂膊，当活泼的跳舞中侧着脸，他看来

---

54　现代汉语常用"色彩"。——编者注

也美得正如妖精一般。侍役们是整肃地往来，并且用了恭敬的鞠躬，献上那贵重的饮料。

"多么华美！多么华美！"约翰大声说。

"很美观，你不这样想么？"穿凿说，"但你也须比在你鼻子跟前的看得远一点。你现在只看见可爱的微笑的脸，是不是？唔，这微笑，大部分却是诓骗和作伪呵。那坐在厅壁下的和蔼的老太太们就如围着池子的渔人；年青的女人们是钓饵，先生们是那鱼。他们虽然这么亲爱地一同闲谈，——他们却嫉妒地不乐意于各人的钓得。倘若其中的一个年青女人高兴了，那是因为她穿得比别人美，或者招致的先生们比别人多，而先生们的特别的享乐是精光的脖子和臂膊。在一切微笑的眼睛和亲爱的嘴唇之后，藏着的全是另外一件事。而且那恭敬的侍役们，思想得全不恭敬。倘将他们正在想着的事骤然泄露出来，那就即刻和这美观的盛会都完了。"

当穿凿将一切指给他的时候，约翰便分明地看见仪容和态度中的作伪，以及从微笑的假面里，怎样地露出虚浮、嫉妒和无聊，或则倘将这假面暂置一旁，便忽然见了分晓。

"唉，"穿凿说，"应该让他们随意。人们也应该高兴高兴。用别样的方法，他们是全不懂得的。"

约翰觉得，仿佛有人站在他后面似的。他向后看：那是熟识的、长的形体。苍白的脸被夺目的光彩所照耀，致使眼睛形成了两个大黑点。他低声自己喃喃着，还用手指直指向华美的厅中。

"看呵！"穿凿说，"他又在寻出来了。"

约翰向那手指所指的处所看。他看见一个年老的太太怎样地在交谈中骤然合了眼，以及美丽的年青的姑娘怎样地打一个寒噤，因此站住并且凝视着前方。

"到什么时候呢？"穿凿问死。

“这是我的事。”死说。

“我还要将这一样的社会给约翰看一回，”穿凿说，他于是歪着嘴笑而且眯起眼睛来，“可以么？”

“今天晚上么？”死问。

“为什么不呢？”穿凿说，“那地方既无时间，又无时候。现在是，凡有永是如此的，以及凡有将要如此的，已经永在那里了。”

“我不能同去，”死说，“我有太多的工作。然而用了那名字，叫我们俩所认识的那个罢，而且没有我，你们也可以觅得道路的。”

于是他们穿过寂寞的街，走了一段路，煤气灯焰在夜风中闪烁，黑暗的寒冷的水拍着河堤。柔媚的音乐逐渐低微，终于在横亘大都市上的大安静里绝响了。

忽然从高处发出一种全是金属的声音，一片清朗而严肃的歌曲。

这都从高的塔里蓦地落到沉睡的都市上——到小约翰的沉郁昏暗的魂灵上。他惊异着向上看。那钟声挟了欢呼着升腾起来，而强有力地撕裂了死寂的，响亮的调子悠然而去了。这在沉静的睡眠和黑暗的悲戚中间的高兴的声音、典礼的歌唱，他听得很生疏。

“这是时钟，”穿凿说，“这永是这样地高兴，一年去，一年来。每一小时，它总用了同等的气力和兴致唱那同一的歌曲。在夜里，就比白天响得更有趣，——似乎是钟在欢呼它的无须睡觉，它下面是千数的忧愁和啼哭，而它却能够接续着一样地幸福地歌吟。然而倘若有谁死掉了，它便更其有趣地发响。”

又升腾了一次欢呼的声音。

“有一天，约翰，”穿凿接续着，“在一间寂静的屋子中的窗后面，将照着一颗微弱的小光。是一颗沉思着发抖，且使墙上的影子跳舞的，沉郁的小光。除了低微的梗塞的呜咽之外，屋子里更无声音作响。其中站着一张白幔的床，还有打皱的阴影。床上躺着一点东西，也是白而且静。这将是小约翰了。——阿，于是这歌便高声地高兴地响进屋里来，而且在歌声中，在他死后的最初时间中行礼。"——

十二下沉重的敲打，迟延着在空中吼动了。当末一击时，约翰仿佛便如入梦，他不再走动了，在街道上飘浮了一段，凭着穿凿的手的提携。在火速的飞行中，房屋和街灯都从旁溜过去了。死消失了。现在是房屋较为稀疏。它们排成简单的行列，其间是黑暗的满是秘密的洞穴，有沟，有水洼，有废址和木料，偶然照着煤气的灯光。终于来了一个大的门带着沉重的柱子和高的栅栏。一刹那间他们便飘浮过去，并且落在大沙堆旁的湿草上了。约翰以为在一个园子里了，因为他听得周围有树木瑟瑟地响。

"那么，留神罢，约翰！还要以为我知道得比旋儿不更多。"

于是穿凿用了大声喊出一个短而黑暗的，使约翰战栗的名字来。幽暗从各方面反应这声响，风以呼啸的旋转举起它，——直到它在高天中绝响。

约翰看见，野草怎样地高到他的头，而刚才还在他脚下的小石子，怎样地已将他的眺望遮住了。穿凿在他旁边，也同他一样小，用两手抓住那小石，使出全身的力量在转它。细而高的声音的一种纷乱的叫唤，从荒芜了的地面腾起。

"喂，谁在这里？这是什么意思？野东西！"这即刻发作了。

约翰看见黑色的形相忙乱着穿插奔跑。他认识那敏捷的黑色的马陆虫，发光的棕色的蠼螋带着它的细巧的铗子，鼠妇虫有着圆背脊，以及蛇一流的蜈蚣。其中有一条长的蚯蚓，电一般快缩回它的洞里去了。

穿凿斜穿过这活动的吵闹的群，走向蚯蚓的洞口。

"喂，你这长的裸体的坏种！——出来，带着你的红的尖鼻子！"穿凿大声说。

"得怎样呢？"那虫从深处问。

"你得出来,因为我要进去,你懂么,精光的嚼沙者!"

蚯蚓四顾着从洞口伸出它的尖头来,又向各处触探几回,这才慢慢地将那长的裸露的身子稍稍拖近地面去。

穿凿遍看那些因为好奇而奔集的别的动物。

"你们里面的一个得同去,并且在我们前面照着亮。不,黑马陆,你太胖,而且你带着你的千数条爪子会使我头昏眼花。喂,你,螻蛄!你的外观中我的意。同走,并且在你的铗子上带着光!马陆,跑,去寻一个迷光,或者给我拿一个烂木头的小灯来!"

他的出令的声音挥动了动物们,它们奉行了。

他们走下虫路去。他们前面是螻蛄带着发光的木头,于是穿凿,于是约翰,那下面是狭窄而黑暗。约翰看见沙粒微弱地照在淡薄的蓝色的微光中。沙粒都显得石一般大,半透明,由蚯蚓的身子磨成紧密的光滑的墙了。蚯蚓是好奇地跟随着。约翰向后看,只见它的尖头有时前伸,有时却等待着它的身子的拖近。

他们沉默着往下,——长而且深。在约翰过了峻峭的路,穿凿便搀扶他。那似乎没有穷尽!永是新的沙粒,永是那螻蛄接着向下爬,随着道路的转弯,转着绕着。终于道路宽一点了,墙壁也彼此离远了。沙粒是黑而且潮,在上面成为一个轩洞,洞面有水点引成光亮的条痕,树根穿入轩洞中,像僵了的蛇一样。

于是在约翰的眼前忽然竖着一道挺直的墙,黑而高,将他们之前的全空间都遮断了。螻蛄转了过来。

"好!那就同到了后面了。蚯蚓已经知道。这是它的家。"

"来,指给我们路!"穿凿说。

蚯蚓慢慢地将那环节的身子拖到黑墙根,并且触探着。约翰看出,墙是木头。到处散落成淡棕色的尘土了。那虫便往里钻,将长的柔软的身子滑过孔穴去。

"那么，你！"穿凿说，便将约翰推进那小的潮湿的孔里。一刹那间，他在软而湿的尘芥里吓得要气绝了，于是他觉得他的头已经自由，并且竭全力将自己从那小孔中弄出。周围似乎一片大空间。地面硬且潮，空气浓厚而且不可忍受地郁闷。约翰几乎不敢呼吸，只在无名的恐怖中等待着。

他听到穿凿的声音空洞地发响，如在一个地窖里似的。

"这里，约翰，跟着我！"——

他觉得，他前面的地，怎样地隆起成山，——由穿凿引导着，他在浓密的幽暗中踏着这地面。他似乎走在一件衣服上，这随着脚步而高低。他在沟洼和丘冈上磕碰着，其时他追随着穿凿，直到一处平地上，紧紧地抓住了一枝长的梗，像是柔软的管子。

"我们站在这里好！灯来！"穿凿叫喊。

于是从远处显出微弱的小光，和那拿着的虫一同低昂着。光移得越近，惨淡的光亮照得空间越满，约翰的窘迫便也越大了。

他踏过的那山，是长而且白，捏在他手里的管子，是棕色的，还向下引成灿烂的波线。

他辨出一个人的颀长僵直的身体，以及他所立的冰冷的地方，是前额。

他面前就现出两个深的黑洞，是陷下的眼睛，那淡蓝的光还照出瘦削的鼻子和那灰色的，因了怖人的僵硬的死笑而张开的唇吻。

从穿凿的嘴里发一声尖利的笑，这又即刻在潮湿的木壁间断气了。

"这是一个惊奇，约翰！"

那长的虫从尸衣的折迭间爬出；它四顾着，将自己拖到下颚上，经过僵直的嘴唇，滑进那乌黑的嘴洞里去了。

"这就是跳舞会中的最美的，——你以为比妖精还美的。那时候，她的衣服和蜷发喷溢着甜香，那时候，眼睛是流盼而口唇是微笑，——现在固然是变了一点了。"

在他所有的震慑中，约翰的眼里却藏着不信。这样快么？——方才是那么华美，而现在却已经……？

"你不信我么？"穿凿歪了嘴笑着说，"那时和现在之间，已经是半世纪了。那里是既无时候，也无时间。凡已经过去的，将要是永久，凡将要来的，已经是过去了。这你不能想，然而应该信。这里一切都是真实，凡我所指示你的一切，是真的，真的！这是旋儿所不能主张的！"

穿凿嘻笑着跳到死尸的脸上往来，还开了一个极可恶的玩笑。他坐在眉毛上，牵着那长的睫毛拉开眼睑来。那眼睛，那约翰曾见它高兴地闪耀的，是疲乏地凝固了，而且在昏黄的小光中，皱蹙地白。

"那么，再下去！"穿凿大呼，"还有别的可看哩！"

蚯蚓慢慢地从右嘴角间爬出，而这可怕的游行便接下去了。

不是回转，——却是向一条新的，也这么长而且幽暗的道路。

"一个老的来了，"当又有一道黑墙阻住去路的时候，蚯蚓说，"他在这里已经很久了！"

这比起前一回来，稍不讨厌。除了一个不成形的堆，从中露着白骨之外，约翰什么也看不见。成百的虫豸们和昆虫们正在默默地忙着做工。那光惹起了惊动。

"你们从那里来？谁拿光到这里来？我们用不着这个！"

它们并且赶快向沟里洞里钻进去了。但它们认出了一个同种。

"你曾在这里过么？"虫们问，"木头还硬哩。"

首先的虫否认了。

他们再往远走，穿凿当作解释者，将他所知道的指给小约翰。来了一个不成样子的脸带着狞视的圆眼，膨胀的黑的嘴唇和面庞。

"这曾是一位优雅的先生，"他于是高兴地说，"你也许曾经见过他，这样地富，这样地阔，而且这样地高傲。他保住了他的尊大了。"

这样地进行。也有瘦损的、消蚀了的形体，在映着微光而淡蓝地发亮的白发之间，也有小孩子带着大头颅，也有中年的沉思的面目。

"看哪，这是在他们死后才变老的。"穿凿说。

他们走近了一个络腮胡子的男人，高吊着嘴唇，白色的牙齿在发亮。当前额中间，有一个圆的，乌黑的小洞。

"这人被永终用手艺草草完事了。为什么不忍耐一点呢？无论如何他大概总得到这里来的。"

而且又是道路，而且是新的道路，而且又是伸开的身体带着僵硬的丑怪的脸，和不动的，交叉着迭起来的手。

"我不往下走了，"蠼螋说，"这里我不大熟悉了。"

"我们回转罢。"蚯蚓说。

"前去，只要前去！"穿凿大叫起来。

这一行又前进。

"一切，凡你所见的，存在着，"穿凿进行着说，"这一切都是真的。只有一件东西不真。那便是你自己，约翰。你没有在这里，而且你也不能在这里。"

他看见约翰因了他的话，露出恐怖的僵直的眼光，便发了一通响亮的哗笑。

"这是一条绝路，我不前进了。"蠼螋烦躁着说。

"我却偏要前进，"穿凿说，而且一到道路的尽头，他便用两手挖掘起来了，"帮我，约翰！"

约翰在困苦中，不由自主地服从了，挖去那潮湿的微细的泥土。

他们浴着汗水默默地继续着工作，直到他们撞在黑色的木头上。

蚯蚓缩回了环节的头，并且向后面消失了。蠼螋也放下它的光，走了回去。

"你们进不去的，这木头太新。"它临走时说。

"我要！"穿凿说，并且用爪甲从那木头上撕下长而白的木屑来。

一种可怕的窘迫侵袭了约翰。然而他必得，他不能别的。

黑暗的空隙终于开开了。穿凿取了光，慌忙爬进去。

"这里，这里！"他叫着，一面跑往头那边。

但当约翰到了那静静地交叉着迭在胸脯上面的手那里的时候。他必须休息了。他见有瘦的，苍白的，在耳朵旁边半明半暗的手指，正在他前面。他忽然认得了，他认识手指的切痕和皱襞，长的，现在是染成深蓝了的指甲的形状。他在示指上看出一个棕色的小点来。这是他自己的手。

"这里，这里！"穿凿的声音从头那边叫喊过来，"看一下子罢，你可认识他么？"

可怜的约翰还想重行起来，走向那向他闪烁着的光去。然而他不再能够了。那小光消灭成完全的幽暗，他也失神地跌倒了。

# 十二

他落在一个深的睡眠里，直到那么深，在那里没有梦。

当他又从这幽暗中起来，——慢慢地——到了清晨的苍茫凉爽的光中，他拂去了斑斓的、温柔的旧梦。他醒了，有如露珠之从一朵花似的，梦从他的灵魂上滑掉了。

还在可爱的景象的错杂中，半做着梦的他的眼睛的表情，是平静而且和蔼。

但因了当着黯淡的白昼之前的苦痛，他如一个羞明者，将眼睛合上了。凡有在过去的早晨所曾见的，他都看见。这似乎已经很久，很远了。然而还是时时刻刻重到他的灵魂之前，从哀愁的早晨起，直到寒栗的夜里。他不能相信，那一切恐怖，是会在一日之中出现的。他的窘迫的开初，仿佛已经是这样远，像失却在苍茫的雾里一般。

柔和的梦，无影无踪地从他的灵魂上滑去了——穿凿摇撼他——而沉郁的时光于是开始，懒散而且无色，是许多许多别的一切的前驱。

但是凡有在前夜的可怕的游行中所见的，却停留在他那里。这单是一个骇人的梦象么？

当他踌躇着将这去问穿凿的时候，那一个却嘲笑而诧异地看着他。

"你想什么？"他问。

然而约翰却看不出他眼里的嘲笑，还问，他看得如此清楚而且分明，如在面前的一切，是否真是这样地出现了？

"不，约翰，你却怎样地胡涂呵！这样的事情是决不能发生的。"

约翰不知道他须想什么了。

"我们就要给你工作了。那么，你便不再这样痴呆地问了。"

他们便到那要帮助约翰，来觅得他所寻觅的号码博士那里去。

在活泼的街道上，穿凿忽然沉静地站住了，并且从大众中指出一个人来给约翰看。

"你还认识他么？"他问，当约翰大惊失色，凝视着那人的时候，他便在街上发出一声响亮的哗笑来。

约翰在昨夜见过他，深深地在地下。——

博士亲切地接待他们，并且将他的智慧颁给约翰。他听至数小时之久，在这一天，而且在以后的许多天。

约翰所寻觅的，博士也还未曾觅得。他却几乎了，他说。他要使约翰上达，有如他自己一般。于是他们俩就要达了目的。

约翰倾听着，学习着，勤勉而且忍耐，——许多日之久，——

许多月之久。他仅怀着些少的希望，然而他懂得，他现在应该进行，——进行到他所做得到。他觉得很奇特。他寻觅光明，越长久，而他的周围却越昏暗。凡他所学的一切的开端，是很好的，——只是他钻研得越深，那一切也就越凄凉，越黯淡。他用动物和植物，以及周围的一切来开手，如果观察得一长久，那便成为号码了。一切分散为号码，纸张充满着号码。博士以为号码是出色的，他并且说，号码一到，于他是光明，——但在约翰却是昏暗。

穿凿伴住他，倘或他厌倦和疲乏了，便刺戟他。享用或叹赏的每一瞬息，他便埋怨他。

约翰每当学到，以及看见花朵怎样微妙地凑合，果实怎样地结成，昆虫怎样不自觉地助了它们的天职的时候，是惊奇而且高兴。

"这却是出色。"他说，"这一切是算得多么详尽，而且造得多么精妙和合式 55 呵！"

"是的，格外合式，"穿凿说，"可惜，那合式和精妙的大部分，是没有用处的。有多少花结果，有多少种子成树呢？"

"然而那一切仿佛是照着一个宏大的规划而作的，"约翰回答，"看罢！蜜蜂们自寻它们的蜜而不知道帮助了花，而花的招致蜜蜂是用了它们的颜色。这是一个规划，两者都在这上面工作，不识不知地。"

"这见得真好，但欠缺的也还多。假使那蜜蜂觉得可能，它们便在花下咬进一个洞去，损坏了那十分复杂的安排。伶俐的工师，被一个蜜蜂当作呆子！"

在人类和动物之间的神奇的凑合，那就显得更坏了。他从约翰以为美的和艺术的一切之中，指出不完备和缺点。他指示他能够侵略人和动物的，苦恼和忧愁的全军 56，他还偏喜欢选取那最可厌的和

---

55　现代汉语常用"合适"。——编者注
56　大概是指病原菌。

最可恶的。

"这工师，约翰，对于他所做的一切，确是狡狯的，然而他忘却了一点东西。人们做得不歇手，只我要弭补 57 一切损失。但看你的周围罢！一柄雨伞，一个眼镜，还有衣服和住所，都是人类的补工。这和那大规划毫无关系。那工师却毫不盘算，人们会受寒，要读书，为了这些事，他的规划是全不中用的。他将衣服交给他的孩子们，并没有盘算他们的生长。于是一切人们，便几乎都从他们的天然衣服里长大了。他们便自己拿一切到手里去，全不再管那工师和他的规划。没有交给他们的，他们也无耻地放肆地拿来，——还有分明摆着的，是使他们死，于是他们便往往借了各种的诡计，在许多时光中，来回避这死。"

"然而这是人们之罪，"约翰大声说，"他们为什么任性远离那天然的呢？"

"呵，你这胡涂的约翰！倘或一个保姆使一个单纯的孩子玩耍火，并且烧起来了，——谁担负这罪呢？那不识得火的孩子，还是知道那要焚烧的保姆呢？如果人们在困苦中或不自然中走错了，谁有罪，他们自己呢，还是他们和他相比，就如无知无识的孩子们一般的，无所不知的工师呢？

——"他们却并非不知，他们曾经知道……"

"约翰，假如你告诉一个孩子，'不要弄那火，那是会痛的！'假使那孩子仍然弄，因为他不知道什么叫作痛，你就能给你脱去罪名，并且说：'看呀！这孩子是并非不知道的么？'你深知道，那是不来听你的话的。人们就如孩子一般耳聋和昏愦。但玻璃是脆的，粘 58 土是软的。谁造了人类而不计算他们的昏愦，便如那等人一样，他用玻璃

---

57 现代汉语常用"弥补"。——编者注
58 现代汉语常用"黏"。——编者注

造兵器而不顾及它会破碎, 用粘土做箭而不顾及它一定要弯曲。"

这些话像是纷飞的火滴一般, 落在约翰的灵魂上。他的胸中萌生了大悲痛, 将他那先前的, 在夜间寂静和无眠的时候, 常常因此而哭的苦痛驱除了。

唉! 睡觉呵! 睡觉呵! ——曾有一时——多日之后, ——睡觉在他是最好的时候了。其中没有思想, 也没有悲痛, 他的梦还是永永引导他重到他的先前的生活去。当他梦着的时候, 他仿佛觉得很华美, 但在白昼, 却不再能够想象那是怎样了。他仅知道他的神往和苦痛, 较胜于他现今所知道的空虚和僵死的感觉。有一回, 他曾苦痛地神往于旋儿, 有一回, 他曾时时等候着荣儿。那是多么华美呵!

荣儿! ——他还在神往么? ——他学得越多, 他的神往便越消失。因为这也散成片段了, 而且穿凿又使他了然, 什么是爱。他于是自愧, 号码博士说, 他还不能从中做出号码来, 然而快要出现了。小约翰的周围, 是这样的黑暗而又黑暗。

他微微觉得感谢, 是在他和穿凿的可怕的游行里, 没有看见荣儿。

当他和穿凿提及时, 那人不说, 却只狡狯地微笑。然而约翰懂得, 这是并不怜恤他。

约翰一有并不学习和工作的时间, 穿凿便利用着领他到人间去。他知道带他到各处, 到病院中, 病人们躺在大厅里, ——苍白消瘦的脸带着衰弱或苦痛的表情的一长列——那地方是忧郁的沉静, 仅被喘息和叫唤打断了。穿凿还指示他, 其中的几个将永不能出这大厅去。倘在一定的时间, 人们的奔流进向这厅, 来访问他患病的亲戚的时候, 穿凿便说: "看哪, 大家都知道, 便是他们也将进这屋子和昏暗的大厅里面来, 为的是毕竟在一个黑箱子里抬出去。"

——"他们怎么能这样高兴呢?" 约翰想。

穿凿领他到楼上的一间小厅中, 其中充满着伤情的半暗, 从邻室里,有风琴的遥响,不住地梦幻地传来,于是穿凿从众中指一个病人给他看,是顽钝地向前凝视着沿了墙懒懒地爬来的一线日光的。

"他在这里躺了七年了,"穿凿说,——"他是一个海员,他曾见印度的椰树、日本的蓝海、巴西的森林。现在他在七个长年的那些长日子,消受着一线日光和风琴游戏。他不再能走出这里了,然而还可以经过这样的一倍之久。"

从这一日起,约翰是极可怕的梦,他忽然醒来了,在小厅中,在如梦的声响中的伤情的半暗里,——至于直到他的结末,只看见将起将灭的黄昏。

穿凿也领他到大教堂,使他听在那里说什么。他引他到宴会,到盛大的典礼,到几家的闺房。

约翰学着和人们认识,而且他屡次觉得,他应该想想他先前的生活,旋儿讲给他的童话和他自己的经历,有一些人,是使他记起那想在星星中看见它亡故的伙伴的火萤的,——或者那金虫,那比别个老一天,而且谈论了许多生活本分的,——他听到故事,则使他记起涂雅泼刺,那十字蜘蛛中的英雄,或者记起鳗鱼,那只是躺着吃,因为一个肥胖的年青的王,就显得特别体面的。对于自己,他却比为不懂得什么叫作生活本分,而飞向光中去的那幼小的金虫。他似乎无助地残废地在地毯上各处爬,用一条线系着身子,一条锋利的线,而穿凿则牵着、掣着它。

唉,他将永不能再觅得那园子了,——沉重的脚何时到来,并且将他踏碎呢?

他说起旋儿,穿凿便嘲弄他。而且他渐渐相信起来了,旋儿是从来没有的。

"然而,穿凿,那么,匙儿也就不成立了,那就全没有什么成立了。"

"全无!全无!只有人们和号码,这都是真的,存在的,无穷之多的号码。

"然而，穿凿，那么，你就骗了我了。使我停止，使我不再寻觅罢，——使我独自一个罢！"

"死怎么对你说，你不知道了么？你须成一个人，一个完全的人。"

"我不愿意。这太可怕！"

"你必须——你曾经愿意了的。看看号码博士罢，他以为这太可怕么？你要同他一样。"

这是真实。号码博士仿佛长是平静而且幸福。不倦地不摇地他走他的路，学着而且教着，知足而且和平。

"看他罢，"穿凿说，"他看见一切，而仍然一无所见。他观察人类，似乎他自己是别的东西，和他们全不一样。他闯过疾病和困苦之间，似乎不会受伤，而且他还与死往还，如不死者。他只希望懂得他之所见，而凡有于他显然的，在他是一样地正当。只要一懂得，他便立即满足了。你也须这样。"

"我却永不能。"

"好，那我就不能帮助你了。"

这永是他们的交谈的无希望的结束。约翰是疲乏而且随便了，寻觅又寻觅，是什么和为什么，他不复知道了。他已如旋儿所说的许多人们一般。

冬天来了，他几乎不知道。

当一个天寒雾重的早晨，潮湿的污秽的雪躺在街道上，并且从树木和屋顶上点滴着的时候，他和穿凿走着他平日的路。

在一处，他遇见一列年青的姑娘，手上拿着教科书。她们用雪互掷着、笑着，而且彼此捉弄着，她们的声音在雪地上清彻地发响。听不到脚步和车轮的声响，只有马的，或者一所店门的关闭，像似一个铃铛的声音。高兴的笑声，清彻地穿过这寂静。

约翰看见，一个姑娘怎样地看他而且向他凝望着，她穿一件小皮衣，戴着黑色的帽子。他熟识她的外貌，却仍不知道她是谁。她点头，而且又点一回头。

"这是谁呢？我认识她。"

"是的，这是可能的。她叫马理，有几个人称她荣儿。"

"不，这不能是。她不像旋儿。她是一个平常的姑娘。"

"哈！哈！哈！她不能像一个并不存在的或人的。然而她是，她是的。你曾经这样地很仰慕她，我现在要将你弄到她那里去了。"

"不，我不愿意见她。我宁可见她死，像别人一样。"

约翰不再向各处观看了，却是忙忙地前奔，并且喃喃着：

"这是结局。全不成立！全无！"


# 十三


最初的春晨的清朗温暖的日光，弥漫了大都市。明净的光进到约翰住着的小屋子中；低的顶篷上有一条大的光条，是波动着的运河的水的映象，颤抖而且闪动。

约翰坐在日照下的窗前，向大都市眺望，现在是全然另一景象了。灰色的雾，换成灿烂的蓝色的阳光，笼罩了长街的尽头和远处的塔。石片屋顶的光线闪作银白颜色；一切房屋以清朗的线和明亮的面穿过日光中，——这是浅蓝天中的一个温暖的渲染。水也仿佛有了生气了。榆树的褐色的嫩芽肥而有光，喧嚷的麻雀们在树枝间鼓翼。

当他在眺望时，约翰的心情就很奇特。日光将他置身于甜的昏迷中了。其中是忘却和难传的欢乐。他在梦里凝视着波浪的光闪，饱满的榆芽，还倾听着麻雀的啾唧。在这音响里是大欢娱。

他久没有这样地柔和了；他久没有觉得这样地幸福了。

这是他重行认识的往日的日照。这是往日叫他去到自由的太阳，到园子里，他于是在暖地上的一道旧墙荫中，——许多工夫，可以享用那温暖和光辉，一面凝视着面前的负暄的草梗。

在沉静中，于他是好极了，沉静给他以明确的家乡之感，——有如他所记得，多年以前在他母亲的腕中。他并不饮泣或神驰，而必须思想一切的过去。他沉静地坐着、梦着，除了太阳的照临之外，他什么也不希望了。

"你怎么这样沉思地坐着呢，约翰？"穿凿叫喊，"你知道，我是不容许做梦的。"

约翰恳求地抬起了出神的眼睛。

"再给我这样地停一会罢，"他祈求说，"太阳是这样好。"

"你在太阳里会寻出什么来呢，喂？"穿凿说，"它并非什么，不过是一枝大蜡烛，你坐在烛光下或是在日光下，完全一样的。看罢！街上的那阴影和亮处，——也即等于一个安静地燃烧着而不闪动的灯火的照映。而那光，也不过是照着世界上的极渺小的一点的一个极渺小的小火焰罢了，那边！那边！在那蔚蓝旁边，在我们上面和底下，是暗，冷而且暗！那边是夜，现在以及永久！"

但他的话于约翰没有效。沉静的温暖的日光贯澈了他，并且充满了他的全灵魂了，——在他是平和而且明晰。

穿凿带着他到号码博士的冰冷的住所去。日象还在他的精神上飘泛了一些时，于是逐渐黯淡了，当正午时分，在他是十足的幽暗。

但到晚间，他又在都市的街道上趑趄行的时候，空气闷热，且被潮湿的春气充塞了。一切的发香都强烈了十倍，而在这狭窄的街中，使他窘迫。惟在空旷处，他齅出草和树林的新芽。在都市上，他看见春，在西方天际嫩红中的平静的小云里。

黄昏在都市上展开了嫩色的柔软的银灰的面纱。街上是寂静了，只在远处有一个手拉风琴弄出悲哀的节奏，——房屋向着红色的暮天，都扬起一律的黑影，还如无数的臂膊一般，在高处伸出它们的尖端和烟突来。

这在约翰，有如太阳末后照在大都市上时的和蔼的微笑，——和蔼地如同宽恕了一件傻事的微笑似的。那微微的温暖，还来抚摩约翰的双颊。

于是悲哀潜入了约翰的心，有这样沉重，致使他不能再走，且必须将他的脸伸向远天中深深地呼吸了。春天在叫他，他也听到。他要回答，他要去。这一切在他是后悔，爱，宽恕。

他极其神往地向上凝视。从他模胡的眼里涌出泪来。

"去罢！约翰！你不要发呆罢，人们看着你哩。"穿凿说。

蒙胧<sup>59</sup>而昏暗地向两旁展开着长的单调的房屋的排列。是温和的空气中的一个苦恼，是春声里面的一声哀呼。

人们坐在门内和阶沿上，以消受这春天。这于约翰像是一种嘲侮。污秽的门畅开着，浑浊的空间等候着那些人。在远处还响着手拉风琴的悲哀的音调。"呵，我能够飞开这里，远去，冈上，海上！"

然而他仍须伴着高的小屋子，而且他醒着躺了这一夜。

他总要想念他父亲，以及和他同行的远道的散步，——如果他走在他的十步之后，那父亲就给他在沙土上写字母。他总要想念那地丁花生在灌木之间的处所，以及和父亲同去搜访的那一天。他整夜看见他的父亲的脸一如先前，他在夜间安静的灯光中顾盼他，还倾听他笔锋写字的声响。

于是他每晨祈求穿凿，还给他回乡一回，往他的家和他的父亲，再看一遍沙冈和园子。现在他觉出他先前的爱父亲，过于普烈斯多和他的小屋子了，因为他现在只为他而祈求。

---

59　现代汉语常用"朦胧"。——编者注

"那就只告诉我，他怎样了，我出外这么久，他还在恼我么？"

穿凿耸一耸肩。——"即使你知道了，于你有什么益呢？"

春天却过去了，呼唤他，越呼越响。他每夜梦见冈坡上的暗绿的苔藓，透了嫩的新叶而下的阳光。

"这是不能久长如此的，"约翰想，"我就要支持不住了。"

每当他不能入睡的时候，他往往轻轻地起来，走到窗前，向着暗夜凝视。他看见蒸腾的蒙茸的小云，怎么慢慢地溜过月轮旁边，平和地飘浮在柔和的光海里。他便想，在那远方，冈阜是怎样地微睡在闷热的深夜中！在深的小树林间，绝无新叶作响，潮湿的莓苔和鲜嫩的桦条也将发香，那该是怎样地神奇呵。他仿佛听得远处有虾蟆的抑扬的合唱，满是秘密地浮过田野来，还有唯一的鸟的歌曲，是足以伴那严肃的寂静的，它将歌曲唱得如此低声地哀怨地开头，而且陡然中断，以致那寂静显得更其寂静了。鸟在呼唤他，一切都在呼唤他。他将头靠着窗沿，并且在他的臂膊上呜咽起来了。

"我不能！——我受不住。倘我不能就去，我一定会就死了。"

第二天穿凿叫他醒来的时候，他还坐在窗前，他就在那里睡着了，头靠在臂膊上。——

日子过去了，又长又热，——而且无变化。然而约翰没有死，他还应该担着他的苦痛。

有一日的早晨，号码博士对他说：

"我要去看一个病人，约翰，你愿意同我去么？"

号码博士有博学的名声，而且对于病和死，有许多人来邀请他的帮助。约翰是屡次伴过他的。

穿凿在这早晨异常地高兴。他总是倒立，跳舞，翻筋斗，并且玩出各种疯狂似的说笑来。他不住地非常秘密地窃笑着，像一个准备着给人一吓的人。

但号码博士却只是平常一样严正。

这一日他们走了远的路。用铁路，也用步行。约翰是还没有一同到过外边的。

这是一个温暖的、快乐的日子。约翰从车中向外望，那广大的碧绿的牧场，带着它欲飞的草和吃食的家畜，都在他身边奔过去了。他看见白胡蝶在种满花卉的地上翩跹，空气为了日热发着抖。

但他忽而悚然了：那地方展布着长的，起伏的连冈。

"唉，约翰，"穿凿窃笑着，"那就要中你的意了，你看罢！"

半信半疑地约翰注视着沙冈。沙冈越来越近。仿佛是两旁的长沟，正在绕着它们的轴子旋转，还有几所人家，都在它们旁边扑过去了。

于是来了树木：茂密的栗树，盛开着，带着千数大的或红或白的花房，暗蓝绿色的枞树，高大而堂皇的菩提树。

这就是真实：他须再见他的沙冈。列车停止了，——三人于是在成荫的枝柯下面行走。

这是深绿的莓苔，这是日光在林地上的圆点，这是桦条和松针的幽香。

"这是真实么？——这是实际么？"约翰想，"幸福要来了罢？"

他的眼睛发光了，他的心大声地跳着。他快要相信他的幸福了。这些树木，这地面，他很熟识，——他曾经屡次在这树林道中往来。

只有他们在道路上，此外没有人。然而约翰要回顾，仿佛有谁跟着他们似的。他又似乎从欂树枝间，望见一个黑暗的人影，每当那路的最末的转角，便看不分明了。

穿凿阴险地暧昧地注视他。号码博士大踏步走，看着目前的地面。

道路于他更熟识，更相信了，他认得每一丛草，每一块石。约翰忽然剧烈地吃了惊，因为他站在他自己的住所前面了。

屋前的栗树，展开着它那大的手一般的叶子。直到上面的最高枝梢上，在繁密的圆圆的丛叶里，煊赫着华美的白色的繁花。

他听到开门的熟识的声响，——他又觑到他自己的住所的气味。于是他认出了各进路，各门户，每一点，——都带着一种离乡的苦痛的感觉。凡有一切，都是他的生活的，他的寂寞而可念的儿童生活的一部分。对于这些一切物事，他曾经和它们谈天，和它们在自己的理想生活中过活，这里是他决不放进一个他人的。然而现在他却觉得从这全部老屋分离，推出了，连着它们的各房间，各进路和各屋角。他觉得这分离极难挽回，他的心绪正如他在探访一个坟庄，这样地凄凉和哀痛。

只要有普烈斯多迎面跳来，那也许就减少一点非家的况味，然而普烈斯多却一定已经跑掉，或者死掉了。

然而父亲在那里呢？

他回顾着开着的门和外面的日光下的园子，他看见那人，那似乎在路上追随着他们的，现在已经走向房屋来了。他越来越近，那走近仿佛只见加增。他一近门 [60]，门口便充满了一个大的、寒冷的影子。于是约翰就认出了这人。

屋里是死静，他们沉默着走上楼梯去。有一级是一踏常要作响的，——这约翰知道。现在他也听到，怎样地发了三回响，——这发响像是苦痛的呻吟。但到第四回的足踏，却如隐约的呃逆了。

而且约翰在上面还听到一种喘息，低微而一律，有如缓慢的时钟的走动，是一种苦痛而可怕的声音。

他的小屋子的门畅开着。约翰赶紧投以胆怯的一瞥。那地毯上的奇异的花纹是诧异而无情地凝视他，时钟站得静静地。

他们走进那发出声音来的房里去。这是父亲的卧室。太阳高

---

60 现代汉语常用"进门"。——编者注

兴地照着放下的绿色的床帏。西蒙，那猫，坐在窗台上的日照里。全房充满着葡萄酒和樟脑的郁闷的气味。一种低微的抽噎，现在就从近处传来了。

约翰听到柔软的声音的细语和小心的脚步的微声。于是绿帏便被掣起了。

他看见了父亲的脸，这是他近来常在目前看见的。然而完全两样了。亲爱的严正的外貌已经杳然，但在可怕的僵视。苍白了，还带着灰色的阴影。看见眼白在半闭的眼睑下，牙齿在半开的口中。头是陷枕中间，每一呻吟便随着一抬起，于是又疲乏地落在旁边了。

约翰屹立在床面前，大张了僵直的眼睛，瞪视着熟识的脸。他想什么，他不知道，——他不敢用手指去一触，他不敢去握那疲乏地放在白麻布上的，衰老的干枯的双手。

环绕他的一切都黑了，那太阳，那明朗的房子，那外面的丛绿，以及历来如此蔚蓝的天空，—— 一切，凡有在他后面的，黑了，黑，昏昧地，而且不可透彻地。在这一夜，他也别无所见，只在前面看见苍白的头。他还应该接着只想这可怜的头，这显得如此疲乏，而一定永是从新和苦痛的声息一同抬起的。

定规的动作在一转瞬间变化了。呻吟停歇，眼睑慢慢地张开，眼睛探索似的向各处凝视，嘴唇也想表出一点什么来。

"好天，父亲！"约翰低声说，并且恐怖地发着抖，看着那探索的眼睛。那困倦的眼光于是看了他一刹时，一种疲乏的微笑，便出现在陷下的双颊上。细瘦的皱缩的手从麻布上举起，还向约翰作了一种不分明的动作，就又无力地落下了。

"唉，什么！"穿凿说，"只莫是愁叹场面！"

"给我闪开，约翰？"号码博士说，"我们应该看一看，我们得怎么办。"

博士开手检查了，约翰却离开卧床，站在窗口。他凝视那日照的草和清朗的天空，以及宽阔的栗树叶，叶上坐着肥蓝大的蝇，在日光中莹莹地发闪。那呻吟又以那样的定规发作了。

一匹黑色的白头鸟在园里的高草间跳跃，——大的、红黑的胡蝶在花坛上盘旋，从高树的枝柯中，冲出了野鸽的柔媚的钩辀，来到约翰的耳朵里。

里面还是那呻吟，永是如此，永是如此。他必须听，——而且这来得一律，没有变换，就如下坠的水滴，会使人发狂。他紧张着等候那每一间歇，而这永是又发作了，——可怕如死的临近的脚步。

而外面是温暖的、适意的日和。一切在负暄，在享受。因了甘美的欢乐，草颤抖着，树叶簌簌着，——高在树梢上，深在蠢动的蔚蓝中，飘浮着一只平静地鼓翼的苍鹭。

约翰不懂这些，这一切于他都是疑团。他的灵魂是这样地错乱和幽暗。

"怎么这一切竟同时到我这里呢？"他自己问。

"我真是他么？这是我的父亲，我本身的父亲么？——我的，我约翰的？"

在他，似乎是他在说起一个别的人。一切是他所听到的故事。他听得有一个人讲，讲约翰，讲他所住的房屋，讲他舍去而垂死的他的父亲。他自己并非那他，他是听到了谈讲。这确是一般悲惨的故事，很悲惨。但他和这是不相干的。

是的！——是的！偏是！他自己就是那他，他！约翰！

"我不懂得这事情，"号码博士站起身来的时候，说，"这是一个疑难的症候。"

穿凿站在约翰的近旁。

"你不要来看一看么，约翰？这是一件有趣味的事情。博士不懂它。"

"放下我,"约翰说,也不回头,"我不能想。"

但穿凿却立在约翰的后面,对他絮语,照例尖利地传入他的耳朵来。

"不想?——你相信,你不能想么?那是你错了。你应该想。你即使看着丛绿和蓝色的天,那是于你无益的。旋儿总是不来的。而且在那边的生病的人,无论如何就要死的。这你看得很明白,同我们一样。他的苦恼是怎样呢,你可想想么?"

"我不知道那些,我不要知道那些。"

约翰沉默了,并且倾听着呻吟,这响得如低微的苛责的哀诉。号码博士在一本小书上写了一点略记。床头坐着那曾经追随他们的黑暗的形象。——低着头,向病人伸开了长臂膊,深陷的眼睛看定了时钟。

尖利的絮语又在他的耳边发作了。

"你为什么这样凄凉地注视呢,约翰?你确有你的意志的。那边横着沙冈,那边有日光拂着丛绿,那边有禽鸟在歌唱和胡蝶在翩跹。你还希望什么呢,等候旋儿么?如果他在一个什么地方,那他就一定在那地方的,而他为什么不来呢?——他可是太怕那在头边的幽暗朋友么?但他是永在那里的。"

"你可看出,一切事情都是想象么,约翰?"

"你可听清那呻吟么?这比刚才已经微弱一点了,你能听出它不久就要停止。那么,怎么办呢?当你在外面冈蔷薇之间跑来跑去的时候,也曾有过那么多的呻吟了。你为什么站在这里,悲伤着,而不像你先前一般,到沙冈去呢?看哪!那边是一切烂熳着、馥郁着,而且歌唱着,像毫无变故似的。你为什么不参与一切兴趣和一切生活的呢?"

"你方才哀诉着,神往着,——那么,我就带领你去,到你要去的地方，我也不再和你游览了，我让你自由，通过高草，躺在凉荫中，并且任飞蝇绕着你营营，并且吸取那嫩草的香味，我让你自由，就去罢！再寻旋儿去罢！"

"你不愿意，那你就还是独独相信我。凡我所说给你的，是真实不是？说谎的是旋儿，还是我呢？"

"听那呻吟！——这么短，这么弱，这快要平静了。"

"你不要这样恐怖地四顾罢，约翰。那平静得越早，就越好。那么，就不再有远道的游行，你也永不再和他去搜访地丁花了。因为你走开了，这二年他曾经和谁游行了呢？——是的，你现在已经不能探问他。你将永不会知道了。你就只得和我便满足。假使你略早些认识我，你现在便不这样苦恼地注视了。你从来不这样，像现在似的。从你看来，你以为号码博士像是假惺惺么？这是会使他忧闷的，正如在日照中打呼卢[61]的那猫一样。而且这是正当的。这样的绝望有什么用呢？这是花卉们教给你的么？如果一朵被折去了，他们也不悲哀。这不是幸福么？它们无所知，所以它们是这样。你曾经开始，知道一点东西了，那么，为幸福计，你也就应该知道一切。这惟我能够教授你。一切，或简直全无。"

"听我。他是否你的父亲，于你有什么相干呢？他是一个垂死的人。——这是一件平常事。"

"你还听到那呻吟么？——很微弱，不是么？——这就要到结局了。"

约翰在恐怖的窘迫中，向卧床察看。西蒙，那猫，跳下窗台，伸一伸四肢，并且打着呼卢在床上垂死者的身边躺下了。

那可怜的，疲乏的头已经不再动弹，——挤在枕头里静静地躺着，——然而从半开的口中却还定规地发出停得很短的疲乏的声

---

61　现代汉语常用"打呼噜"。——编者注

音。这也低下去了，难于听到了。

于是死将黑暗的眼睛从时钟转到沉埋的头上，并且抬起手来。于是寂静了。僵直的容貌上蒙上了一层青苍的阴影。寂静，渺茫的、空虚的寂静！——

约翰等待着，等待着。——

然而那定规的声息不再回来了。止于寂静，——大的，呼哨的寂静。

在最末的时刻，也停止了倾听的紧张，这在约翰，仿佛是灵魂得了释放，而且坠入了一个黑的，无底的空虚，他越坠越深。环绕他的是寂静和幽暗。

于是响来了穿凿的声音，仿佛出自远方似的。

"哦，这故事那也就到结局了。"

"好的，"号码博士说，"那么，你可以看一看这是什么了。我都交付你。我应该去了。"

还半在梦里，约翰看见晃耀着闪闪的小刀。

那猫做了一个弓腰，在身体旁边冷起来了，它又寻得了日照。

约翰看见，穿凿怎样地拿起一把小刀，仔细地审视，并且走向床边来。

于是约翰便摆脱了昏迷，当穿凿走到床边之前，他就站在他前面。

"你要怎么？"他问。因为震悚，他大张着眼睛。

"我们要看看，这是怎么一回事。"穿凿说。

"不用。"约翰说。而且他的声音响得深如一个男子的声音。

"这是干什么？"穿凿发着激烈的闪烁的眼光，问，"你能禁止我这事么？你不知道我有多么强么？"

"我不要这事！"约翰说。也咬了牙关，并且深深地呼吸。他看定穿凿，还向他伸出手去。

然而穿凿走近了。于是约翰抓住他的手腕,而且和他格斗。

穿凿强,他是知道的,他向来未曾反抗他。但是他不退缩,不气馁。

小刀在他眼前闪烁,他瞥见红焰和火花,然而他不弛懈,并且继续着格斗。

他知道他倘一失败,将有何事发生。他认识那事,他先前曾经目睹过。然而躺在他后面的是什么呢,他的父亲,而且他不愿意看见那件事。[62]

当他们喘息着格斗时中,他们后面横着已死的身体,伸开而且不动,一如躺着一般。在平静的瞬息间,眼白分明如一条线,嘴角吊起,显着僵直的露齿的笑容。独有那两人在他们的争斗中撞着卧床的时候,头便微微地往来摇动。

约翰还是支持着,——呼吸不济,他什么都看不见了。当他眼前张起了一层血似的通红的面纱。但他还站得住。

于是在他掌握中的那两腕的抵抗力,慢慢地衰退了。他两手中的紧张减少,臂膊懒散地落下,而且捏着拳的手里是空虚了。

他抬眼看时,穿凿消失了。只有死还坐在床上,并且点头。

“这是你这边正当的,约翰。”他说。

“他会再来么?”约翰低声说。死摇摇头。

“永不,谁敢对他,就不再见他了。”

“旋儿呢?那么,我将再见旋儿么?”

那幽暗的人看着约翰许多时。他的眼光已不复使人恐怖了——却是温和而加以诚恳:他吸引约翰如一个至大的深。

“独有我能领你向旋儿去。独由我能觅得那书儿。”

“那么你带着我罢,——现今,不再有人在这里了,——你也带

---

62  用小刀的事,指医学上的尸体解剖。

着我罢,像别人一样!我不愿意再下去了——……"

死又摇摇头。

"你爱人类,约翰。你自己不知道,然而你永是爱了他们。成一个好人,那是较好的事。"

"我不愿意——你带着我罢……"

"不然,不然。你愿意——你不能够别样的……"

于是那长的、黑暗的形体,在约翰眼前如雾了。它散成茫昧的形状,一道霏微的灰色的烟霭,透过内房,并且升到日光里去了。

约翰将头俯在床沿上,哭那死掉的人。

# 十四

许多时之后,他抬起头来。日光斜照进来,且有通红的光焰。这都如直的金杖一般。

"父亲!父亲!"约翰低声说。

外面的全自然,是因了太阳,被灿烂的金黄的炽浪所充满了。每一片叶,都绝不动弹地挂着,而且一切沉默在严肃的太阳崇奉中。

而且和那光,一同飘来了一种和软的声息,似乎是明朗的光线们唱着歌:

"太阳的孩子!太阳的孩子!"

约翰昂了头,倾听着。在他耳朵里瑟瑟地响:

"太阳的孩子!太阳的孩子!"

这像是旋儿的声音。只有他曾经这样地称呼过他的,——他现在是在叫他么?——然而他看见了身边的相貌——他不愿意再听了。

"可怜的,爱的父亲!"他说。

然而他周围又忽地作响,从各方面围着他,这样强,这样逼,至使他因为这神奇的枨触而发抖了。

"太阳的孩子！太阳的孩子！"

约翰站起身来，且向外面看日。怎样的光！那光是怎样地华美呵！这涨满了全树梢，并且在草莽间发闪，还洒在黑暗的阴影里。这又充满了全天空，一直高到蔚蓝中，最初的柔嫩的晚云所组成的处所。

从草地上面望去，他在绿树和灌木间看见冈头。它们的顶上横着赤色的金，阴影里悬着天的蓝郁。

它们平静地展伸着，躺在嫩采的衣装里。它们的轮廓的轻微的波动，是祷告似的招致和平的。约翰又觉得仿佛先前旋儿教他祷告的时候了。

在蓝衣中的光辉的形相，不是他么？看哪！在光中央闪烁，在金蓝的雾里，向他招呼的，不是旋儿么？

约翰慌忙走出，到日光中。他在那里停了一瞬息。他觉到光的神圣的敬礼，枝柯这样地寂静，他几乎不敢动弹了。

然而他前面那里又是光辉的形相。那是旋儿，一定的！那是。金发的发光的头转向他了，嘴半开了，似乎他要呼唤。他用右手招致他，左手擎着一点东西。他用纤瘦的指尖高高地拿着它，并且在他手中辉煌和闪烁。

约翰发一声热情洋溢的幸福的欢呼，奔向那心爱的现象去。然而那形相却升上去了，带着微笑的面目和招致的手，在他前面飘浮。也屡次触着地面，慢慢地弯腰向下，但又即轻捷地升腾，向远处飘泛，仿佛因风而去的种子似的。

约翰也愿意升腾，像他先前，像在他的梦里一般，飘向那里去。然而大地掣回他的脚，他的脚步也沉重地在草地上绊住了。他穿过灌木，尽力觅他的道路，柯叶瑟瑟地拂着他的衣裳，枝条也鞭打他的脸。他喘息着爬上苔封的冈坡。然而他不倦地追随着，并且目不转睛地看着旋儿的发光的现象和在他擎起的手里闪烁的东西。

他于是到了冈中间。炎热的谷里盛开着冈蔷薇，用了它们千数浅黄的花托，在日光中眺望。也开着许多别的花，明蓝的，黄的和紫的，——郁闷的热躺在小谷上，并且抱着放香的杂草。强烈的树脂的气味，布满空气中。约翰前行时，微微地觉得麝香草和柔软地在他脚下的干枯的鹿苔的香气。这是微醺的美观。

他又看见，在可爱的，他所追随的形象之前，斑斓的冈胡蝶怎样地翩跹着。小而红的和黑色的胡蝶，还有沙晔子，是带着淡蓝色的绸似的翅子的有趣的小蝶儿。生活在冈蔷薇上的金色的甲虫，绕着他的头飞鸣，又有肥胖的土蜂，在晒萎的冈草间嗡嗡着跳舞。

只要他能到旋儿那里，那是怎样地华美、怎样地幸福呵。

然而旋儿飘远了，越飘越远。他必须绝息地追随。高大的浅色叶片的棘丛迎面而来，并且抓他，用了它们的刺。他奔跑时，倘将那黯淡而蒙茸的王烛挤开了，它们便摇起伸长的头来。他爬上沙冈去，有刺的冈草将他的两手都伤损了。

他冲过桦树的矮林，那地方是草长至膝，有水禽从闪烁于丛莽之间的小池中飞起。茂密的、开着白花的山栀子，将它的香气夹杂着桦树枝和繁生在湿地上的薄荷的芳香。

但那树林，那丛绿，那各色的花朵，都过去了。只有奇异的、淡黄的海蓟，生长在黯淡的稀疏的冈草里。

在最末的冈排之巅，约翰看见了旋儿的形象。那东西在高擎的手里，耀眼地生光。那边有一种大而不停的腾涌，十分秘密地引诱着作声，被凉风传到。那是海。约翰觉得，这于他相近了，一面慢慢地上了冈头。他在那上面跪下，并且向着海凝望。

当他从冈沿上起来的时候，红焰绕着他的周围。晚云为了光的出发，已自成了群了。它们如一道雄伟的峰峦的大圈子，带着红炽的墙，围绕着落日。海上是一条活的紫火的大路，即是一条发焰的灿烂的光路，引向遥天的进口的。

太阳之后，眼睛还未能审视的处所，在光的洞府的深处，蠕动着蓝和明红参杂起来的娇嫩的色采。在外面，沿着全部的远天，晃耀着通红的烈焰和光条，以及从垂死的火的流血的毛毳中来的明亮的小点。

约翰等待着——直到那日轮触着了通日的红炽的路的最外的末端。

他于是向下看。在那路的开端上，是他所追随的光辉的形象。一种乘坐器具，清晰而晃耀如水晶，在那宽广的火路上飘浮。船的一边，立着旋儿的苗条的丰姿，金的物件在他手中灿烂。在别一端，约翰看出那幽暗的死来。

"旋儿！旋儿！"约翰叫喊。但在这一时，当约翰将近那神奇的乘具的时候，他一瞥道路的远的那一端。在大火云所围绕的明亮的空间之中，也看见一个小小的黑色的形相。这逐渐大起来了，近来了一个人，静静地在汹涌的火似的水上走。

红炽的波涛在他的脚下起伏，然而他沉静而严正地近来了。

这是一个人，他的脸是苍白的，他的眼睛深而且暗。有这样地深，就如旋儿的眼睛，然而在他的眼光里是无穷的温和的悲痛，为约翰所从来没有在别的眼里见过的。

"你是谁呢？"约翰问，"你是人么？"

"我更进！"他说。

"你是耶稣，你是上帝么？"约翰问。

"不要称道那些名字，"那人说，"先前，它们是纯洁而神圣如教士的法衣，贵重如养人的粒食，然而它们变作傻子的呆衣饰了。不要称道它们，因为它们的意义成为迷惑，它的崇奉成为嘲笑。谁希望认识我，他从自己抛掉那名字，而且听着自己。"

"我认识你，我认识你。"约翰说。

"我是那个，那使你为人们哭的，虽然你不能领会你的眼泪。我是那个，那将爱注入你的胸中的，当你没有懂得你的爱的时候。我和你同在，而你不见我；我触动你的灵魂，而你不识我。"

"为什么我现在才看见你呢？"

"必须许多眼泪来弄亮了见我的眼睛。而且不但为你自己，你却须为我哭，那么，我于你就出现，你也又认识我如一个老朋友了。"

"我认识你！——我又认识你了。我要在你那里！"

约翰向他伸出手去。那人却指向晃耀的乘具，那在火路上慢慢地漂远的。

"看哪！"他说，"这是往凡有你所神往的一切的路。别一条是没有的。没有这两条你将永远觅不到那个。就选择罢。那边是大光，在那里，凡你所渴欲认识的，将是你自己。那边，"他指着黑暗的东方，"那地方是人性和他们的悲痛，那地方是我的路。并非你所熄灭了的迷光，倒是我将和你为伴。看哪，那么你就明白了。就选择罢！"

于是约翰慢慢地将眼睛从旋儿的招着的形相上移开，并且向那严正的人伸出手去。并且和他的同伴，他逆着凛烈的夜风，上了走向那大而黑暗的都市，即人性和他们的悲痛之所在的艰难的路。

…………

我大概还要给你们讲一回小约翰，然而那就不再像一篇童话了。

附录

# 弗雷德里克·凡·伊登

[荷]波勒·兑·蒙德

在新倾向的诗人们——我永远不懂为什么，大概十年以前，人还称为颓废派的——之中，戈尔台尔、跋尔卫、克罗斯（Kloos）、斯华司、望兑舍勒、库佩勒斯、望罗夷（Van Looy）、蔼仑斯（Ehrens），——那弗雷德里克·凡·伊登，那诗医，确是最出名的、最被读的，是被爱的，而且还是许多许多的读者。望兑舍勒因为实况的描写有时有些粗率，往往将平均读者推开，克罗斯因了诗体和音调上的一点艰涩，斯华司是因了过甚的细致和在她的感觉的表现上有些单调。而他触动，他引诱，借着他的可爱的简明，借着理想的清晰，借着儿童般的神思，还联结着思想的许多卓拔的深。

当他在八十年代之初，发表了他的最初的大的散文诗，《小约翰》（*Der kleine Johannes*），这迄今，——在荷兰的一件大希罕[1]事，——已经到了第四版的，这书惹起了偌大的注目，一个真的激动在北方和南方，而且竟在麻木的荷兰人那里。

许许多，是的，大部分，是愤怒了，对于那真的使人战栗的坟墓场面，当那穿凿，那科学底研究的无情的精神，"不住地否认的精神"，将可怜的幼小的约翰，领到坟墓之间，死尸之间，蛆虫之间，那在经营腐烂事业的……

许多人以为这是"过度"（overspannen，荷兰人所最喜欢的一

---

1　现代汉语常用"稀罕"。——编者注

个字），然而几乎一切都进了那在故事的开端的，魅人的牧歌的可爱的幻惑里：寂寞的梦幻的孩子在冈阜间的生活，在华美的花朵和许多动物之中，这些是作者自己也还是孩子一般永远信任的：兔、虾蟆、火萤和蜻蜓，这都使荷兰的冈阜风景成为童话的国土。一个童话的国土，就如我们的诗人爱之过于一切似的。

这故事的开演，至少是大部分，乃在幻惑之乡，那地方是花卉和草，禽鸟和昆虫，都作为有思想的东西，互相谈话，而且和各种神奇的生物往还，这些生物是全不属于精神世界，也全不属于可死者的，并且主宰着一种现时虽是极优胜，极伟大者也难于企及的力量和学问。

但在"童话"这字的本义上，《小约翰》也如穆里塔图里的小威绥（Woutertje）的故事似的，一样地这样少。却更胜于前一作品，仅有所闻和所见，在外界所能觉察的诗。这全体的表现虽是近于儿童的简单的语言，而有这样强制的威力，使人觉得并非梦境，却在一个亲历的真实里。

《小约翰》也如哲学底童话一般，有许多隐藏的自传。这小小的寓言里面的人物：旋儿、将知、荣儿、穿凿，我们对于自然的诗，有着不自识的感觉，这些便是从这感觉中拔萃出来的被发见的人格化，而又是不可抵抗的知识欲，最初的可爱的梦，或是那真实的辛辣的反话，且以它们的使人丧气的回答，来对一切我们的问题：怎么样，是什么，为什么？

《爱伦，苦痛之歌》，作为抒情诗的全体，是一个伤感的心的真实的呼号，而且那纯净伟大的人性的高贵而正直的显现，我们在这书的每一页中都能看出。伊登的这工作，是具有大的简素和自然的性质的，凡在一首强烈的伤感和纯净的感觉的歌中，尤须特别地从高估计。没有无端的虚掷，没有徒然的繁碎，而且在每一吟，在每一短歌或歌中，仍然足有很多的景象，为给思想和语气以圆备的表现起见，在极严的自己批评之际是极有用的。

将这歌的纯粹栖息在语气上的内容，加以分析，是我极须自警的。倘将这一类的诗，一如诗人在这"语气"里所分给我们的那样，照字面复述，怎样地自从爱伦出现之后，生活才在十分灿烂里为他展开，怎样地他为了她那出自心魂的对于他的善举的感化，在那歌中向她致谢，我以为是一种亵黩。所有现存的仇敌，沉默着和耗费着的，"不要声音也不要眼光的"，却只是可怜的肉体自己，将他的星儿从他的臂膊上掣去得太早，遂使这歌的大部分，除是一个止于孤寂的诗人的灵魂的无可慰安的哀诉，他的寂寞的歌的哀诉，大苦痛的卓拔的表白之外，不能会有别样了。

从他的《苦痛之歌》的外面的形式看来，凡·伊登可以被称为一个极其音乐底诗人。"爱伦"的拈来和表出，即全如一种音乐底工作，但这工作，为那善于出惊的通常的读者，则又作别论。

然而这音乐底，几乎只限于字声的谐美，一种谐美，此外只能在我们的独创而天才的戈尔台尔那里可以觅得它。一切的子夜小歌，虽然我在第二首里指出了很失律的一行，——最末的夹龃（Intermezzo）中的诗，尤其是可惜不能全懂的："All' mooie dingen verminderen"和《尾声》（Nachspiel），在这观点上都负着赏誉。

这歌的最圆满的部分，照我的意见是第二和第三吟。单用这短歌（Sonett），已足举一个诗人如凡·伊登者为大的、真的、高的艺术家了。诗句是稀罕的，几乎是女性的娇柔，时时触动读者。在有几篇，例如这子夜小歌的第三首，是诗人用了仅足与一篇古代极简的民歌相比的简单来表出，在言语、形式、景象上，完全未加修饰的。例之一"现在我愿意去死"，人将读而又读，永不会厌倦。

《约翰跋妥尔》，伊登的第三种显著的工作，据我的意见是被荷兰的读者完全误会了，连那原有文学的修养者。由我看来，这是一本书，只有我们时代的最美者足与相比的，却绝不是因了它的高尚的艺术的形式，也不是因了在里面说及的哲学的纯粹，这是一篇象征底散文诗，其中并非叙述或描写，而是号哭和欢呼，如现在已经长成了的约翰，当他在一个满是人类的悲痛的大都市中，择定了他的住所之后，在那里经历着哀愁的道路，由哀愁与爱，得了他自己的性格的清净，这两者是使他成为明洁的、遐想的和纯觉的人的。我不大懂得这书，这个，我乐于承诺，并非这样地容易懂得，有如通行的抗宣斯（Conscience）的一个故事，或者颇受欢迎的望伦芮普（Van Lennep），或如珂支菲勒特（Koetsveld）或培克斯坦因（Bechstein）的一篇童话。这是一本书，人可以如肯皮斯（Thomas à Kempis）的一般，读十遍，是的，读一百遍，为的是永远从中发见新的和美的。

《弟兄》是用戏曲底形式所成就的，而诗人却还称它为悲剧……并非照着古式的悲剧，倒不如说是一篇叙事诗，那外面的服饰使人忆及悲剧，但仍然并不尽合，虽然从中也发生合唱。这是一篇戏曲底叙事诗，一如玛达赫的《人的悲剧》（Madachs *"Tragödie des Menschen"*），浩司诃莆的《流人》（Hausohofers *"Verbannte"*），歌德的《孚司德[2]》（Goethes *"Faust"*）。我不愿深入这书的哲学底观察，虽然凡·伊登有着这样的一个目的，也是真的。在我，那《弟兄》用了艺术家的眼睛便够观察，而且我乐于承认，这工作，即使也有些人对于全体的结构或几部分有所责备，然而远过于中庸了。要从它来期待大的戏曲底效果，是不行的，但它的最好的地方，如彼得和伊凡在墨斯科[3]侯家的弟兄血战，却给我们一个大的、成形的景象。

---

2　现译"浮士德"。——编者注
3　现译"莫斯科"。——编者注

这《弟兄》的大反对，除了《理亚波》("*Lioba*")便难于着想了。这戏曲，较好不如说是这戏曲底童话，所赐给我们的印象，大部分其实是风俗图。然而较之那样的戏曲，即倘有艺术家们，如那时在波亚（Lugné Poé）之下，最新的法国和德国的戏场改革者所曾经实演的许多新试验一般，起而开演，便将收获不少的欢迎，如那别有较胜于它之处的梅特林克的《沛莱亚和美理桑[4]》（Maeterlincks *"Pelléas et Mélisande"*）者，也已相去得如此之远。

按材料和根本思想，《理亚波》彻头彻尾是德国底。在拈得上，尤其是在结末上，多多少少，和《孚司德》的第二分相同。

Jam vitae flamina,

rumpe, o anima!

Ignis ascendere

gestit, et tendere

ad coeli atria;

Haec mea patria.

虽然也还远一点，这不使人忆及《孚司德》的奇美的结末合唱："一切过去的不过是一样"么？因为叙述恋爱，这一样的根本思想也贯彻全篇中。

这篇的开首，是那女的主要人物，将作苦行的童贞的理亚波，当她将入庵院的前一天，立在她的花卉之间；她在高兴她还无须穿童贞的法服。她沉思地站着时，有游猎的事接近了。她观看苍鹭和鹰在空中的斗争，而当她打算救那可怜的受伤的鸟的时候，近来了荷兰的诺尔王，赫拉尔特（Harald）。王一见她柔和地怀抱和爱护那

---

4　现译"佩利亚斯与梅丽桑德"。——编者注

禽鸟时,他对她说:

> 阿,你温和的柔顺的小姑娘,
> 你要这么柔和地怀抱这野的鸟儿,
> 你不肯喜欢是一个母亲么,
> 并且静稳地抚育一个小儿?

　　他用这话触动了理亚波心情中的强有力之处——母爱的冲动。她随着年老的白发的王,忘却了禁欲的誓愿,而且成为他的妻了。然而她没有生产一个孩子,永不生产,虽然人们责备她,以为她有和一个勇士私通的有罪的恋爱——和她在寂寞中爱过的丹珂勒夫(Tancolf),纵或全然无罪,因为她的嘴唇只有一次当月夜里在沙冈上触着他的马的胸脯,——却生了一个孩子。她丈夫死后,被一切所摈弃了,负着重罪,她和他一同烧死在烈焰的船里。

　　既不论那直到现在还未完成的《影象和实质之歌》(德译 *"Liede von Schein und Wesen"* ),更不论那哲学底、社会底、医学底和文学底论著的种种的结集,这固然含有许多值得注意的,而且也如凡有凡·伊登所写的一切一样,在现今的荷兰文学上,显然是最高和最贵的东西,然而我为纸幅所限。我临末只还要揭出零星的韵言( *"Enkele Verzen"* )来,这是几月以前所发表的他的最近的工作,克罗斯也在《新前导》上说过:"诗人只是那个,那诗,无论为谁,都不仅是空洞的文字游戏,却是他的灵魂的成了音乐的感觉……"

　　倘在这一种光中观察它,则弗雷德里克·凡·伊登的这《零星的韵言》,在我们现今的文学所能提示的书籍里,是属于最美的。宛如看不见地呼吸着,喷出它的幽静的生活来的,幽静而洁白的花朵者,是这韵文。它将永远生存。

凡·伊登，先前以医生住在亚摩斯达登，自停止了手术以来，就也如许多别的北荷兰的著作家一样，住在蒲松。他不仅是最大的我们的现存的诗人之一，也是最良善、最高超的人。到他那里去，人说，正如往老王大辟（David），是"负着负担的人，以及有着信仰的人"。的确，虽然他从来不索报酬，而他医治他的病者，抚养衰老者、无告者，人说，他的医治，大抵是用那上帝给他多于别个诗人的，神奇的力，——磁力的崇高的电流，那秘密，他已经试验而且参透了。因为充当医生，他也是属于第一等……

# 动植物译名小记

关于动植物的译名，我已经随文解释过几个了，意有未尽[1]，再写一点。

我现在颇记得我那剩在北京的几本陈旧的关于动植物的书籍。当此"讨赤"之秋，不知道它们无恙否？该还不至于犯禁罢？然而虽在"革命策源地"的广州，我也还不敢妄想从容；为从速完结一件心愿起见，就取些巧，写信去问在上海的周建人君去。我们的函件往返是七回，还好，信封上背着各种什么什么检查讫的印记，平安地递到了，不过慢一点。但这函商的结果也并不好。因为他可查的德文书也只有 Hertwig 的动物学和 Strassburger 的植物学，自此查得学名，然后再查中国名。他又引用了几回中国唯一的《植物学大辞典》。

但那大辞典上的名目，虽然都是中国字，有许多其实乃是日本名。日本的书上确也常用中国的旧名，而大多数还是他们的话，无非写成了汉字。倘若照样搬来，结果即等于没有。我以为是不大妥当的。

只是中国的旧名也太难。有许多字我就不认识，连字音也读不清；要知道它的形状，去查书，又往往不得要领。经学家对于《毛诗》上的鸟兽草木虫鱼，小学家对于《尔雅》上的释草释木之类，医学家对于《本草》上的许多动植，一向就终于注释不明白，虽然大家也七手八脚写下了许多书。我想，将来如果有专心的生物学家，单是对于名目，除采取可用的旧名之外，还须博访各处的俗名，择其较通行而合用者，定为正名，不足，又益以新制，则别的且不说，单是译书就便当得远了。

---

1　现代汉语常用"意犹未尽"。——编者注

以下，我将要说的照着本书的章次，来零碎说几样。

第一章开头不久的一种植物 Kerbel 就无法可想。这是属于伞形科的，学名 Anthriscus。但查不出中国的译名，我又不解其义，只好译音：凯白勒。幸而它只出来了一回，就不见了。日本叫做ジセク。

第二章也有几种：——

Buche 是欧洲极普通的树木，叶卵圆形而薄，下面有毛，树皮褐色，木材可作种种之用，果实可食。日本叫作橅（Buna），他们又考定中国称为山毛榉。《本草别录》云："榉树，山中处处有之，皮似檀槐，叶如栎槲。"很近似。而《植物学大辞典》又称椈。椈者，柏也，今不据用。

约翰看见一个蓝色的水蜻蜓（Libelle）时，想道："这是一个蛾儿罢。"蛾儿原文是 Feuerschmetterling，意云火胡蝶。中国名无可查考，但恐非胡蝶；我初疑是红蜻蜓，而上文明明云蓝色，则又不然。现在姑且译作蛾儿，以待识者指教。

旋花（Winde）一名鼓子花，中国也到处都有的。自生原野上，叶作戟形或箭镞形，花如牵牛花，色淡红或白，午前开，午后萎，所以日本谓之昼颜。

旋儿手里总爱拿一朵花。他先前拿过燕子花（Iris）；在第三章上，却换了 Maigloöckchen（五月钟儿）了，也就是 Maiblume（五月花）。中国近来有两个译名：君影草、铃兰。都是日本名。现用后一名，因为比较地可解。

第四章里有三种禽鸟，都是属于燕雀类的：

一，Pirol。日本人说中国叫"剖苇"，他们叫"苇切"。形似莺，腹白，尾长，夏天居苇丛中，善鸣噪。我现在译作鸫鹧，不知对否。

二，Meise。身子很小，嘴小而尖，善鸣。头和翅子是黑的，两颊却白，所以中国称为白颊鸟。我幼小居故乡时，听得农人叫它"张飞鸟"。

三，Amsel。背苍灰色，胸腹灰青，有黑斑；性机敏，善于飞翔。日本的《辞林》以为即中国的白头鸟。

第五章上还有两个燕雀类的鸟名：Rohrdrossel und Drossel。无从考查，只得姑且直译为苇雀和嗌雀。但小说用字，没有科学上那么缜密，也许两者还是同一的东西。

热心于交谈的两种毒菌，黑而胖的鬼菌（Teufelsschwamm）和细长而红，且有斑点的捕蝇菌（Fliegenschwamm），都是直译，只是"捕"字是添上去的。捕蝇菌引以自比的鸟莓（Vogelbeere），也是直译，但我们因为莓字，还可以推见这果实是红质白点，好像桑葚一般的东西。《植物学大辞典》称为七度灶，是日本名 Nanakamado 的直译，而添了一个"度"字。

将种子从孔中喷出，自以为大幸福的小菌，我记得中国叫作酸浆菌，因为它的形状，颇像酸浆草的果实。但忘了来源，不敢用了；索性直译德语的 Erdstern，谓之地星。《植物学大辞典》称为土星菌，我想，大约是译英语的 Earthstar 的，但这 Earth 我以为也不如译作"地"，免得和天空中的土星相混。

第六章的霍布草（Hopfen）是译音的，根据了《化学卫生论》。

红膝鸟（Rotkehlchen）是译意的。这鸟也属于燕雀类，嘴阔而尖，腹白，头和背赤褐色，鸣声可爱。中国叫作知更雀。

第七章的翠菊是 Aster；莘尼亚是 Zinnia 的音译，日本称为百日草。

第八章开首的春天的先驱是松雪草（Schneeglöckchen），德国叫它雪钟儿。接着开花的是紫花地丁（Veilchen），其实并不一定是紫色的，也有人译作堇草。最后才开莲馨花（Primel od. Schlüsselblume），日本叫樱草，《辞林》云："属樱草科，自生山野间。叶作卵状心形。花茎长，顶生伞状的花序。花红紫色，或白色；状似樱花，故有此名。"

这回在窗外常春藤上吵闹的白头翁鸟，是 Star 的翻译，不是第四章所说的白头鸟了。但也属于燕雀类，形似鸠而小，全体灰黑色，顶白；栖息野外，造巢树上，成群飞鸣，一名白头发。

约翰讲的池中的动物，也是我们所要详细知道的。但水甲虫是 Wasserkäfer 的直译，不知其详。水蜘蛛（Wasserläufer）其实也并非蜘蛛，不过形状相像，长只五六分，全身淡黑色而有光泽，往往群集水面。《辞林》云："中国名水黾。"因为过于古雅，所以不用。鲵鱼（Salamander）是两栖类的动物，状似蜥蜴，灰黑色，居池水或溪水中，中国有些地方简直以供食用。刺鱼原译作 Stichling，我想这是不对的，因为它是生在深海的底里的鱼。Stachelfisch 才是淡水中的小鱼，背部及腹部有硬刺，长约一尺，在水底的水草的茎叶或须根间作窠，产卵于内。日本称前一种为硬鳍鱼，俗名丝鱼；后一种为棘鳍鱼。

Massliebchen 不知中国何名，姑且用日本名，曰雏菊。

小约翰自从失掉了旋儿，其次荣儿之后，和花卉虫鸟们也疏远了。但在第九章上还记着他遇见两种高傲的黄色的夏花：Nachtkerze und Königskerze，直译起来，是夜烛和王烛，学名 *Oenother biennis et Verbascum thapsus*。两种都是欧洲的植物，中国没有名目的。前一种近来输入得颇多；许多译籍上都沿用日本名：月见草。月见者，玩月也，因为它是傍晚开的。但北京的花儿匠却曾另立了一个名字，就是月下香；我曾经采用在《桃色的云》里，现在还仍旧。后一种不知道底细，只得直译德国名。

第十一章是凄惨的游览坟墓的场面，当然不会再看见有趣的生物了。穿凿念动黑暗的咒文，招来的虫们，约翰所认识的有五种。蚯蚓和蜈蚣，我想，我们谁也都认识它，和约翰有同等程度的。鼠妇和马陆较为生疏，但我已在引言里说过了。独有给他们打灯笼的Ohrwurm，我的《新独和辞书》上注道：蠼螋。虽然明明译成了方块字，而且确是中国名，其实还是和 Ohrwurm 一样地不能懂，因为我终于不知道这究竟是怎样的东西。放出"学者"的本领来查古书，有的，《玉篇》云："蚇蟟，虫名；亦名蠼螋。"还有《博雅》云："蚇蟟，蟟蚇也。"也不得要领。我也只好私淑号码博士，看见中国式的号码便算满足了。还有一个最末的手段，是译一段日本的《辞林》来说明它的形状："属于直翅类中蠼螋科的昆虫。体长一寸许；全身黑褐色而有黄色的脚。无翅；有触角二十节。尾端有歧，以挟小虫之类。"

第十四章以 Sandäuglein 为沙眸子，是直译的，本文就说明着是一种小胡蝶。

还有一个 münze，我的《新独和辞书》上除了货币之外，没有别的解释。乔峰来信云："查德文分类学上均无此名。后在一种德文字典上查得 münze 可作 minze 解一语，而 minze 则薄荷也。我想，大概不错的。"这样，就译为薄荷。

一九二七年六月十四日写讫。鲁迅。

# 表

[苏]L. 班台莱耶夫

# 译者的话

　　《表》的作者班台莱耶夫（L. Panteleev），我不知道他的事迹。所看见的记载，也不过说他原是流浪儿，后来受了教育，成为出色的作者，且是世界闻名的作者了。他的作品，德国译出的有三种：一为"Schkid"（俄语"陀思妥耶夫斯基学校"的略语），亦名《流浪儿共和国》，是和毕理克（G. Bjelych）合撰的，有五百余页之多；一为《凯普那乌黎的复仇》，我没有见过；一就是这一篇中篇童话，《表》。

　　现在所据的即是爱因斯坦（Maria Einstein）女士的德译本，一九三〇年在柏林出版的。卷末原有两页编辑者的后记，但因为不过是对德国孩子们说的话，在到了年纪的中国读者，是统统知道了的，而这译本的读者，恐怕倒是到了年纪的人居多，所以就不再译在后面了。

　　当翻译的时候，给了我极大的帮助的，是日本槇本楠郎的日译本：《金时计》。前年十二月，由东京乐浪书院印行。在那本书上，并没有说明他所据的是否原文；但看藤森成吉的话（见《文学评论》创刊号），则似乎也就是德译本的重译。这对于我是更加有利的：可以免得自己多费心机，又可以免得常翻字典。但两本也间有不同之处，这里是全照了德译本的。

　　《金时计》上有一篇译者的序言，虽然说的是针对着日本，但也很可以供中国读者参考的。译它在这里：

　　　　人说，点心和儿童书之多，有如日本的国度，世界上怕未必再有了。然而，多的是吓人的坏点心和小本子，至于富有滋养，给人益处的，却实在少得很。所以一般的人，一说起好点心，就想到西洋的点心，一说起好书，就想到外国的童话了。

然而，日本现在所读的外国的童话，几乎都是旧作品，如将褪的虹霓，如穿旧的衣服，大抵既没有新的美，也没有新的乐趣的了。为什么呢？因为大抵是长大了的阿哥阿姊[1]的儿童时代所看过的书，甚至于还是连父母也还没有生下来，七八十年前所作的，非常之旧的作品。

虽是旧作品，看了就没有益，没有味，那当然也不能说的。但是，实实在在的留心读起来，旧的作品中，就只有古时候的"有益"，古时候的"有味"。这只要把先前的童谣和现在的童谣比较一下看，也就明白了。总之，旧的作品中，虽有古时候的感觉、感情、情绪和生活，而像现代的新的孩子那样，以新的眼睛和新的耳朵，来观察动物、植物和人类的世界者，却是没有的。

所以我想，为了新的孩子们，是一定要给他新作品，使他向着变化不停的新世界，不断的发荣滋长的。

由这意思，这一本书想必为许多人所喜欢。因为这样的内容簇新，非常有趣，而且很有名声的作品，是还没有绍介一本到日本来的。然而，这原是外国的作品，所以纵使怎样出色，也总只显着外国的特色。我希望读者像游历异国一样，一面鉴赏着这特色，一面怀着涵养广博的智识，和高尚的情操的心情，来读这一本书。我想，你们的见闻就会更广、更深，精神也因此磨炼出来了。

还有一篇秋田雨雀的跋，不关什么紧要，不译它了。

---

1　现代汉语常用"阿姐""姐姐"。——编者注

译成中文时，自然也想到中国。十来年前，叶绍钧先生的《稻草人》是给中国的童话开了一条自己创作的路的。不料此后不但并无蜕变，而且也没有人追踪，倒是拼命的在向后转。看现在新印出来的儿童书，依然是司马温公敲水缸，依然是岳武穆王脊梁上刺字；甚而至于"仙人下棋""山中方七日，世上已千年"；还有《龙文鞭影》里的故事的白话译，这些故事的出世的时候，岂但儿童们的父母还没有出世呢，连高祖父母也没有出世，那么，那"有益"和"有味"之处，也就可想而知了。

在开译以前，自己确曾抱了不小的野心。第一，是要将这样的崭新的童话，绍介一点进中国来，以供孩子们的父母、师长，以及教育家、童话作家来参考；第二，想不用什么难字，给十岁上下的孩子们也可以看。但是，一开译，可就立刻碰到了钉子了，孩子的话，我知道得太少，不够达出原文的意思来，因此仍然译得不三不四。现在只剩了半个野心了，然而也不知道究竟怎么样。

还有，虽然不过是童话，译下去却常有很难下笔的地方。例如译作"不够格的"，原文是 defekt，是"不完全""有缺点"的意思。日译本将它略去了。现在倘若译作"不良"，语气未免太重，所以只得这么的充一下，然而仍然觉得欠切帖。又这里译作"堂表兄弟"的是 Olle，译作"头儿"的是 Gannove，查了几种字典，都找不到这两个字。没法想就只好头一个据西班牙语，第二个照日译本，暂时这么的敷衍着，深望读者指教，给我还有改正的大运气。

插画二十二小幅，是从德译本复制下来的。作者孚克（Bruno Fuk），并不是怎样知名的画家，但在二三年前，却常常看见他为新的作品作画的，大约还是一个青年罢。

鲁迅

# 表

彼蒂加·华来德做过的事情，都胡涂得很。

他在市场里到处的走，什么都想过了。他又懊恼，又伤心。他饿了，然而买点吃的东西的钱却是一文也没有。

无论那里都没有人会给他一点什么的。饿可是越来越厉害。

彼蒂加想偷一件重东西，没有弄好，倒在脊梁上给人敲了一下子。

他逃走了。

他想偷一个小桶。又倒楣[1]。他得把这桶立起来，拖着走。

一个胖胖的市场女人忽然给他看见了。她站在角落里卖蛋饼。出色的蛋饼，焦黄，松脆，冒着热气。他抖抖的蹩过去。他不做别的，就只拿了一个蛋饼，嗅了一嗅，就塞在袋子里面了。也不对那女人说一句求乞的话。安闲地，冷静地，回转身就走。

那女人跟了他来。她拍的打了一下。抓住他的肩头，叫道：

"你偷东西！还我蛋饼！"

"什么蛋饼？"彼蒂加问着，又想走了。

这时可是已经聚集了一些人。有一个捏住了他的喉咙。别一个从后面用膝盖给他一磕。他立刻倒在地上了，于是一顿臭打。

不多久，一大群人拖他去到警察局。

1　现代汉语常用"倒霉"。——编者注

大家把他交给局长了。

"那是这样的。我们给您送一个小扒手来了。他捞了一个蛋饼。"

局长很忙碌，没有工夫。他先不和彼蒂加会面，只命令把他关在拘留所里面。

照办了。他就在那里坐着。

拘留所里，彼蒂加坐在一条不干净的、旧的长椅上。他动也不动，只对着窗门。窗是用格子拦起来的。格子外面看见天。天很清朗，很明净，而且蓝得发亮，像一个水兵的领子。

彼蒂加看定着天空，苦恼的思想在他脑袋里打旋子。伤心的思想。

"唉唉！"他想，"人生是多么糟糕！我简直又要成为流浪儿的罢？简直不行了。袋子里是有一个蛋饼在这里。"

伤心的思想……如果从前天起，就没有东西吃进肚里去，人还会快活么？坐在格子里面，还会舒服么？看着天空，还有趣么？如果为了一件大事情，倒也罢了！但只为了一个蛋饼……呸，见鬼！

彼蒂加完全挫折了。他闭上眼睛，只等着临头的运命。

他这么等着的时候，忽然听到一声敲。很响的敲。好像不在房门上，却在墙壁上，在那隔开别的屋子的薄的板壁上。

彼蒂加站了起来。他睁开眼睛，侧着耳朵听。

的确的。有谁在用拳头要打破这板壁。

彼蒂加走近去，从板缝里一望。他看见了拘留房的墙壁，一条板椅，一个拦着格子的窗户，地上的烟蒂头。连一个人影子也没有。全是空的。这敲从那里来的呢，捉摸不到。

"什么恶鬼在这里敲呢？"他想，"恐怕是用爪子在搔罢？"

他正在左思右想，却听到了一种声音，是很低、很沙的男人的声音：

"救救！妈妈子！"

彼蒂加一跳就到屋角的炉旁。炉旁边的墙壁上有一条大裂缝。他从这缝里看见一个鼻子。鼻子下面动着黑胡须。一个斜视的黑眼珠，悲伤的在张望。

"妈妈子！"那声音求告着，"心肝！放我出去罢，看老天爷的面子！"

那眼睛在板缝里爬来爬去，就好像一匹蟑螂。

"这滑稽家伙是什么人呢？"彼蒂加想，"发了疯，还是喝醉了？一定是喝醉了！还闻得到烧酒味儿哩……呸……"

浓烈的酒气涌进房来了。

"妈妈子！"那醉汉唠叨着，"妈妈子！"

彼蒂加站在那里，瞧着那醉汉，却全不高兴去说话。别一面是他不要给人开玩笑。现在他无法可想了。他简短的说：

"你嚷什么？"

"放我出去，心肝！放我出去，宝贝！"

他突然叫了起来：

"大人老爷！同志先生！请您放我出去罢！我的孩子们在等我呢！"

真是可笑得很。

"傻瓜，"彼蒂加说，"我怎么能放你出去呢？我也是像你一样，关在这里的。你疯了么？"

他忽然看见那醉汉从板缝里伸进手来了。在满生着泡的手里是一只表。一只金表。足色的金子。带着表链。带着各样的挂件。

醉汉睁大了他的斜视眼，低声说道：

"局长同志，请您放我出去罢！我就送给您这个表。您瞧！是好东西呀！您可以的！"

那表也真的在咕咕的走。

合着这调子，彼蒂加的心也跳起来了。

他抓过表来，一跳就到别一屋角的窗下。因为好运道，呼吸也塞住了，所有的血也都跑到头上来了。

那醉汉却在板缝里伸着臂膊，叫喊道：

"救救！"

他顿着脚，好像给枪刺着了的大叫起来：

"救救呀！强盗呀！强盗呀！"

彼蒂加发愁了，来回的走着。血又回到脚里去了。他的指头绝望的抓着表链，抓着这满是咭咭咯咯的响的挂件的该死的表链。这里有极小的象、狗儿、马掌、梨子样的绿玉。

他终于连挂件一起拉下那链子来。他把这东西塞进缝里去：

"哪，拿去！你挂着就是！"

那醉汉已经连剩余的一点记性也失掉了。他全不想到表，只收回了那表链：

"多谢，多谢！"他喃喃的说，"我的心肝！"

他从板缝里伸过手来，来抚摩彼蒂加，还尖起嘴唇，响了一声，好像算是和他亲吻：

"妈妈子！"

彼蒂加又跑到窗下。血又升上来了。思想在头里打旋子。

"哈！"他想，"好运道！"

他放开拳头，看着表。太阳在窗格子外面的晴天上放光，表在他手里发亮。他呵一口气，金就昏了。他用袖子一擦，就又发亮。彼蒂加也发亮了：

"聪明人是什么都对的。一切坏事情也有它的好处。现在我抓了这东西在这里。这样的东西,随便那一个旧货店都肯给我五十卢布的。什么?五十?还要多……"

他简直发昏了。他做起种种的梦来:

"首先我要买一个白面包。一个顶大的白面包。还有猪油。猪油是刮在面包上来吃的,以后就喝可可茶。再买一批香肠。还有香烟,顶上等的货色。还有衣服:裤子,上衣。再一件柳条纹的小衫……还有长靴。但是我为什么坐在这里做梦的?第一着,是逃出去。别的事都容易得很。"

不错,一切都很好。只有一样可不好。是他被捉住了。他坐着,好像鼠子落在陷阱里。窗户是有格子的,门是锁住的。运气捏在他手里,只可惜走不脱身。

"不要紧,"他自己安慰着,"怎么都好。只要熬到晚……不会就送命的。晚上,市场一收,他们就放我了。"

彼蒂加的想头是对的。到晚上,人就要来放他了。这并不是第一回,他已经遇到过好几回了。但到晚上又多么长呀!太阳简直一点也不忙。

他再拿那表细看了一回,于是塞在破烂的裤的袋子里。为要十分的牢稳,就把袋子打了一个结。墙壁后面的叫喊和敲打,一下子都停止了。锁发着响,彼蒂加回头去看时,却站着一个警察,说道:

"喂,出来,你这小浪子!"

了不得!彼蒂加竟有些发愁。他跳起来,提一提裤子,走出屋子去。警察跟着他。

"快走,你这小浪子!见局长去!"

"好的!"——

彼蒂加在局长面前出现了。局长坐在绿色的桌子旁,手里拿着一点文件。他拿着在玩弄。上衣的扣子已经解开。颈子发着红,还在冒热气。嘴里衔一枝烟卷,在把青的烟环喷向天花板。

"日安,小扒手。"他说。

"日安!"彼蒂加回答道。

他很恭敬的站着。很驯良。他微笑着,望着局长,好像连一点水也不会搅浑的一样。局长是喷着他的烟环,看起文件来了:

"唔,你什么时候生的?"

"我不知道。可是我十一岁了。"

"哦。那么,你说出来罢,你到我们这里来做客人,已经是第几回了?我看是第七回罢?"

"不的。我想,是第三回。"

"你不撒谎吗?"

"大约是这样的。我不大清楚了。您比我还要清楚哩。"

彼蒂加是不高兴辩论的。和一位局长去争论,毫无益处。如果他想来是七回,让他这么想就是了。他妈的!

"如果不和他去争,麻烦也就少……也就放得快了。"

局长把文件放在桌子上,用手在那上面一敲,说道:

"我下这样的判决,据面查你幼小的年龄和你的穷苦,应即移送少年教养院。你懂得么?"

彼蒂加呻吟起来了。站不稳了。僵掉了。局长说出来的话,好像有谁用砖头在他头上敲了一下似的,使他发了昏。这事情,是他没有料到的。是没有预计的。

但他立刻复了原，仰起头来，说：

"可以的。我……"

"懂得了么？"局长问着，还笑了起来，似乎彼蒂加的心情有多么悲伤，多么苦痛，他竟完全不觉得。彼蒂加是毫没有什么好笑。他倒要放声哭出来了。

唉唉，彼蒂加，彼蒂加，你是怎么的一个晦气人物呵！

但这还不算了结。又来了更坏的事情。彼蒂加糟糕了。

局长叫来了一个警察，并且命令他，把彼蒂加从头到脚的搜一搜。

"搜他一下，"他说，"他也许藏着凶器或是很值钱的东西的。细细的搜他一下。"

警察走近彼蒂加来。彼蒂加的心停止了，他的腿像是生了热病似的发着抖。

"从此永远分手了，我的宝贝！"他想。

但运气的是那警察竟是一个傻瓜。一个真正的宽兄。他注视着彼蒂加，说道：

"局长同志，一碰着这流浪人，就要叫人恶心的。请您原谅。拜托您……今天刚刚洗过蒸汽浴。穿的是洗得很干净的。他身上会搜出什么来呢？袋子里一个白虱，补钉[2]里一个跳蚤……一定的……"

彼蒂加聚集了他最后的力气，可怜的微笑着，细起眼睛，望着那兵爷。

这意思就是说："对呀。对呀。"

他一面想：

"一个很出色的跳蚤。这样的跳蚤，是谁都喜欢的。"

---

2　现代汉语常用"补丁"。——编者注

他悄悄的用一个指头去触一下裤子的袋子。有一点东西在那里动,有一点东西在那里跳,好像一颗活的心脏,或是活的挣着的鱼儿,这就是表。

也许是对警察表了同情,也许是什么都觉得无聊了,局长点点头,说道:

"好罢,算了罢。不搜也成。这不关紧要……"

他在纸上写上些什么,盖好印章,便交给了那警察:

"喂,同志,这是判决书。你到惠覃斯基街,把这小浪子交给克拉拉·札德庚少年教养院去。可是你要交付清楚的呀。"

于是他站起来,打一个呵欠,走出房去了。

连对彼蒂加说声再见也想不到。

警察把公文塞在皮包里,叹一口气,拿手枪挂在肚子边。又叹一口气,戴上帽。

"来!……来,流浪儿……走罢!"

彼蒂加提一提裤子,跨开大步便走。

他们俩一径向着市场走,通过了拥挤的人堆。一切都如往常一样,骚扰,吵嚷……一大群人们在那里逛荡,叫着,笑着,骂着,唱着曲子。什么地方在奏音乐。鹅在嘎嘎的叫。疯狂似的买卖。但彼蒂加却什么也不听见。他只有一个想头:

"跑掉!我得跑掉!"

像一只狗似的,他在警察前面跑,撞着商人们和别的人,只用眼睛探察着地势,不住的苦苦的想:

"跑掉?但往那里跑呢?"

警察钉在他后面像一条尾巴,他怎么能跑掉呢?他一眼也不放松,气喘吁吁地,不怕疲乏地在紧跟着他走。

不一会,市场已在他们后面了。彼蒂加却到底没有能逃走。

他完全没了主意，茫然自失了，走路也慢起来。

这时警察才能够和他合着脚步，他呻吟道：

"你简直是乱七八糟的飞跑，你这野孩子！你为什么尽是这么跑呀？我可不能跑。我有肾脏病。"

彼蒂加不开口。他的肾脏和他有什么相干呢，他有另外的担心。他完全萎掉了。

他又低着头赶快的走。

警察好容易这才喘过气来，问道：

"说一回老实话罢，你这浮浪子。在市场上，你是想溜的罢，对不？"

彼蒂加吃了一惊，抬起头来：

"什么？想溜？为什么？"

"算了罢！你自己很明白……你想逃走的罢？"

彼蒂加笑着说：

"你弄错了。我没有这意思。就是您逼我走，我也不走的。"

警察诧异得很：

"真的？你不走的？"

他忽然站住了，搔一搔眉毛，拿皮包做一个手势：

"走罢！跑罢！我准你的！"

这就像一击。像是直接的一击。仿佛有谁从后面踢了他一脚似的。彼蒂加全身都发起抖来了。他已经想跑了，幸而他瞥了那警察一眼。那家伙却在露着牙齿笑。

"嗳哈！"彼蒂加想，"你不过想试试我罢咧。不成的，好朋友。我知道这玩艺³。我还没有这么傻呢。"

他微微一笑，于是很诚实的说道：

"您白费力气的。我是不走的。即使您打死我……我也不高兴

---

3　现代汉语常用"玩意""玩意儿"。——编者注

走……"

"为什么呀？"

警察不笑了，查考似的凝视着彼蒂加。但他却高声叫喊道：

"为的是！——因为您毫没有逼我逃走的权利的。您想我逃逃看。但是您又不放我逃的。您守着规则，带我到应该去的地方去罢，要不然，真叫我为难呀。"

这么说着，彼蒂加自己也吃了一惊。

"我在说什么废话呀！"他想，"真是胡说白道……"

警察也有些担心了。他仓皇失措，挥着两手教他不要说下去。

"你当是什么了？你真在这样想么？……好了，好了，我不过开一下玩笑……"

"我知道这玩笑，"彼蒂加叫道，"我不受这玩笑。您要指使我逃走呀！不是吗？带领一个正经人，您不太腐败吗？是不是？您说这是玩笑吗？您是没有对我硬开玩笑的权利的！"

彼蒂加不肯完结了。他交叉了臂膊，哭嚷起来。路人都诧异。出了什么事呢？一个红头毛孩子，给人刺了一枪似的叫骂着，旁边是一个警察，满脸通红，窘得要命，眨着眼，发抖的手痉挛的抓着皮包。

警察劝彼蒂加不要嚷了，静静的一同走。

这么那么的缠了一会之后，彼蒂加答应了。

他显着生气的脸相，目不邪视[4]的往前走，但心里几乎要笑出来。

"这一下干得好。我给了一个出色的小钉子！这是警察呀！好一个痴子！……十足的痴子！……"

这回是警察要担心了自己的脚，好容易才能够拖着走。他要费很大的力，这才赶得上。但他不说话，单是叹气，并且总擦着脸上的汗。彼蒂加向这可怜人来开玩笑了。

"您为什么走得这样慢的？您在闲逛么？您简直不能快一点么？"

"我不能。我真的不能。这是我的肾脏的不好。我的肾脏是弱的。它当不起热。况且我今天又洗了蒸汽浴。很热的蒸汽浴。我有些口渴了……"

他忽然看见一家茶店，叫作"米兰"，有着漂亮的店门，还挂一块五彩画成的大招牌。

他站住了，说道：

"阿，请呀，我们进去罢。我们喝点东西去。"

"不，"彼蒂加说，"进去干什么？"

"好好，"警察恳求道，"我和你情商。我全身都干了。我口渴了。我们喝点汽水或者茶去。或者柠檬水。给我一个面子，小浪子，一同进去罢。"

彼蒂加想了一下。

"可以，"他说，"您进去罢。但是不要太久。"

"那么，你呢？"

"我不去。我是不走进吃食店去的。我不高兴……"

警察踌躇了起来，很惴惴的问道：

"你也不跑？"

彼蒂加勃然大怒了：

---

4  现代汉语常用"目不斜视"。——编者注

"您又来了！您在指使我！如果您在这么想，您就该马上送我到教养院里去。懂了吗？喝茶不喝，随您的便！"

"喂，喂，"警察说，"不要这么容易生气呀。我不过这样说说的。我知道你是不跑的。你是一个乖小子。"

"好了好了，"彼蒂加打断他，"我没有这么多谈的工夫。您进去罢。"

那警察真的进去了。他放彼蒂加站在门口喝茶去了。彼蒂加望着他的后影，微笑起来：

"这样的一个痴子，是不会再有的。"

他微笑着，拔步便跑，走掉了。

他转过街角，这才真的跑起来。他狂奔。他飞跑。像生了翅子一样。像装了一个推进机一样。他的脚踏起烟尘来，他的心跳得像风暴。风在他脸旁呼呼发响。

房屋、篱垣、小路，都向他奔来。电线杆子闪过了。人们……山羊……警察……

他气喘吁吁的飞跑着。

他跑了多久呢，他不知道。他要往那里去呢，也不知道。终于在街市的尽头站住了，在一所教堂的附近。

他费了许多工夫，这才喘过气来，清醒了。他向周围看了一遍，疑惑着自问道：

"现在我真的自由了？"

怎样的运气！这好极！他又想跑了。只因为快活。

"自由哩！自由哩！"

运气的感觉生长起来。于是他想到了表：

"唉唉，我的表！我的出色的表！你在那里呀？"

他一摸袋子……表不在了。

他发了疯似的找寻。没有表。

怎么好呢？

他再摸一下袋子。究竟是怎么一回事？

连袋子也没有了。它是只用一条线连着的，恐怕给那表的重量拉断了。他向周围一看。地上并没东西。他摇摇腿。没有……

绝望抓住了他。挫折得他靠着教堂的墙壁，几乎要哭出来。

"见鬼！见鬼！我就是碰着这种事！"

他总永远是倒楣！

然而他没有哭。彼蒂加知道：眼泪，是女人的。一个像样的小浮浪儿，哭不得。表不见了，那么，就去寻。

他跑回去。

但跑也不中用。他把路忘掉了，他已经不记得，自己是走那条路来的。最好是找人问一问。

人家的门前站着一条大汉。他穿着兵似的裤子。在磕⁵葵花子，把壳吐在地面上。

彼蒂加向他奔过去：

"阿伯！阿伯！"

"什么事？那里火着了？"

"您可知道'米兰'茶店在那里呀？"

"不，"那家伙说，"我不知道。'米兰'是什么子呀？"

"是茶店。有一块招牌的。"

"哦。有一块招牌的？……那我知道。"

"那么，在那里呢？"

"你问它干什么？"

"您不管我罢。您告诉我就是。"

---

5 现代汉语常用"嗑"。——编者注

"好罢。那么,听着呀。你尽是一直走。懂吗?再往左走。懂么?再往右走。懂么?再是一直走。再打横。再斜过去。那么,你就走到了。懂么?"

彼蒂加不能懂。

"怎么?"他问,"往右,往左,后来呢?"

他注视着那家伙。他立即明白了:

"他在和我寻开心,这不要脸的!"

他气恼得满脸通红。他上当得真不小。他狠命的在那家伙的手上敲了一下,敲得葵花子都落下来。于是跑掉了。

他跑着,尽力的跑着。上那里去呢,连自己也不知道。经过了一些什么地方的什么大路和小巷,走过什么地方的一座桥。

忽然,有一条小巷里,他看见墙壁上有一个洞,而且分明的记得:他是曾经走过这地方的。那墙壁上的洞,使他牢牢的记得。

他放缓了脚步,看着地面。他在寻表。他固执的搜查了地上的每一个洼,每一个洞。什么也不见。没有表。大约是已经给谁检[6]去了。

地面在他脚底下摇动起来。因为痛苦,他几乎失了神。好容易这才挨到了"米兰",坐在那里的阶沿上。他坐着,垂了头。他已经不高兴活下去。

他一动不动的坐在那里,好像一块木头。气恼。阴郁。用了恶

_____
6 现代汉语常用"捡"。——编者注

狠狠的眼睛凝视着地面。

忽然问——那是什么呀。

他弯下身子去，不相信自己的眼睛了。

那是什么呵?!

这里，阶沿前面，可就躺着装表的打了结子的袋子。真的! 它的确在这里!

彼蒂加发了抖，检起袋子来。他刚刚拿到手，那警察已经从茶店里出来了。

"你在这里?"

彼蒂加吃了一惊。

"好家伙，"那警察说，"好，你竟等着! 真的了不得。我倒料不到你有这么正直的。"

他从袋子里掏出一个烤透了的点心来，送给彼蒂加。

"哪，拿罢。因为你安静的等着。拿呀。还特地给你十个戈贝克[7]，这是我真心真意给你的。"

彼蒂加接过点心来，嗅了一下，狼吞虎咽的吃了，这才恢复了元气。

"很好。谢谢您的点心。但您为什么弄得这么久的? 我不是来等候您许多工夫的呀!"

"这就行了，这就行了，"警察回答说，"不要见怪罢。我一起不过喝了六杯茶和吃了一个白面包。现在我们能走了。来罢，请呀，小浪子。"

这时他们走得很快。很活泼。尤其是那警察。他竟开起快步来。好像他完全忘记了他的肾脏了。彼蒂加把表悄悄的藏到裤里去，塞在一个补钉的折叠里。他已经很有精神。他不喜欢垂下头去了。

"都一样的，"他想，"全无关系。现在我已经不能溜掉了。还

---

7  十戈贝克现在约值中国钱一角。——译者

是不溜。我从教养院里再跑罢。"

他们到了宽阔的惠覃斯基街。他们走上很峭的高地去。警察指着远处道：

"你看见上面的屋子吗？白的……绿房顶。那就是克拉拉·札德庚教养院呀。快到了。"

不多久，他们就站在那屋子的前面。是一所体面的屋子。许多窗户带着罩窗。一个前花园种着满是灰尘的白杨。一个中园。一层铁格子。一重大门……

警察去敲门。墙后面的一只狗就叫起来。它的铁链索索的响。

彼蒂加悲哀了。可怕的悲哀。他叹一口气。

"教养院？"他想，"出色的教养院呀。就像监狱一样。到处都锁着。谁说能从这里逃走呢！"

门上开了小小的望窗。露出一个细眼睛的脸来。像是鞑靼人，或者中国人。

"谁呀？有什么事？"

"您开罢！"警察大声说，"不要紧的……没有大事情。我带一个孩子来了，偷了东西的……"

小窗又拍的关上了，钥匙在锁上发响。大门开了，站在那里的并非鞑靼或中国人，却是一个细眼睛的俄国人。

"日安，"他说，"请进来。"

他们走到中园。那狗向他们扑来了，嗥着，哼着。

细眼睛叫它回去：

"回去，区匿希[8]！"

"请到办公室里见院长去，"他转脸对两人说，"走过中园，在三楼上。"

---

8 König是德语，"王爷"的意思，但这里是狗名。——译者

警察端正了姿势。他扶好手枪匣子，开起正步来：一、二，向左、向右。

彼蒂加跟着他并且向各处看。是一个很大的、铺着石头的中园。石头之间是细叶荨麻和各种别样的野草。

开着的窗户里，有孩子们在张望，注视着彼蒂加。

"孩儿们，一个头儿来了！"

"什么？"彼蒂加想，"我是头儿么？"

他们上了楼梯，走到办公室去。办公室前面的地板上，坐着一个小小的、黑颜色的野孩子，用毛笔在一幅很大的纸上，画着五角的星。

"日安！"警察道。

"日安！"那野孩子用了诚实的低声回答说，"你要和院长说话么？"

"菲陀尔·伊凡诺维支！有人要您说话呢！"那野孩子嘲笑似的，露出牙齿的笑着，把彼蒂加从头到脚的打量了一通。

邻屋里走出院长菲陀尔·伊凡诺维支来。是一个小身材的，秃头，眼镜，淡灰色胡子。

"哦，"他说，"日安！你带了一个新的来了？"

"是的，"警察说，"日安！请您给判决文一个收据！"

"什么？哦哦，是的！您可以去了。"

警察拿着收据，查了一下。

"再见！"他说，"好好的在着罢，孩子！"

他出去了。

菲陀尔·伊凡诺维支在桌旁坐下，检查似的看着彼蒂加："你叫彼得⁹？"

"是的。"彼蒂加回答说，并且告诉了他的姓。

"哦。你偷了东西？"

彼蒂加脸红了。他连自己也不知道为什么。这菲陀尔·伊凡诺维支是一个怪物。

"是的。"

"哦……这干不得。你还年青。还要成一个有用人物的。现在我们得首先来整理你的外表。是的……米罗诺夫，领这新的到鲁陀尔夫·凯尔烈支那里去……"

黑孩子跳起来，放下毛笔，擦了手。

"来罢，你的造孽的。"

他们走过许多回廊。那些地方都有点暗。电灯发着微弱的光。两边都看见白色的门户。

"这是课堂，"黑孩子说明道，"这里是授课的。"

"但你现在带我到那里去呢？"彼蒂加问。

"到卫生课鲁陀尔夫·凯尔烈支那里去。他会给你洗一洗的。"

"洗一洗？"

"唔，自然。在浴盆里。"

那孩子敲了门。

"鲁陀尔夫·凯尔烈支！我带了一个新的来了！"

他们迎面来了一个穿白罩衫的胖子。他有很大的耳朵，雄壮的声气。这卫生课……大概是个德国人……

---

9 彼得（Piotr）才是他的正式名字，彼蒂加（Petika）即由此化出，是亲爱，或者轻视时的称呼。——译者

"一个新的？"他问，"多谢，进浴室去罢。水恰恰热了。"

他就拉了彼蒂加去。

"脱下来。"

"为什么？"

"脱下来罢。你得洗一个澡。用了肥皂和刷子。"

彼蒂加脱下他的破烂衣服来。非常之慢。

"但愿这表不要落掉了才好！"他想。

那德国人说道：

"都轻轻的放着。我们就要在炉子里烧掉它的。"

彼蒂加吃了一惊。他痉挛地紧紧的抓住了裤子。

"怎么？为什么？烧掉？"

"不要担心。我们要给你一套另外的衣服。干净的。一件干净的小衫，一件干净的上衣，你还要弄到长靴哩。"

他怎么办才是呢？他精赤条条的坐着，那手紧抓了醒醒的破烂衣服在发抖。但并不是因为冷。浴室是温暖的，还热呢。他的发抖是为了忧愁。

"怎么好呢？都要没有了。"

但他一点也不愿意放弃。

他的运气，是那德国人暂时离开了浴室。想也来不及多想，彼蒂加就解开破布来，把金表塞进嘴里去。这很费力。他几乎撑破了嘴巴。面颊鼓起来了。舌头又非常之碍事。然而他弄好了，熬住了，并且咬紧了牙齿。

表刚刚藏好，德国人就又走了进来。拿着一个钳子。他用这钳子夹着彼蒂加的衣服，搬了出去。于是他又回来，把水放在浴盆里。

"进去。"

彼蒂加爬进浴盆去，热水里面。一转眼，那水就浑浊了。这并不是变戏法：这之前的一回浴，他还是五年前洗的。后来他这里那里的在野地上固然也洗过……但这么着，身子可也不会真干净……

洗浴使他很舒服。在里面是很好的，他甚至于情愿从此不走出。

但大大的晦气是那德国人竟是一个多话的汉子。他用肥皂给他洗着头的时候，话就没有住。他没有一刹时是不声不响的。他要知道一切，对于什么都有趣。他为什么名叫彼蒂加的，警察为什么捉他的，在那里失掉了他的父母的。连什么屁事他都想知道。

彼蒂加不说话。彼蒂加有表在嘴里。

他各式各样的用了他的头。他看着质问，有时点点，有时摇摇。要不然，就喃喃的来一下。

他的沉默，大概很使这德国人不快活了，因为他关上了他的话匣子。

他换了水。他放掉脏水，然后捻开两个龙头，放进新鲜的水，冷的和热的来。于是坐在屋角的椅子上，拿了报纸。

"就这样的坐着罢，肮脏就洗掉了……如果太热了，那就说。我来关龙头。"

彼蒂加点点头。

水从龙头里潮水似的涌出。渐渐的热起来了。简直就要沸了。

德国人却舒舒服服的尽在看他的报纸，他的大耳朵微微的在牵动。

水还是流个不住。已经难熬了。逼得彼蒂加辗转反侧，只是移来移去，却一声也不响。

终于，他再也打熬不住了，就

钻下水去，吐出表来。于是飞似的钻出，拼命的叫道：

"热呀！"

德国人跳了起来，抛掉报纸，伸手到水里去一摸，喝道：

"孩子！孩子！你疯了么？快出来！快快！"

他抓着彼蒂加的肩头，拉了他出来。他很气恼他，大声说道：

"你为什么不说的？这水，已经煮得一只鸡了。"

他放许多冷水进浴盆去，于是再用肥皂来洗彼蒂加的背脊。

当在这么办理时，彼蒂加就用两手去摸浴盆底。他是在寻表。他的指头终于碰到了一个滑滑的圆东西。他就放进嘴巴去。但这一回却非常之艰难。大约是因为这表受热发了涨，或者是嘴巴洗得变小了……但表也竟塞进嘴巴里去了。他几乎弄断了牙齿。

德国人又用清水给他冲洗了一通。

"好啦。坐着。我给你取衣服去。"

他出去了。彼蒂加坐在肥皂水里面。他忽然觉得，水在减少下去了。

当那德国人回来的时候，彼蒂加只坐在空的浴盆里。

"为什么你把水放掉的？光着身子坐在空盆里，是会生病的呢。"

水怎么会走掉的呢，彼蒂加不知道。他没有放。他全不明白怎么会这样。

"那就是了，"德国人说，"快穿衣服。就要吃饭了。你来得太迟了。"

他给他一整套衣服：衬裤、一条裤子、一件上衣……还有长靴。都崭新，都干净。

彼蒂加动手穿起来。在他一生中，穿衬裤是第一回。德国人注视着，而且微笑着。彼蒂加也微笑着。

德国人突然严重了。

他诧异地看着彼蒂加的脸，问道：

"你嘴里有着什么？什么在那里发亮？"

彼蒂加吓了一跳，闭上了嘴唇。

"我这昏蛋[10]！痴子！我就是笑不得！"

他转过脸去，耸一耸肩膀，好像是在说："无聊！这是不值得说的。"

但那德国人不放松。他来挖彼蒂加的嘴。

"张开牙齿！你嘴里是什么呀？你把什么东西藏在那里了？"

彼蒂加张开了嘴唇。

"吐出来！"

彼蒂加叹一口气，用舌尖把表一顶，吐出来了，就在德国人的手上。

但他却发了惊怖的一声喊。

在德国人手里的并不是表，倒是一个白铜塞子，就是用在浴盆里面的。

彼蒂加大大的吃了惊。德国人也很诧异。

他以为彼蒂加是疯子。他疑惑的问道：

"告诉我罢，孩子，为什么你把塞子塞在嘴里的？这怎么行呢？把金属东西塞到嘴里去？"

彼蒂加想不出应该怎么回答他。他撒了一个漫天大谎：

"肚子饿，"他低声说，"我饿得很。"

这时他总在偷看着浴盆。

表在那里呢？

他什么也没有看见。浴盆是空的。里面只有一块湿的浴布。

表一定就在浴布的下面。如果德国人走出屋子去，他就可以拿

---

10 现代汉语常用"混蛋"，也作"浑蛋"。——编者注

了那表来。然而德国人竟一动也不动！他对彼蒂加表着满心的同情：

"我的天老爷！这么着的！这样的白铜东西可是不能吃的呀。马上要吃饭了，汤呀，粥呀，麦屑饭呀。但是白铜东西，呸，见鬼，可是吃不来的！这是硬的！哪，你瞧……"

他把塞子抛在浴盆里。当的一声响。彼蒂加忽然看见德国人向浴布那里弯过腰去了。如果他拿起浴布来，表就躺在那下面……阿呀！！！

他并不多思索，就直挺挺的倒在地板上，叫了起来：

"阿唷[11]！"

德国人奔过来：

"什么事？你怎么了？"

彼蒂加叫个不住，全身痉挛的发着抖：

"阿唷呀！"

德国人慌张了起来。他向各处乱钻，撞倒一把椅子，奔出门外去了。

彼蒂加就走到浴布那里去。一点不错！表就躺在那下面。彼蒂加拿起它，擦干了，狂喜的看着。金好像太阳一般的在发光……他感动地把这太阳塞在崭新的、公家的裤袋里……

当那德国人手里拿着一个小瓶，跑了进来的时候，他恰恰已经办妥了。

"嗅呀！嗅这儿呀！"他大声说，"这是亚摩尼亚精呀。"

彼蒂加踉跄的走了几步，去嗅那小瓶，打几个喷嚏，复了原。

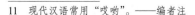

11 现代汉语常用"哎哟"。——编者注

他很好的著好衣服，穿上长靴，长靴小了一点。但倒还不要紧。他显得十分漂亮了。他系上皮带，弄光了头发。

"可惜，"他想，"这里没有镜子！我真想照一照！"

"那么，吃饭去罢。"德国人说。

他们走到廊下的时候，适值打起钟来，钟声充满了全楼。孩子们叫喊着，顿着脚跑过廊下去。

"吃饭罗！"他们嚷着，"吃饭罗！"

彼蒂加到处被磕碰，挨挤，冲撞。他们几乎把他撞翻了。德国人也不见了。

他很仓皇失措，不知道应该怎么办。忽然间，他看见了那黑色的孩子，就是那在办公室前面画星的。他微笑着，点点头：

"这里来！"他大声说，"同去罢！"

他们一起跑进教养院的食堂里。

里面的长桌子前面，已经坐着一大群孩子们。桌子上面，锡盘里喷着热气。这热气是很使人想吃东西的，彼蒂加竟觉得鼻子痒，膝髁也发了抖。

开始用膳了。

孩子们在吵闹，摇着匙子，彼此抛着面包屑。彼蒂加扑到汤跟前。这是不足怪的：这两天来，除了警察给他的一小片点心之外，他什么也没有落过肚。他很贪、很凶的吃东西。

德国人并没有撒谎。汤之后，粥来了。是加了奶油的荞麦粥。彼蒂加仍旧很快很贪的喝了粥。于是来了麦屑饭。他吃的一点也不剩，还舔一舔盘子。

坐在他近旁的孩子们，都发笑了。笑得特别响的是一个独只眼的孩子，额上绷着一条黑绵纱 [12]。他不顾面子的嘲笑道：

---

12　现代汉语常用"棉纱"。——编者注

"这么一个饭桶！这么一个馋嘴！就是一匹大象，也不吃的这么多呀！"

这使大家更加笑起来。彼蒂加气恼了。他熬着，但是熬不久。他把匙子舔干净，看定了独只眼的无耻的眼睛，掷了出去，那匙子就打在他的前额上。

那孩子吓人的哭起来。出了乱子了。跑来了院长菲陀尔·伊凡诺维支。

那孩子哭着，用拳头擦着前额，这地方肿起着一个大瘤。

"谁打得你这样的？"菲陀尔·伊凡诺维支问。

"这人！"他指着彼蒂加，"是这个流浪儿！用匙子！"

菲陀尔·伊凡诺维支严厉的看定了彼蒂加。

"站起来！我对你说，站起来！"

彼蒂加站起来，阴郁地望着前面。

"您想要怎么样呢？"他的眼光像在说。

"唔，"菲陀尔·伊凡诺维支说，"唔。那么，到这里来。"

要怎么样呢，彼蒂加不知道。他跟着院长去了。当他们走到食堂门的时候，他听到了一个声音：

"菲陀尔·伊凡诺维支，这新的是没有错处的。"

他知道这声音。这是黑孩子。

他们走到廊下。

"唔，"菲陀尔·伊凡诺维支说，"听着罢，我对你说的话……我们这里是不能打人的……打人，这可不行……在街上也许会挨打的……在这里却不行……懂了么？现在就罚

你站在这地方,到大家吃完了中饭。"

菲陀尔·伊凡诺维支回转身,走掉了。

不久就吃完了中饭。孩子们都从食堂里跑出来。他们跑过彼蒂加的身边。彼蒂加贴在墙上。孩子们不断的走过去。独只眼看见了他的时候,就向他伸一伸舌头。黑孩子走过了:

"你同去洗澡么?"

彼蒂加活泼起来了:

"到那里?"

"到河里……大家都去的。走罢!"

彼蒂加已经打好了主意。

"去的!"

他和黑孩子跑过了廊下。那伙伴在路上叮嘱他道:

"不要和毕塔珂夫去吵架。就是他先来了,也不要去理他。只要去告诉'级议',学级会议去。"

"原来你是这样的看法!"彼蒂加想,"我可没有这工夫了。一到河边,我就跑得永不再会了!"

他们走进一间大厅里。壁上挂着许多像,李宁、托罗茨基。地板像水面似的在发光。已经聚着一大群孩子们。兵一般的站成了两列。一个有胡子的人拿了一根小棍子,指挥着。

"立正!向右看齐!"

彼蒂加也排进去,兵似的严正,移动着向右看齐。

这时走来了菲陀尔·伊凡诺维支。他来给孩子们点名,叫这个系好皮带,叫那个去洗脸。

他一看见彼蒂加,就扬起眉毛来:

"怎么?这新的也要去么?——不行!今天你不能去!你该休息着!"

他看着独只眼：

"毕塔珂夫也不行。为了他今天的举动，他这回不许去洗澡！"

那孩子哭起来，退出队伍去了。

彼蒂加也退出了队伍，然而没有哭。

他不过悲哀的站着。

排成两列的孩子们，从他面前经过。开着正步：

"左！左！"

他们终于走完了。菲陀尔·伊凡诺维支走近彼蒂加去，拍着他的肩头：

"要快快活活的，孩子！你在我们这里就会惯的。那些孩子们都很心满意足。只是打架却不行。哦。到中园里去玩去。去罢！"

彼蒂加到中园去了。

剩下的孩子们，都在那里玩小木头的游戏。彼蒂加也被邀进去，一起玩，但他就微笑着说道：

"我不玩了。这是给小孩子弄的。"

他退到篱垣旁边，坐在一堆小石块上。

他沉思着：

"怎么办呢？"

黄昏开始了。发了雾。太阳落下去了。孩子们还在玩他们的游戏。他们的声音响到他这里来。

"牧师[13]！他糟了！"

"胡说！牧师在市里呢！"

平滑的小木头飞过空中，拍的落在地面上。

13　在俄国最喜欢"戈洛特基"（Gorodki 意云"小市"）的游戏：地面上画一块四角的地方，用五块小木头，长七寸，厚二寸，个个刻着一定的形状，在大约距离四丈的远之处，用长有二尺半的短棍，将它打出小市去，若有飞到"市边"，在这界线上站住的，那就是"牧师"。——译者彼蒂加想着：

"逃走！这是当然的。不过总是把表带在身边却危险。这会闹出讨厌的乱子来。谁知道呢？也许这里是每天要烧掉旧衣服的……还是暂且把表藏起来……"

他的计划立定了。他决计把表埋到土里去。并且就放在那里，一直到他逃走的时光。他也想当夜就逃走。

他伏着，望着周围。孩子们在玩小木头，有一个牧师给打倒了。教员在看书。没有人向他这边看。

他摸出表来。他起了好奇心了：那里面究竟是怎样的呢？

他叮的一声捺开盖。但是还有一个盖。上有两个黑色的字母：S. K. [14] 两层的盖底下是玻璃，看见指针在里面。

小小的黑的圈子里，秒针在走动。时针和分针却走得令人不知不觉：如果看定它，它是不动的。但放一会再去看，它却改了位置了。表上是七点钟差一分。

他就在篱垣脚下扒开小石头，掘一个洞，有达到肘弯的深。他

合上表，用布片好好的包起来，放在洞底里。

于是他又盖上泥土去，用手按实它，再把小石头放在那上面。为了容易寻着它，又在两石之间插了一枝小木棒。

于是他伸一伸腰，枕着他宝贝上面的石块，做起梦来了。

总是这些事：

"我要买一件上衣。缀着羊皮

---

14　这就是醉汉绥蒙·库兑耶尔（Semion Kudeyar）姓名的略字。——译者

领子的……一把削笔的小刀 15。或者也要一枝手枪。果子汁的糖球……苹果……"

他完全进了他的梦境，忘掉自己的可怜的景况了。

当大家洗浴回来的时候，就都到食堂里去喝茶。彼蒂加并没有注意独只眼，虽然那人却又来嘲弄他了。黑孩子又激昂了起来：

"还不完么，毕塔珂夫？他给你的还不够受？你还想添？"

从此毕塔珂夫就不来搅扰他了。

喝茶之后，所有的孩子们，大的和小的，都到中园里去玩球。彼蒂加很快活。可惜的是他不懂得这玩艺，只好不去一起玩。但这是非常愉快的游戏。

天全暗了，天空上装满了星星的时候，打起钟来了。教员高声叫喊道：

"睡觉哩，孩子们！"

大家都涌进寝室去。

这是一间广大的、不大明亮的屋子。白墙壁，所有的电灯罩，都是乳白玻璃的。满屋排列着卧床，像在病院里一样。

黑孩子指着自己旁边的一张床：

"这是你的床。你挨着我睡……"

彼蒂加看那床。他几乎骇怕了。

"我真可以睡在那上面么？"

雪白的床单和枕头，一条灰色的盖被，上头有一块干净的毛巾。

"如果我的老朋友在这里看见我，……他们一定要笑的……睡起来怕是很好的罢……"

他于是想：

"无论如何，半夜里我一定得逃走……"

---

15　这只因为这种刀很快的缘故，并不是想读书。——译者

　　然而他并没有逃走。他绝没有逃走。他一躺下，马上睡得烂熟了，而且一直到早晨没有醒。这是不足为奇的。他正疲乏得要死……

　　有人拉了他的脚。他醒转来，把脚缩进盖被里去了。但又有人在摇他，拉他的肩膀。他抬起头，睁开了渴睡的眼睛。面前站着菲陀尔·伊凡诺维支。他的脸是庄重的。他的眉毛在阴郁的动。

　　所有的孩子们还睡着。满屋子响着元气的鼾声……天还没有全亮。

　　"起来，"菲陀尔·伊凡诺维支说，"唔……起来。有点事情要找你。"

　　彼蒂加清醒了：

　　"什么事呀？"

　　"警察局里来了一个人，来要你的。"

　　彼蒂加的头又落在枕头上面了。他几乎要叫出来。

　　"他来要你，我不知道为什么。唔……起来……穿衣服罢。"

　　彼蒂加穿起衣服来。他的手发着抖。他的腿发着抖。穿裤子也费力。他失了元气了。

　　"警察局为什么来要我呢？……糟糕……"

　　不多久，他穿好了，就跟菲陀尔·伊凡诺维支去。

　　办公室里坐着一个年青的警察，没有胡子，挟一个皮包。

　　他站起来：

　　"他就是么？"

　　"是的。"菲陀尔·伊凡诺维支说。

　　"那么，请您允许我带了他去。来，市民。"

　　他们出去了。往那里去，为了什么，彼蒂加都不知道。那警察走得很快。他总在催促着彼蒂加：

　　"快些！快些！"

彼蒂加忍不住想问他。然而他没有敢。这警察是很庄重的。
终于,他鼓起勇气来,惴惴的问他了:

"对不起,为什么我得到警察局去的?"

"这是你自己明白的。"

冷冰冰地,真像一个官。

他们就到了市场。彼蒂加照例的又想混进人堆里去了。但警
察抓住了他的肩头:

"那里去?你往那里去?我们绕着市场走。不要玩花样。"

他们绕着市场走,到了警察局。

警察把他带进局长的屋子里。局长坐在桌旁,吸着烟,把小小
的烟圈喷在空气里。他旁边站着一个市民,是一个老头子,带着红
鼻子。彼蒂加看着这市民的脸,仿佛有点记得,好像在什么地方见
过了这脸似的。

"这他,是我上礼拜捞了他的果酱罐子的人么? ……或者是,
弄了那皮带来的? 不……也不是。"

彼蒂加注意地考察着红鼻子。忽然间,他清清楚楚地记起来了:

"这是有表的那个……那醉汉。说些'妈妈子,心肝,我的宝
贝'的!"

不错。是这鼻子。这斜视眼。只有胡子却不像那时的动来动
去了,可怜相的下垂着。

"凭着名誉和良心对我说:你偷了市民库兑耶尔的表没有?"

彼蒂加好像遭了霹雳。然而他又打好了主意,不给露出破绽来。

"谁呀,库兑耶尔?"

"绥蒙·绥米诺维支·库兑耶尔。这就是。"

彼蒂加注视了这人,摇摇头:

"我没有见过他。"

"不要撒谎，"局长说，"你说谎了。你是见过他的。"

"我对你们赌咒。我没有见过他。"

局长提高了声音，好像他在读一件公文一样：

"市民绥蒙·绥米诺维支·库兑耶尔诉称失去妇女用金表一只，是在第三号室被劫的。对了罢？"

"什么？怎么叫对？"

"就是说我刚才说过的事呀。市民库兑耶尔，您认识这流浪儿么？"

"是的！"

他的声音很微弱。昨天是用深的沙声发吼的，今天却啾啾的像一只小鸟儿了。

"那么，怎么样？"局长又转脸对着彼蒂加，说，"你拿不拿出那表来？"

"什么表？"

"不要玩花样！"局长发威了，"你早已明白了的。还不拿出来么？"

彼蒂加也发威了。

"我拿出什么来呀？我不知道什么表！我也不想知道。我没有表。"

局长微微一笑：

"我们就会明白的！"他用拳头在桌子上一敲，"哈罗，忒凯兼珂同志！"

门一开，彼蒂加的旧相识，那卷头发的警察走进来了。

"什么？"他说，"什么吩咐？"

"把这家伙从头到脚的搜一下。他应该有一只表在身边的。"

"嗳哈！"警察叫了起来，"我认识这小浪子。我昨天送他到克拉拉·札德庚教养院去的……我敢说,他真是规矩得很。要好。但是您既然命令我,我就来搜他。赶快搜。"

警察要动手了。彼蒂加现在是连一点点的忧愁也没有。他其实要发笑。他而且老脸:

"不行的!你们说什么呀?我不给你们搜。你们,没有这权利……"

他紧紧的抓住了袋子。

于是那局长吼起来了:

"哦……?"

市民库兑耶尔也呼号起来了:

"他发急哩!我敢起誓,他发急哩!搜他呀,好人!我的表!我的表!"

局长跳起来,在肘弯的地方,抓住了彼蒂加的臂膊,很紧,使他一动也不能动。

"搜他,忒凯兼珂!"

警察现在来施行身体检查了。他查过袋子,摸过上衣的里面。没有表。

"没有呀,"他说,"我刚刚说过的。他没有这东西的。他是一个要好的小浮浪儿,我可以用我的脑袋来保他的。"

局长完全迷惘了。

"那么,您听我说,也许是您在对我们放烟幕罢,市民库兑耶尔?"

"自然!"彼蒂加叫道,"自然!他就是骗人。他简直并没有表,他一向就没有表的。"

"不不,这并不是骗人。"库兑耶尔快要哭了,"我不撒谎。一只带着银链子的金表。我敢起誓,我是有过的。链子还在我这里。我只剩了这东西了。您看……"

他拿出链子来,不错,这是一条表链子!上面还有种种的挂件。

小小的象、狗儿、马掌,和一颗梨子形的绿玉。

然而这真是莫名其妙。

"奇怪得很,"那局长说,"据我看起来,这东西确是您自己落掉的。您拿这链子,想做什么凭据呢?"

"我想做什么凭据么?表是挂在这链子上面的呀。现在谁拿了表呢?就是他!……"

他指着彼蒂加。

彼蒂加笑出来了:

"这样的一个昏蛋!我是坐在上锁加闩的独身房里的呀,我怎么能拿你的表呢?那时我只有一个人……"

"一点不错,"局长说,"这一切事情,我也疑心起来了。市民库兑耶尔,您得小心些,不要为了诬蔑,受到惩罚才好!这是很容易碰上的。关于这一点,您以为怎样?"

市民库兑耶尔哭了起来。热泪从他那斜视眼里滚滚的涌出。

"我知道了。我白到这里来。我的好表是完结了。您现在却还要告发我。我不如走罢。"

他就把帽子合在头上,辞谢了局长,呜咽着,走出屋子去了。

彼蒂加站在那里,庄重,带着恼怒的眼光。他很受了侮辱了。他一句话也不说。

"对不起,"局长说,"这是错误的,是一件常有的诬蔑案子。忒凯兼珂同志,领他回到教养院去罢。我们没有把他留在这里的权利。"

"好的,"那警察说,"这是很容易的。来罢,小浪子。"

他们走出警察局。到得市场,那警察就站住了:

"现在自己走罢。你认得路。你不会走错的。你已经显出你的要好来……我要回家去了……今天是我的女人的生日……"

他回转身,向着相反的方向跑掉了。

彼蒂加站住了一会，于是就向那往教养院的路走。

当他顺大路走着的时候，忽然听得后面有人叫他的名字。他转过脸去，却看见那市民库兑耶尔正在跟定他跑来，还打着招呼："少等<sup>16</sup>一下！"

彼蒂加站住了。他等着。于是就闹了一场大笑话。

库兑耶尔倒在他的脚下，跪着叫道：

"我的好宝宝！我在恳求你！还了表罢，我的孩子们饿着哩，……我的女人在生病！……我一生一世不忘记你的好处……我送你三卢布……还我罢，小宝宝。"

彼蒂加大笑了起来，并不答话，又是走。库兑耶尔发疯似的跳起，跟着他跑。他追上了他，抓住了他的肩头：

"还我！给我高兴高兴！还我！"

彼蒂加挣脱他。

"见你的鬼！不要胡闹！表不是你的。你不过看见过！懂么？"

库兑耶尔非常气愤了。

"哦？"他大叫道，"你给我这么一下？我控告你。我给你吃官司。还有法律的……"

"告去就是。请罢，控告我去。可是大家不相信你的。大家会对你说，'老酒鬼，你撒谎的。'"

彼蒂加又走了，头也不回。这事情他觉得很可笑。他开心而且放肆起来。他的忧愁和苦恼，已经不算什么一回事了。他的脚并不是在走，却在跳。他合着愉快的调子跳：

踏——踏——踏。踏——踏——踏。

"我得逃。一有机会。最好就是今天的夜里。我蹩到中园，掘出表来……再爬过篱垣……这很容易……那么……永不再见

---

16　现代汉语常用"稍等"。——编者注

了……"

他这样地陷在他的梦境里面了，至于不知道怎么会走到了惠覃斯基街。当他快到教养院的时候，有意无意的向后面望了一望。这时他看见，那市民库兑耶尔还在跟着他走。待到第二次回顾时，就看不见了。大约库兑耶尔躲在一个街角落里了。

"嗳哈！"彼蒂加想，"你这恶鬼！你在跟踪我。"

第三次他想要回顾的时候，耳朵边就来了一声喊：

"喂！当心！"

一个马头，几乎已经搁在他颈子旁边了。

很大的运气，是他还来得及跳开。要不然，他是会给拉货车的大马的蹄子踏烂的。

许多装着柴木的货车在路上拉过去。车夫用鞭子打着马，喊叫着，咒骂着。车子轰轰的在从彼蒂加身边走过。

"到那里去的呢？"他想，"他们把这许多木头弄到那里去呢？"

他的好奇心非常之大，使他跑到最近的车夫那里，问道：

"阿叔，你们把木头搬到那里去呀？"

"到教养院去。收着不够格的孩子们的克拉拉·札德庚教养院去。"

"原来！"彼蒂加想。满载的车子，使他觉得骄傲了。

他说道：

"那是给我们的。您留心些呀！不要给有一块掉在路上呀！"

车夫笑着，给了马一鞭子。

彼蒂加又往前走。他一到大门，正有几辆空车从中园里回出来。他诧异的想：

"这也是载木头来的么？"

当他走到中园的时候，却圆睁了眼睛。

而且他的腿弯了下去了。

全个中园里都是木材，广大的平地上，从这一角到那一角，全堆满了十五吋厚的白杨、松树、枞树的干子。孩子们大声的叫着哈罗，在迭 [17] 起木头来。院长菲陀尔·伊凡诺维支是跑来跑去，搓着手，叫喊着：

"赶快，孩子们！……上紧！"

他也跑向彼蒂加来，敲了他一下肩头，大声说道：

"唔！你看见么？看见这些东西么？这都是为你们的，你们这些小鬼头的！你看见？"

"我看见的，多谢。"

他踉踉跄跄的走向屋子的阶沿去。但是他走得并没有多远。他伏在木头上，哭起来了：

"我的表……"

他再也说不出话来。眼泪塞住了他的喉咙。

他就在那里坐着，而且哭着。一条眼泪的奔流，滚滚不停的奔流。

黑孩子跑来了，向他弯下身子去：

"你怎么了？有谁欺侮了你？"

彼蒂加站起来，看定了他的脸，喝道：

"滚你的蛋！"

他沿栏干 [18] 跑上楼梯去，坐在廊下的窗台上。

---

17　现代汉语常用"叠"。——编者注
18　现代汉语常用"栏杆"。——编者注

　　唉唉，现在他真的是伤心了！他坐在窗台上，从玻璃里望出去。不多久，孩子们已经堆好木头，在廊下跑过去了。

　　黑孩子一看见彼蒂加，就站下来。他走近他去，把一只手放在他肩上。

　　"有什么事？你怎么了呢？你不高兴么？我给你一本书看，好么？"

　　"不！我不要！莫管我！"

　　"如果看看书，那就会高兴的。我给你一本罢。你读过果戈理[19]的《鼻子》没有？"

　　彼蒂加生起气来：

　　"我没有读过什么鼻子，也什么鼻子都不要读！走开去！"

　　这时跑来了别的孩子们，围在彼蒂加坐着的窗台旁边了。他们听着。黑孩子说道：

　　"你要是这样子……你真是一个疯子……"

　　"什么？"

　　彼蒂加跳下窗台来。他觉得正打着了心坎。

　　"什么？你说什么？我是一个疯子？你才是疯的哩，你这流氓！你知道你自己会遭到什么吗？……你就会掉了你的牙齿的。"

　　彼蒂加举起了拳头。那黑孩子却笑着：

　　"不要这么野罢！我不来和你打架！"

　　"嗳哈！你乏！"

　　"是的，我乏。乏是我的宗旨。"

19　Nikolai Gogol（1809—1852），俄国有名的作家。——译者

彼蒂加已经准备挥拳，但他又即垂下了。他没有敢打。他垂着拳头，踉踉跄跄的走了开去。孩子们都在他后面笑，笑得最响的是独只眼毕塔珂夫。

他很伤心，哭起来了。他钻在楼梯后面的一个角落里，在那里一直坐到晚。他没有出来吃中饭。

到晚上，他才走到食堂来，他喝了一杯茶，吃半磅面包。于是去睡觉了。


彼蒂加做了一个梦。他坐在市场里的老妈妈菲克拉的摊子上，吃着肉。是猪肉。他大块的塞进嘴里去，吞下去，尽管吃下去，猪油从下巴一直流到小衫的领头。老菲克拉还是不住的给他搬来，说道：

"吃就是，吃呀，傻家伙，尽你的量。"

她还摆出一盘蛋饼来。彼蒂加也吃了一个蛋饼，还喝牛乳。他于是自己想：

"这笔帐[20]怕不小了！"

他正要算帐，但菲克拉却已经说道：

"你吃了三卢布多了……你付这许多……"

彼蒂加站了起来：

"打我罢，菲克拉。我没有钱。我一文也没有。"

但菲克拉却道：

"你的表怎么了？拿出表来罢。"

彼蒂加把手伸进袋子去，拉出一个钞票包儿来。是现货的契尔伏内支[21]。可有一百块，他把四块给了菲克拉。

"在这里……拿去……"

---

20　现代汉语常用"账"。——编者注
21　Chervonez 是俄币名，每一个值十卢布，现在约合中国二十元。——译者

老菲克拉在他面前低下头去几乎要到地。她谢他的阔绰。这一瞬间，又来了他一帮里的伙伴们：刺蝟[22]密蒂加、牧师瓦西加、水手……大家都对他低头，他就给每人一个契尔伏内支。于是他跳到桌子上，叫喊道：

"唱呀！孩子们，唱呀！你们这些小子们！高高兴兴的……"

忽然出现了卷头发的警察。他摇着皮夹，叫喊着：

"走！滚！"

彼蒂加害怕起来，跑掉了。

他跑到街上，还只是跑。但长靴妨碍他。这很重……他在街角上一绊，落到阴沟里去了。他落下去——也就醒转来。

全身都是汗。盖被落在地板上面了。枕头离开头，远远的躺着。好热！挡不住！

从窗外照进月光来，靠近是黑孩子在打鼾。彼蒂加的头上就叫着通风机：嘶嘶嘶——嘶嘶嘶。

彼蒂加拾起了盖被，舒舒服服的盖好了。然而他睡不着。他非常之伤心。

他想着各式各样的事，首先是自由。他一想到他自由的生活，就连心也发抖来了。那通风机，却不住的在叫着：嘶嘶嘶——嘶嘶嘶。

它追赶着各人的睡眠。

火车在外面远远的一声叫。彼蒂加拾起身。

"唉唉，"他想，"车站上现在该是多么有趣呢！墨斯科来的火车，此刻快要到了。我们这一伙一定也聚集了好许多。小子们就来掏空那些有钱的旅客的袋子……真开心……我却呆子似的躺在干干净净的床儿上……"

他用肘弯支起身子来，看一遍睡着的人，苦笑道：

---

22　现代汉语常用"刺猬"。——编者注

"这些人们，怎么竟会单在这里打熬下去的？……但他们打熬下去了。他们不想逃走……只是玩玩球儿，就够得意了。"

他还是躺着。一身汗。睡不着。而那通风机在叫着：嘶嘶嘶——嘶嘶嘶。

忽然间，什么地方有钟声。

是望火台上在打钟了：

篷！

蒲——嗡！

蒲——乌——嗡！

"三点钟！"他数着。忽然记得起表来，因为忍耐不住，他发抖了。

"不行。我熬不下去了。去试一试罢……我也许弄出表来……"

他悄悄的穿好衣服，想了一想，把盖被耸起，令人以为里面睡着一个人似的。而且把枕头也摆成相称的形式……

他用脚趾走到窗面前。拉起窗闩，开了窗。

新鲜的空气向他扑过来。彼蒂加深深的呼吸着，从窗口向外望。

跳下去是危险的。这屋子在三层楼上。铺石在下面发着亮。

然而靠墙装着一枝水雷管。窗户下面，有很狭的一条凸边。水雷管离窗户并不远。

彼蒂加鼓起勇气来，爬到凸边上，竭力的张开了两腿，拼命的一扑，就抓住了水雷管。于是溜下去，这是极容易的玩艺。运动几下，他就滑到坚实的地面上了。

他走开去。终于到了埋着那表

的位置，这位置，他是记的很明白的。然而中园的一面就是篱垣，约有十丈见方的地方，都满堆着木材……要拿出表来，可不是一件小事情。

"哪，"他想，"不算什么。"

他在两手上吐了唾沫，捧起第一枝树干来。它是湿的，很重。

彼蒂加把树干抛在旁边，来捧第二枝……于是第三枝……到了二十枝，他已经上气不接下气了。然而他不放手。他尽向木头堆里挖下去，毫不打算，像土拨鼠一般的瞎做……他狂暴地从堆里一枝一枝的拉出干子来。

后来他抓了一枝很重的木头，这就是躺在表上面的。乏力的手，忽然松开了，吓人的一声响，那木头就掉了下去。别的木头也都倒下来了。

忽然起了噪叫。现出一只狗来。

彼蒂加吓得连走也不会走了。

那狗噪着，哼着，露着牙齿，眼睛闪闪的好像狼眼睛。

彼蒂加坐在木头中间，抖着，拼命的想：这畜生叫什么名字呢？他终于记起来了：

"区匿希！"他大声说，"区匿希！回去！"

那狗立刻静下来。它摇摇尾巴，眼睛也不再发什么光，也就跑掉了。

彼蒂加竭尽力量，奔向屋子去。他攀上水雷管，扑到了窗门，他几乎要从凸边上跌下来了。但是还算好的。他走进了寝室。

他找着自己的卧床，坐下去，动手脱衣服。飞快地，飞快地。他抖得很厉害，他的牙齿格格的响。

长靴从手里滑落了。黑孩子就给这响声惊醒。他注视着彼蒂加，打着呵欠，问道：

"你到那里去的？"

彼蒂加吃吃的答道：

"上茅厕去的。"

"却要穿起长靴来？"

他不等回答，就又睡着了。

彼蒂加脱好衣服，钻进盖被里，也立刻睡着了。

但在睡眠中，他全身还是在发抖。


一件难以相信的事情：彼蒂加生病了。

奇怪？他什么都经历过了的！向来就连一声咳嗽也没有。他虽然瘦，却没有过胸脯痛。

去年还在十月里，已经落霜的时候，他曾在河里洗了浴，毫无毛病。他吃过种种脏东西，接连饿到几礼拜。也毫无毛病。而现在，现在他却生病了。

彼蒂加生了很重的肺炎，躺在教养院的病房里。

卫生课鲁陀尔夫·凯尔烈支在看护他。

彼蒂加病了三礼拜。他失了知觉，在生死关头躺了整整三礼拜。

然而他没有死。他的生下来，并不是为了来死的。他活出了。他又有了知觉。

在阴郁的、昏暗的一天里，他清醒了。外面在下雨。房里有石炭酸气。一切静悄悄。

彼蒂加翻一个身，回忆了起来：

钟打了蓬——蓬——蓬……区匿希噪叫了。

于是也记得了许多别的事，而且明白他大约病得颇久了。

这时进来了鲁陀尔夫·凯尔烈支。他一看见彼蒂加又有精神又有命，高兴得拍起手来：

"到底！到底你又有了性命了，你这可怜的家伙！我全诚的祝贺你！好极！"

彼蒂加躺着，一笑也不笑。他不开口。

"静着罢，"鲁陀尔夫·凯尔烈支说，"你还不该说话。你要静养，吃……肉汤……"

他跑掉了。

他又立刻回转来。但不止他自己。那黑孩子用洋铁盘托着一盘汤。他满脸堆着笑。

"这真厉害！贺贺你！"

他递过肉汤来。

彼蒂加就喝起来。很小心。很慢。黑孩子坐在他旁边。他弯向他，在耳朵边低声说道：

"我要和你讲几句话。要紧的。"

彼蒂加抬起头：

"什么呢？"

但鲁陀尔夫·凯尔烈支来拦住了：

"没有什么。病人应该安静。说话是不好的。出去罢。让他静静的喝汤。"

黑孩子站了起来。

"也没有什么事。你保养着。等你一有了力气，再谈罢……我还要来看你的。看见！"

他走了。

彼蒂加躺着，并且想：

"他和我说什么呢？什么要紧事？！奇怪！"

但别的思想已经在他的头里涌起来了。许多要紧的思想。

彼蒂加在想，他应该做什么，先来什么……逃走，或者……？

　　不，彼蒂加不是一个开了手，却又放手的角儿。他已经计划好，要拿回那表来，那就停留着。他得等候，有什么损呢？他就咬紧牙关，长久的等在教养院里，到木材用尽。

　　总之，他等着了。这之间，他的病也好起来了。

　　木材是一大堆，这简直不但是用一两月，倒是用一冬天，也许是两冬天的。然而他的决心很坚固。他等着……他熬着。

　　他天天的好起来。他已经可以在病房里走动了。他从这一角逛到那一角。那自然是很无聊的。

　　他时常跑到窗口去，望望大街。外面连雨了好多天了。已经是八月。

　　有一天，黑孩子又来了。他带着一本书，和彼蒂加招呼过，就坐在床上。

　　"无聊罢？我给你拿了一本书来。很有趣的。看看……"

　　彼蒂加摇手：

　　"我早就知道的，那是怎样的书……政治的……启蒙的……我用不着你们的政治书……"

　　"然而不是的。这全不是政治的书。政治的书你要到冬天开始授课的时候才读呢。这不过是一本有趣的闲书，如果你看完了，我再拿一本别的来。"

　　他把书放在床边的椅子上，又坐了一会，就走了。彼蒂加躺着，睡去了。到晚上，他才给送晚膳来的鲁陀尔夫·凯尔烈支叫醒。

　　彼蒂加吃过后，又躺下了。然而他睡不着。

　　他躺在床上，眼睛避开电灯，看着盖被。他耐不下去了。电灯使他焦躁了起来。

　　他去看地板。这也并不见什么有趣。

　　他忽然看见了椅子上的书，高兴了：

"瞧一下罢。横竖无聊得很。"

那是一本磨破了的、看烂了的旧书，运气的是有图画。他首先就看图画。开初是看得随随便便的，但逐渐的给它迷住了。

在一幅图画上，看见一个犯人。

一条绳子缚着他的手和脚。旁边是一个守看人，带着一把剑。

"这强盗是怎么捉住的呢？"他想。

他翻着页子，看起来了……永是看下去。然而他不大懂。因为他不是从头看起的。他就又从头来看过。他立刻不能放手了，至于看了一整夜。

这是一本有趣的书！叫作《约斐寻父记》[23]。讲的是人怎样的将一个小家伙从药店门口赶出。他就叫约斐。待到他长大了，就到远地方去寻父。他怎么的寻来寻去，做了种种冒险的事情。他怎样的终于寻着了父亲。那父亲却已是一个大财主。他看见了自己的儿子，高兴极了。于是送了约斐一件燕尾服……

彼蒂加一看完，还可惜这书只有这一点点。

黑孩子再来的时候，第一句问话就是：

"你带着书来了？"

那黑孩子笑了起来：

"嗳哈！这中了你的意了？现在我没有带书来。以后我给你拿一本来罢。我是为了别的事来的，要紧事情。我早想对你说的了，总是等着，等到你全好。现在是已经可以说话了。"

"好，说罢！"彼蒂加说，一面想道，"这倒是很愿意知道的！"

"你坐！"彼蒂加坐在床上。

黑孩子也坐下来。他看着彼蒂加的眼睛，说道：

---

23  "Japhet auf der Suche nach scinem Vater"，大约是真有这样的一部书的，但译者不知何人所作。——译者

"你还记得，那一回，在夜里，你生起病来的前一夜里……? 你在夜里到那里去了?"

彼蒂加吃了一惊。窘得闭了眼。脸也红起来。

"我已经记不起了……恐怕我什么地方也没有去。为什么你问起这来的?"

"因为这呀。我要统统告诉你。你知道毕塔珂夫的罢?"

彼蒂加记得了：

"那个独只眼?"

"对……你和他打过架的……总之，这毕塔珂夫是已经不在教养院里了。懂么?"

彼蒂加没有懂。

"那就怎样? 这算什么呢? 他出去了，我可很高兴。那么谁也不受他的麻烦了……"

"是的。但这事情，是你的错处。他的进了感化院，进了少年监狱，是你有错处的。"

"为什么呀?"

"为了木头，他就到这地步了。"

彼蒂加飞红了脸，至于热起来。

"什么木头?"他问，但不敢去看这伙伴的眼睛。

"这你自己知道……事情是这样的：毕塔珂夫是早在偷那木头的了。他把这去卖给市外的乌克兰那的女人。人捉着了他。第一回是只吃了一顿谴

责完事。他起誓，决不再干了。然而又来了这样的一个故事。那一夜里，把三方丈的木头弄得乱七八糟。我是知道谁做的，但毕塔珂夫却受了嫌疑……所以现在他关在感化院、牢监里了……虽然并不是他，错的倒是你……"

他不说了，只凝视着彼蒂加。彼蒂加也没有否认的勇气。他等着，等那伙伴说下去。于是那伙伴道：

"你应该承招，说你偷了木头，不是毕塔珂夫……"

"什么？偷了？我没有偷！滚出去……"

"是的，是的。那时你在中园低声说话，又为什么呢？"

彼蒂加找不着回答。关于表，他是不能说出来的！

"我不过单把木头捣乱了一通。使劲的……"

伙伴微笑着：

"这没有什么关系。如果真的是这样，你就更运气了。然而你应该告诉院长去。"

"胡说！我可没有这么昏呢。我得去告发我自己？这么昏我还不……"

那伙伴主张道：

"自己去告发，那自然是傻的，但如果为了你的错处，一个伙伴要完结了……你可以卖掉一个伙伴么？"

"不！"彼蒂加叫道，"不！我不是一个出卖伙伴的人。我们这帮里都知道。为了一个伙伴，我总是走上前的！"

"那么，总之，就到菲陀尔·伊凡诺维支那里去，直爽的说一说：这事情是如此如此的。我捣乱了一通木头。对于你，这并不要紧。至多是得到一番谴责。但毕塔珂夫可是得救了。关在牢监里，他就完……总之，你这么办罢。"

彼蒂加点点头。

"可以。好的。其实，这在我都是一样的。即使我下了牢监……我也不怕。"

彼蒂加头眩了。当伙伴回去了之后，他还躺着，并且想：

"但如果为了一件这样的事，就真要下牢监呢？那就完结。那就我再不看见那表了……"

这使他很兴奋。他在犹豫。他该去见菲陀尔·伊凡诺维支，还是不去呢？

左思右想了许多工夫，他决定了：

"去罢。不该使这家伙永不翻身。虽然他也很讨厌。他究竟是我的伙伴……"

第二天早晨，他慢慢的穿好衣服，等着鲁陀尔夫·凯尔烈支。他一到，彼蒂加说道：

"请您允许我，我要去见院长。我要和他说话。"

"为什么？你对他有什么话说呢？有谁欺侮了你？我有什么对不起你？也许我给你吃得太少了？"

"不是的。你填得我像一只肥鹅。我还该谢谢你的。并没有人欺侮我。我要和院长去说话是为了一件要紧的事情。"

"可以可以。如果你要去，去就是。但不要太久。你还得保养呢。"

彼蒂加叹息了。

"我什么时候回来呢，我不知道。也许永不回来了。您保重罢。"

他又叹息了一回，于是去找菲陀尔·伊凡诺维支去了。

他走到了他的小屋子。然而他不在。

他在经理课，为了什么经济上的事情。

屋子里有一个人。拿一个大皮夹。穿着美国式的长靴。这人也在等候菲陀尔·伊凡诺维支。他坐着，咬着自己的指甲。

彼蒂加站在门口，在等候。

那拿大皮夹的人把指甲咬个不住。

"这是什么昏蛋呀？"彼蒂加自己问，"他到这里来干什么的？也许是共同组合派他来收食品的钱的罢？或者也许是一个技师？……"

菲陀尔·伊凡诺维支总算回来了。

彼蒂加迎上去。

"日安，菲陀尔·伊凡诺维支！"

"阿呀！"菲陀尔·伊凡诺维支叫了起来。"全好了？唔……好极好极。"

但他立刻转向那拿着大皮夹的人去：

"日安。有什么见教呢？"

那人缓缓的说道：

"日安。我是从少年感化院来的。为了乔治·毕塔珂夫。这事情是……昨天夜里，毕塔珂夫从感化院逃走了。"

彼蒂加的心翻起筋斗来。一阵思想的旋风，在他的头里掠过。两个人的谈话，他几乎听不进去了。他发热似的想着：

"我应该告诉他，还是不呢？"

菲陀尔·伊凡诺维支已经在和咬断指甲握手，并且说道：

"纸请到办公室里去拿罢。唔……再见再见……"

于是向着彼蒂加：

"哪？你怎么了？你什么事？"

彼蒂加红了起来。

"我来找你，"他吞吞吐吐的说，……"您可有给我看看的书没有？"

"唔？……书？……有的有的。我有你看的各色各样的书……"

菲陀尔·伊凡诺维支开开了一个书橱。

"你找罢。要的就尽拿去。"

彼蒂加从书橱里选出一大堆书来。小的和大的，插图的和没有的。他把这些书拿到病房去，看了一礼拜。这给他抵制了无聊。

总之，他没有发表自己的错处。这已经全没有什么意思了。

黑孩子问他道：

"怎样？你见过菲陀尔·伊凡诺维支了？"

他回答道"是"，满脸通红。

"这很好。你是一个脚色[24]。瞧罢，你就要全好了。"

他友爱地拍拍他的肩头。

羞耻征服了彼蒂加。他转脸对了窗口。

他终于出了病房。授课也就开始了，他经过简单的考试之后，编在 B 级里。全是小孩子。

这自然是没面子，不舒服的。

当那黑孩子和别人学着分数以及这一类东西的时候，他只好和小孩子混在一起拼字母：

"赛沙和玛沙散步去了，而且玛沙和赛沙散步去了。"

这是很没面子的。

有一回，彼蒂加去找黑孩子，他叫米罗诺夫，问他道：

"我不能也到你们这级里去么？"

"不成。这是不行的，朋友。你

---

24　现代汉语常用"角色"。——编者注

程度太差了。但如果你有很大的志向，那就会赶上我们所有的学科。那你就到我们这里来了。"

"我就是差这一点呀。你们的学科，许多是我要学的。但是办不到。我不想了！"

他于是又和小娃娃们混在一起拼字母：

"赛沙和玛沙散步去了，而且玛沙和赛沙散步去了。"

有一天，可是出了一点很讨厌的事情。

有家属的孩子们，礼拜六晚是一个好日子。在克拉拉·札德庚教养院里，礼拜六晚是归休日，也是来访日。许多妈妈和爸爸们，带着纸袋子和包裹，都跑来了。纸袋子里是各种吃的东西，大概是：饼干、白面包、苹果等等。

来看彼蒂加的自然没有人。来看米罗诺夫的，是一个姑母从诺伏契尔凯斯克跑来了两趟。她每一趟总给他一个卢布。彼蒂加却全没有什么堂表兄弟，没有姑母。

但有一天，当值的学生进来了，叫他的名字。

"有人来看你！"

彼蒂加笑起来：

"不要开玩笑罢！不要当我傻子罢！"

"真的！"那值日生说，他是第一级的萧伦开尔，"我不骗人。有人来找你了。你自己去看去。"

彼蒂加跳起来，跑了出去。

"胡说白道！谁会来看我呢？"

他跑到客厅。里面是一大群人，爸爸们、妈妈们和他们的孩子们说着，笑着。

彼蒂加停在门口，往客厅里望进去，找寻着。他伸长了颈子。

这时候，市民库兑耶尔颠头簸脑的，跟跟跄跄的向他走来了。

彼蒂加脸色发青了，逃出了门口。然而库兑耶尔已经走近他。远远地就发着烧酒气。

"日安，小宝宝！日安，我的心肝！我来了……我来了……我要来看你……"

他想去拥抱他。这时又踉跄了……受不住的烧酒气……别人都皱着眉，避了开去。

彼蒂加低声问道：

"您有什么事？"

"我来看你的，"库兑耶尔回答说，他的声音又是深的沙声了，"我来看你的。我给你带了东西来了。乳酪糖球……"

库兑耶尔摸着袋子，拉出一个龌龊的纸包来。里面是几个乳酪糖球。都稀烂、肮脏了。

他就递给彼蒂加：

"在这里，拿呀！"

彼蒂加不肯收：

"我不要！请您走罢！"

他的手推了一下库兑耶尔的前胸。那人就不要面子了：

"什么？叫我走？你把表还我不？……你这贼胚的你！"

他又突然大叫起来：

"太太们！好人们！帮帮忙呀！这流氓抢了我的表！偷了表去了！太太们！"

他把糖球向彼蒂加的脸上掷过来，正中了眼睛。

彼蒂加按着眼，跑出客厅去，正撞着了菲陀尔·伊凡诺维支。

"什么呀？出了什么事？"

这时客厅里的人们也很受了扰动，从各方面围住了库兑耶尔。

库兑耶尔在撒野，用肚子拱开着人们，放声大叫道：

"太太们！人抢了我了！人扒了我了！"

"这究竟是怎么一回事？"菲陀尔·伊凡诺维支问道，"这人在说谁呀？"

"在说我，"彼蒂加说，顺下了眼睛，"他是来看我的。是我的伯父。从疯人院里出来的。请您不要再放他进来了罢！"

市民库兑耶尔被赶走了。他叫喊，咒骂，向四面乱打。但大家终于把他拖出去了⋯⋯

从此彼蒂加很消沉。他又想起了表。自从忙于校课以来，他是几乎已经忘却了的。但现在可又记得起来了。

他时常到中园里去看木头。木头还有一大堆，这一大堆，使他不能走到埋表的地点去。

他悲伤。他叹息。但他自解道：

"木头还不算最坏哩。木头还是小事情。人也可以在这地方造起一座五层楼来的。"

这想头，使他暂时轻松了一下。

这之间，一天一天的冷起来。已经是秋天了。

有一天，下雪了。很大的雪，一直积到膝弯。中园全被雪盖满了。不带雪铲，就走不过。

吃饭的时候，菲陀尔·伊凡诺维支走进食堂来，并且说：

"冬天了，孩子们！"

大家都拍起手来，叫道：

"冬天哩！冬天哩！"

菲陀尔·伊凡诺维支在食堂里走了几转，于是站下来：

"唔。冬天是到了，木头堆在中园里，空地里。但是你们可也知道呢？木头在空地里，是要糟的。如果我们能够把它搬进棚屋子里去，那就好。你们以为怎么呀？我们不要组织一个劳动日么？"

"是的，是的！很好！呼尔啦！"大家都拍起手来。

彼蒂加叫得最多，也拍得最多。

他是火和焰。

刚刚吃完饭，他就叫道：

"动手罢！做工去！"

他从桌子旁跳开来。

"做工呵！"孩子们都叫喊着。

大家赶忙的准备好，跑到中园里。跨过了洁白的雪，走向木材去。

他们动手来拉木材了。

每三个人拉一棵，累得呀呀的喘气。在这里，彼蒂加也比大家更使劲。他跑来跑去，指挥着：

"排成一串！一个挨一个！那就做得快了。"

孩子们排了一长串，从堆着木头的地方直到棚屋子，于是工作顺当了。树干子从这一只手到那一只手的传递了过去。一，二。一，二。响动得好像一部机器。

彼蒂加只是兴奋了起来：

"做呀！上紧！"

大家都诧异了：

"他怎么了？多么拼命呀！"

工作轻便地做下去了。棚屋子里的木堆，一分钟一分钟的增大起来。

不多工夫，在棚屋子里的人，就大声通知那一头的人道：

"完了！放不下了！"

彼蒂加惊怪道：

"怎么完了呢？"

他跑到棚屋子那里去……一点不错……满满的堆到门口了……连一棵树干子也再也放不下了……

他一声不响的站着，中园里还满堆着木材。大约还剩两方丈的样子。

菲陀尔·伊凡诺维支出现了：

"随它去罢。唔……可以了……这木头我们够烧一冬天了……多谢得很，孩子们！"

他拍着彼蒂加的肩头：

"我谢谢你的出力！"

彼蒂加绝望的转过了脸去……伤心！

晚上开起"级议"，学级会议来，是全体学生们的集会。议事项目中，有着经济事务负责者的选举。米罗诺夫发言了，推举了彼蒂加。

"就为了这缘故，"他说，"他是一个积极的脚色，也是一个能干的劳动者。他怎样老练地指导了搬柴，是今天你们亲自看见的。总而言之，劳动日的很顺当，就因为他把你们组织得很好的缘故。"

彼蒂加被选上了。

于是他就这样的成了经济事务负责者。

开初，他自己觉得很好笑。

他商人似的带着钥匙。上衣袋里一本杂记簿。一枝系着绳子的铅笔。一件白围身……

他这样的走来走去，不知道该做什么事。他究竟是做什么的呢？

那回答，他立刻听到了。他有很多的工作，使他几乎忙不过来。一下子这件事，一下子那件事。一下子那边去，一下子这边去。在一个"不够格的"教养院里，工作真也多得很。

日子飞跑过去了。

总有孩子们从背后叫着他：

"彼蒂加·华来德！中饭的面条！"

"彼蒂加·华来德！肥皂！"

"彼蒂加·华来德！小衫裤！"

"彼蒂加·华来德！白面包！"

"我们要柴，彼蒂加同志！"

他收进东西来，付出去，分开来。他不停的用铅笔写在蓝的杂记簿子上。

一个精明干练的孩子！想不到的！

他很不节省木头。他最高兴付出柴木去。

一捆？可以的！许要两捆罢？可以可以！

克拉拉·札德庚教养院里，从来没有这么暖和过。到处都热，竟好像蒸汽浴场似的。

小娃儿们在授课时，是一心一意的拼字母：

"赛沙和玛沙散步去了，而且玛沙和赛沙散步去了。赛沙和玛沙。玛沙和赛沙。"

但彼蒂加却咬着那用短了的可怜的铅笔头，在看他的杂记本，流着汗：

"四分之三磅和四分之一，再是半磅和八分之五磅……一共呢？"

他现在非算不可了。这和"赛沙和玛沙"是不同的。这是分数！分数是在 G 级里教的。米罗诺夫就在那级里。彼蒂加拉住了米罗诺夫，对他说道：

"你听着！我要到你们那一级里去。别的并没有什么。我负责赶上你们的一切学科就是了。但是你得帮助我。"

"好的。我很愿意帮助你。"

他和米罗诺夫一同用起功来，而且进步得很快，到新年，已经赶上"G"级了。

他升了级，现在是和米罗诺夫在一起了。

这回可是出了新的讨厌的事情。

是三月里，在巴黎公社的日子。

冬天的红日，清朗的在发光，雪在脚底下索索地响。

这一天，克拉拉·札德庚的"不够格的"孩子们，都排队进向市公园里的革命牺牲者的坟头去。

满是快活的声音。大家笑着。大家唱着：

"弟兄们呀，向光明去，向自由去……"

彼蒂加和别人一同唱着，笑着。

他们快要走到市公园的时候，对面来了一个喝醉的人。他走得踉踉跄跄，两手在空中乱扑，用沙声怪叫道：

"弟兄们，向自……"

孩子们不笑了。他们抛过雪团去。彼蒂加认识他。是市民库兑耶尔！

他吃了一惊，躲在一个伙伴的背后。他弯下了身子，用手套遮起脸来。

孩子们把这醉汉推来推去，而且用雪打在他脸上。库兑耶尔呻吟，挣扎，旋转着红鼻子。

彼蒂加忽然对这醉汉起了同情了。怎么会起的呢，他自己也不知道。他从队伍里跳出来，叫道：

"喂！住手罢！"

孩子们不笑了，离开了那人。

但库兑耶尔却认识彼蒂加的，怒吼道：

"你这流氓！你偷了我的表！"

彼蒂加前进了，垂着头。大家都奇怪他不再一同唱。

但是，羞耻正在苦恼他。他羞耻自己偷了醉汉的表。

他自己诧异：这是怎么一回事呢？怎么会羞耻的？……他自己也不明白。


然而时光是不停留的。雪化去了。中园里的木堆也和雪一同化去了。

有一天，他去看木材的时候，知道不过还剩一方丈零二尺。

他吃了一惊。

"阿，就要完了。也就是就可以掘出来了！"

就在这一天，他在廊下遇见了菲陀尔·伊凡诺维支，说道：

"就要到春天了，菲陀尔·伊凡诺维支。暖起来了。教室的火炉可以停止了罢？"

"唔……是的……恐怕这也真的是多余了的。"

彼蒂加俭省起木材来。他很吝啬。只还肯把木材付给厨房和浴室。

每一棵，每一片，他都计算。

学校里都觉得希奇[25]了。

米罗诺夫得了诺伏契尔凯斯克的姑母送给他的三卢布。这是凯尔周[26]。他对彼蒂加说：

---

25 现代汉语常用"稀奇"。——编者注
26 Karlwoche，耶稣复活节前的一礼拜。——译者

"派仑礼拜日[27]，我们出去罢？慢慢的闲逛它一回，好么？"

到礼拜天，他们从菲陀尔·伊凡诺维支那里得到允许，出去了。往复活节市集去。

天气很暖和。雪化了。人们在年市里都很高兴，欢笑，吵闹，挨挤。奏着音乐。

到处都卖着甜食：小饼，蛋片，土耳其蜜……

米罗诺夫样样都买一点，并且分给彼蒂加。

他们这样的在稀湿的街上逛来逛去，一直到晚上。灯光多起来了。音乐更加响起来，那环游机[28]也开始旋转了。

米罗诺夫说：

"我们坐坐环游机罢？"

"这有什么意思呢？我们倒不如买甜豌豆。"

"那也要买。"米罗诺夫回答道。

"好罢。但不要坐船！我们骑马！"

当环游机停了下来的时候，人们就拥过去争坐位[29]。只有小船里还有四个坐位是空的。两个女孩子坐上去了。别的两个却空着。

"上去！刚好！"米罗诺夫说，"都一样的！"

彼蒂加只得依从。他上去了。

音乐奏了起来，船也幌荡[30]起来了。愈转愈快。愈转愈凶。路灯，看客的白脸孔，都在打旋子……很有趣！

他们除下帽子来，挥着。对面的女孩子在叫着。

一个较大，红头发，总在眨眼睛。别一个是小一点的，金黄头发，缒住了大的一个，在叫：

---

27　Palmsonntag，耶稣复活节前的礼拜日。——译者

28　Karussell 是一种旋转装置，备有小型的木马、马车、汽车、船等，可以给游客坐上去，旋转起来，以供娱乐。——译者

29　现代汉语常用"座位"。——编者注

30　现代汉语常用"晃荡"。——编者注

"阿唷! 阿呀! "

他们看得开心, 就来作弄她们了:

"没用的小囡! "米罗诺夫叫道。

"没胆的兔子! "彼蒂加叫道。

女孩子们也回骂道:

"自己才是没胆的兔子哩! "

他们还笑起来, 装着鬼脸。

环游机停住了, 女孩子们跳下小船去。他们也跳了下去。米罗诺夫对彼蒂加说:

"我们和她们开玩笑去。"

"怎样开呢? "

但米罗诺夫已经追上了女孩子, 仿佛一个到了年纪的人似的说道:

"请问, 可以认识认识小姐们么? "

那大的, 总在映着眼睛的那一个, 说:

"请。我们很喜欢。"

彼蒂加不说话。金头发也不说话。

他们一同往前走。两个一排。米罗诺夫和红头发; 彼蒂加和金头发。米罗诺夫买了葵花子来, 分给女孩子。他把话讲个不停, 还说些笑话。彼蒂加却不知道他应该和金头发说些什么话。她是安静, 正经, 像一只鸟儿似的吐出葵花子的空壳来。

他终于问道:

"您为什么这么板板的? 您在想什么? "

"想各式各样的事情。"她微笑着, "您在想什么? "

彼蒂加回答说, 他也在想各式各样的事情。于是问她叫什么名字。

"那泰沙。"

"我叫彼得……"

这样子，就渐渐的谈起话来了。

而且那泰沙也笑起来。而且她现在葵花子也磕得更有精神了。

彼蒂加问道：

"那泰沙，您会溜冰么？"

"溜冰？夏天？哈哈哈！这一冬我是常常溜冰的……这很有趣。我们的家的对面就是市立溜冰场呀。"

"那么，您住在那里呢？"

"那边……"

她立刻非常之窘：

"那边……离这里并不远。"

她问道：

"您呢？"

"我？"

这回是轮到他窘了：

"我……在一个少年教养院……"

"那里的呢？"

"在那不够高的³¹……"

"不够高的？这是怎样的？"

"这是有点特别的。尤其是收着平常孩子的……"

"收着孤儿？"

"对啦。收着孤儿。"

"您是——？"

"是的。我父母都没有了。连姑母也没有……您呢？"

---

31　"不够格"这句话的含糊音。——译者

"我？我有一个父亲……那就是……唔……"

那泰沙满脸通红了。

"这是怎么的呢？"彼蒂加想。

他诧异起来。

他们再往前走。

他们这样地逛了一整夜。吃完了足两磅葵花子。

到了已经黎明，灯光都灭，月亮升在空中的时候。

女孩子们担心了起来：

"我们该回家去……"

他们作了别，走散了。

在回教养院去的途中，米罗诺夫和彼蒂加尽是谈着女孩子：

"温和的娃儿呵……"

他们敲了许多工夫门。墙壁后面的什么地方嗥着区匿希，响着它的铁链。好容易，细眼睛门房的伊凡总算出来了，开了门。他打着呵欠，骂着。

当他们走过中园时，米罗诺夫注意道：

"瞧罢！木头都完了……好极！现在又可以玩球了。"

彼蒂加望了一望。真的！木头搬空了！从中园的这一角到那一角，都空了。

"不错！"他说，"现在又可以玩球了！"

他一整夜没有睡觉。他在左思右想。清晨一早，他就穿好衣服，跑到中园去。

天还冷，有雾。发着新鲜的泥土气。墙壁外面，喜鹊在白杨树上吵嚷。

他打着寒噤，他悄悄的走近篱垣去，望一望楼窗。玻璃显出淡红色，微微的发闪，好像小河里的水。窗门后面是一点响动也没有。

他沿着篱垣，找寻那木棒。木棒已经没有了。到处散着木片和树皮。

木棒不见了。但表的位置，他是很容易找出来的。

他站在篱垣旁边，推测道：

"这里是教员坐着看书的。那里是孩子们在玩的。这里是我……"

他向周围一看，蹲了下去，用一枝木棒掘起泥土来。他掘成一个深到肘弯的洞，就伸进手去。不错：他的指头触着了一个滑滑的小包。

他连忙把它掏出，捏在手里，站了起来。用木片填好了洞，跑进屋子里去了。

他坐在回廊里的一个窗台上。定了神，打开那布片。

经过了很久的时光，金子却依然没有锈。恰如那时一样，太阳一般地在他的手里发光。然而他觉得这表变小了。变轻了……很轻……奇怪。

他在思索，惊奇。

他把表放在耳朵边。没有声响。他开开了表盖。不走了。

指针停在八点二十分前的地方。

这更奇怪了。

"这怎么能呢？"他想，"经过这么多的时光。过了一整年了，这表却还走不到一个钟头么？"

太阳忽然射进玻璃来。他吃了一惊，把表塞在袋子里。

它却一下子变得重了。它坠下袋子去，还贴着他的腿。

彼蒂加走过回廊去。和他迎面来了鲁陀尔夫·凯尔烈支。他微笑着。太阳照在他的白的罩衫上。他手里拿着一个火钳。

"嗳！"他说，"晨安！同去罢，生火炉去！你可以么？"

"不成！我得到经济处去——称面包。"

他走进了经济处。

彼蒂加然而没有逃。不逃了……去年的夏天，他也曾梦想过。但现在……现在是完全两样了。

在他头里的，现在已经是别样的东西。这至多不过使他觉得奇特：逃走么？为什么呀？那里去呢？

然而表是的。他到底真的得到该死的宝贝了。

这总得定一个结局。

他天天把表装在袋子里，不住的在思索：怎么办呢？

他想索性抛掉它。但这太糟塌<sup>32</sup>了。还给库兑耶尔罢？但他住在那里呢？再也看不见他了。好像消在土里了。

各种的思想在苦恼他，而袋子里是装着这讨厌的家伙。

在盛夏中，屋顶要油漆一下。

菲陀尔·伊凡诺维支叫了彼蒂加去，说道：

"请你上李宁大街去，到市立颜料店里买了绿的颜料来。"

他交给他钱，彼蒂加出去了。

他走过市场旁边。想到了先前的时候。想到了各种的事迹：扒来的重要物件、蛋饼、青鱼。

他忽然听到一声哨子，人们在奔跑。

他们跑向市场的中间，一面猛烈的叫道：

"捉贼！抓住他！"

彼蒂加也夹着跑过去。在追谁呢，他现在能够看见了。是一个万分龌龊的少年。当这少年拼命飞跑，突然转弯的时候，彼蒂加看到了蒙着的一只眼。

"毕塔珂夫！"毕塔珂夫跑得更快了。

他是一个出色的飞脚。所有的人们立刻落在后面了，只有彼蒂加还是跟住他。

---

32　现代汉语常用"糟蹋"。——编者注

彼蒂加叫道：

"毕——塔——珂夫！"终于追着了。

他抓住了他的肩头：

"站住！对我，你不跑罢！"

毕塔珂夫回转来，一拳头打在他的胸膛上。

"昏蛋！"彼蒂加叫道，"昏蛋！不要打！"

毕塔珂夫跳后一步，注视着彼蒂加。他全身在发抖。

彼蒂加说道：

"哪？你不认识我？"

"不。"毕塔珂夫喘着气。

"在教养院里。你不记得？"

"哦！现在我知道了。是那饭桶！"

他又走了。他为了疲乏，颤抖着。

彼蒂加坚韧的跟着他。

"你还记得木头的事情么？"

"木头？……哦哦，我知道……怎么样呢？"

他又走了。总是绕弯，走着很狭的小弄……他想跑到市外去。

彼蒂加不倦的跟着他。

"毕塔珂夫！"

"什么事？"

"毕塔珂夫，停下来！不要这么跑。"

毕塔珂夫站住了。他屏住了呼吸。

"呸……鬼！什么事？"

"你记得木头么？"

"记得的。怎么样呢？"

"你在怪我不好么？"

"为什么呀？"

"原谅我罢。这全是我的罪过。我都装在你身上了……"

于是他讲述了木头的事情。毕塔珂夫大笑起来了。他笑得至于绷带从眼睛上滑下来。

"昏蛋！"他说，"屠头！什么叫作你的罪过？我确是的……那一回，我在夜里是弄了十七棵木头给市外的娘儿们的……"

"你撒谎！"彼蒂加喝道，"你骗人！你真的干了的？"

"自然。十七棵树干子！你在怎么想呀？你以为我是无缘无故，进了感化院的罢？为什么呢？不过看起来好像是这样……"

彼蒂加惊奇得几乎莫名其妙了。

"你全不怨恨这事罢？你愿意回到教养院去么？"

毕塔珂夫微笑了一下。他于是郑重其事的说道：

"不行的，我的乖乖。我坐过监牢了。有谁坐过一回监，就永远不能进小孩子们的教养院去的。你懂了没有？"

他敲几下彼蒂加的前额，又踉踉跄跄的走了。

他突然回转身。脸色发了青，凶猛地向彼蒂加奔过来。他的眼睛在发闪。

彼蒂加平静的站着。他的想头是洁白的。

"什么事呀？"他问。

"那个东西！"毕塔珂夫说着，向他逼近了，"拿出表来！"他在他的胸膛上给了很重的一下。

"什么?!"彼蒂加几乎要倒下去。他踉跄了。他的眼前，所有的东西都打起旋子来，篱垣呀，路

灯呀，房屋和毕塔珂夫呀。他的舌头也不灵了。

"哪？"毕塔珂夫重复说，"不懂么？拿出表来！"

"什么表？"彼蒂加吃着嘴，"表？"

"你明白的！"毕塔珂夫更加逼近了他，很快的说道，"你以为我不知道？哼，我的乖乖，我都知道。库兑耶尔都对我讲过了……我们在监牢里，同住了半年。是的，是的。他至今还坐在那里，因为闹酒。我都知道。拿出表来！懂么？"

他立刻用一只手抓住了他的前胸，别一只手捏他的咽喉，低声说道：

"听不听？拿出表来！不要玩花样……要不然……拿出来！……"

他紧紧的捏住了彼蒂加的咽喉，污秽的拳头搁在鼻子上。

彼蒂加捏住着袋子。他摸着。他想拿出表来了。他很着急。竟不能立刻取出那表来。

忽然一阵叫喊、吹哨、呼唤、脚步声。街角上来了一个警察，跟着市场女人和一大群的人。

"嗳哈！"他们叫道，"他在这里！抓住他！"

大家都奔向毕塔珂夫来。抓住了他的领头。他被捕了。

"他在这里！这贼！"

彼蒂加走掉了。


于是走向市立颜料店去。他又得经过那市场。他又穿过那些卖着蛋饼和青鱼，发着面粉和蔬菜气味的成排的摊子。他悲哀地走过去。袋子里的表，逼得他很凶。

"我的天！我把这东西怎么办呢？为什么我该把这晦气东西装在袋子里，带来带去的呢？"

周围是喧嚣和嘈杂。太阳照在市场的热闹光景上。人们涌向摊子去。鸟儿在笼子里酿成怕人的喧嚣。叫化子[33]嚷着歌曲。一切都很快活!

然而彼蒂加不快活。太阳和唱歌的叫化子,都不能使他高兴了起来。他悲哀地走过市场去。

他忽然看见了一个女孩子。她站在两个摊子的中间,有一点东西拿在她手里。

她在请求一个高身材的、带[34]着眼镜的人。

那泰沙! 这那泰沙,是在派仑礼拜日和他一同逛过的! 这金黄头发的娃儿,正在请求那人买她的什么。

那人唠叨着,走掉了。

"那泰沙,日安!"彼蒂加叫道,"你在这里卖什么呀?"

她抬起眼睛来,吃了一吓,把东西藏在袋里了。

"为什么这样的? 你为什么发急? 你怕么? 恐怕你卖的是什么偷来的东西罢?"

"不的。这不是偷来的。"

"那么,为什么藏起来呢? 给我看!"

"不的。这和你不相干。"

"拿出来。我要看看呢。"

"不!"

"嗳哈! 那就是偷来的了! 你在浴场里偷了一个刷子,或是什么地方的一打别针了! 不是么?"

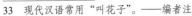

---

33 现代汉语常用"叫花子"。——编者注
34 现代汉语常用"戴"。——编者注

那泰沙不答话。

"或者是你那死了的祖母扒来的袜子……是不是？或者是你的老爸爸抢来的罢？唔？"

那泰沙脸红了。她快要哭出来，说道：

"这全不是偷来的。他寄给我一封信，叫我卖掉的。我就得来卖。看就是了。我没有偷。"

她向他伸出手来。一条银链子！链子上挂着挂件。小小的象和狗儿，在瑟瑟索索的作响。中间拖着一个梨子形的绿玉。

彼蒂加觉得，在他脚下的地面好像摇动了起来。他快要跌倒了。他跑了许多工夫，原已疲倦了的。毕塔珂夫又在胸膛上给了他沉重的一击。而现在链子又在这里了，一个人怎么能受得这许多呢！他拿过链子来，定睛的看着。五分或是六分钟。

于是他去掏袋子，拉出那表来。用了忙乱的手指，把表挂在链子上，递给那泰沙。

"喂！拿罢！"

那泰沙吃惊得叫起来，连忙接了表。彼蒂加就回转身，跑过了喧嚷的市场。过了桥。过了广场。到了街上。

他跑着，头也不回。

到市立颜料店了。买了绿颜料。

# 俄罗斯的童话

［苏］高尔基

# 小引

这是我从去年秋天起，陆续译出，用了"邓当世"的笔名，向《译文》投稿的。

第一回有这样的几句《后记》：

> 高尔基这人和作品，在中国已为大家所知道，不必多说了。
>
> 这《俄罗斯的童话》，共有十六篇，每篇独立；虽说"童话"，其实是从各方面描写俄罗斯国民性的种种相，并非写给孩子们看的。发表年代未详，恐怕还是十月革命前之作；今从日本高桥晚成译本重译，原在改造社版《高尔基全集》第十四本中。

第二回，对于第三篇，又有这样的《后记》两段：

> 《俄罗斯的童话》里面，这回的是最长的一篇，主人公们之中，这位诗人也是较好的一个，因为他终于不肯靠装活死人吃饭，仍到葬仪馆为真死人出力去了，虽然大半也许为了他的孩子们竟和帮闲"批评家"一样，个个是红头毛。我看作者对于他，是有点宽恕的，——而他真也值得宽恕。
>
> 现在的有些学者说：文言白话是有历史的。这并不错，我们能在书本子上看到；但方言土语也有历史——只不过没有人写下来。帝王卿相有家谱，的确证明着他有祖宗；然而穷人以至奴隶没有家谱，却不能成为他并无祖宗的证据。笔只拿在或一类人的手里，写出来的东西总不免于蹊跷，先前的文人哲

士，在记载上就高雅得古怪。高尔基出身下等，弄到会看书，会写字，会作文，而且作得好，遇见的上等人又不少，又并不站在上等人的高台上看，于是许多西洋镜就被拆穿了。如果上等诗人自己写起来，是决不会这模样的。我们看看这，算是一种参考罢。

从此到第九篇，一直没有写《后记》。

然而第九篇以后，也一直不见登出来了。记得有时也写有《后记》，但并未留稿，自己也不再记得说了些什么。写信去问译文社，那回答总是含含胡胡、莫名其妙。不过我的译稿却有底子，所以本文是完全的。

我很不满于自己这回的重译，只因别无译本，所以姑且在空地里称雄。倘有人从原文译起来，一定会好得远远，那时我就欣然消灭。

这并非客气话，是真心希望着的。

一九三五年八月八日之夜，鲁迅。

# 俄罗斯的童话

## 一

一个青年，明知道这是坏事情，却对自己说——

"我聪明。会变博学家的罢。这样的事，在我们，容易得很。"

他于是动手来读大部的书籍，他实在也不蠢，悟出了所谓知识，就是从许多书本子里，轻便地引出证据来。

他读透了许多艰深的哲学书，至于成为近视眼，并且得意地摆着被眼镜压红了的鼻子，对大家宣言道——

"哼！就是想骗我，也骗不成了！据我看来，所谓人生，不过是自然为我而设的罗网！"

"那么，恋爱呢？"生命之灵问。

"阿，多谢！但是，幸而我不是诗人！不会为了一切干酪，钻进那逃不掉的义务的铁栅里去的！"

然而，他到底也不是有什么特别才干的人，就只好决计去做哲学教授。

他去拜访了学部大臣，说——

"大人，我能够讲述人生其实是没有意思的，而且对于自然的暗示，也没有服从的必要。"

大臣想了一想，看这话可对。

于是问道——

"那么，对于上司的命令，可有服从的必要呢？"

"不消说，当然应该服从的！"哲学家恭恭敬敬的低了给书本磨灭了的头,说。"这就叫作'人类之欲求'……"

"唔,就是了,那么,上讲台去罢,月薪是十六卢布。但是,如果我命令用自然法来做教授资料的时候,听见么——可也得抛掉自由思想,遵照的呵!这是决不假借的!"

"我们,生当现在的时势,为国家全体的利益起见,或者不但应该将自然的法则也看作实在的东西,而还得认为有用的东西也说不定的——部份<sup>1</sup>的地!"

"哼,什么!谁知道呢!"哲学家在心里叫。

但嘴里却没有吐出一点声音来。

他这样的得了位置。每星期一点钟,站在讲台上,向许多青年讲述。

"诸君!人是从外面,从内部,都受着束缚的。自然,是人类的仇敌,女人,是自然的盲目的器械。从这些事实看起来,我们的生活,是完全没有意义的。"

他有了思索的习惯,而且时常讲得出神,真也像很漂亮、很诚恳。年青的学生们很高兴,给他喝采<sup>2</sup>。他恭敬的点着秃头。他那小小的红鼻子,感激得发亮。就这样地,什么都非常合适。

吃食店里的饭菜,于他是有害的——像一切厌世家一样,他苦于消化不良。于是娶了妻,二十九年都在家庭里用膳。在用功的余闲中,在自己的不知不觉中,生下了四个儿女,但后来,他死掉了。

带着年青的丈夫的三位女儿,和爱慕全世界一切女性的诗人的他的儿子,都恭敬地,并且悲哀地,跟在他灵柩后面走。学生们唱着"永远的纪念"。很响亮,很快活,然而很不行。坟地上是故人的同事的教授们,举行了出色的演说,说故人的纯正哲学是有系统

---

1　现代汉语常用"部分"。——编者注
2　现代汉语常用"喝彩"。——编者注

的。诸事都堂皇、盛大，一时几乎成了动人的局面。

"老头子到底也死掉了。"大家从坟地上走散的时候，一个学生对朋友说。

"他是厌世家呀。"那一个回答道。

"喂，真的吗？"第三个问。

"厌世家，老顽固呵。"

"哦！那秃头么，我倒没有觉得！"

第四个学生是穷人，着急的问道——

"开吊的时候，会来请我们吗？"

来的，他们被请去了。

这故教授，生前做过许多出色的书，热烈地，美丽地，证明了人生的无价值。销路很旺，人们看得很满意。无论如何——人是总爱美的物事的！

遗族很好，过得平稳——就是厌世主义，也有帮助平稳的力量的。

开吊非常热闹。那穷学生，见所未见似的大嚼了一通。

回家之后，和善的微笑着，想道——

"唔！厌世主义也是有用的东西……"


## 二


还有一桩这样的故事。

有一个人，自以为是诗人，在做诗，但不知怎的，首首是恶作。因为做不好，他总是在生气。

有一回，他在市上走着的时候，看见路上躺着一枝鞭——大约是马车夫掉下的罢。

诗人可是得到"烟士披里纯"了，赶紧来做诗——

路边的尘埃里，黑的鞭子一样。
蛇的尸身被压碎而卧着。
在其上，蝇的嗡嗡凄厉的叫着，
在其周围，甲虫和蚂蚁成群着。

从撕开的鳞间，
看见白的细的肋骨圈子。
蛇哟！你使我记得了，
死了的我的恋爱……

这时候，鞭子用它那尖头站起来了，左右摇动着，说道——

"喂，为什么说谎的，你不是现有老婆吗，该懂得道理罢，你在说谎呀！喂，你不是一向没有失恋吗，你倒是喜欢老婆，怕老婆的……"

诗人生气了。

"你那里懂得这些！"

"况且诗也不像样……"

"你们不是连这一点也做不出来吗！你除了呼呼的叫之外，什么本领也没有，而且连这也不是你自己的力量呀。"

"但是，总之，为什么说谎的！并没有失过恋罢？"

"并不是说过去，是说将来……"

"哼，那你可要挨老婆的打了！你带我到你的老婆那里去……"

"什么，还是自己等着罢！"

"随便你！"鞭子叫着，发条似的卷成一团，躺在路上了。并且想着人们的事情。诗人也走到酒店里，要一瓶啤酒，也开始了默想——但是关于自己的事情。"鞭子什么,废物罢了,不过诗做得不好,却是真的!奇怪!有些人总是做坏诗,但偶然做出好诗来的人却也有——这世间,恐怕什么都是不规则的罢!无聊的世间……"

他端坐着,喝起来,于是对于世间的认识,渐渐的深刻,终于达到坚固的决心了——应该将世事直白地说出来,就是:这世间的东西,毫无用处。活在这世间,倒是人类的耻辱!他将这样的事情,沉思了一点多钟,这才写了下来的,是下面那样的诗——

> 我们的悲痛的许多希望的斑斓的鞭子,
> 把我们赶进"死蛇"的盘结里,
> 我们在深霭中彷徨。
> 呵哟,打杀这自己的希望哟!
>
> 希望骗我们往远的那边,
> 我们被在耻辱的荆棘路上拖拉,
> 一路凄怆伤了我的心,
> 到底怕要死的一个不剩……。

就用这样的调子,写好了二十八行。

"这妙极了!"诗人叫道,自己觉得非常满意,回到家里去了。

回家之后,就拿这诗读给他女人听,不料她也很中意。

"只是,"她说,"开首的四行,总好像并不这样……"

"那里,行的很!就是普式庚,开篇也满是谎话的。而且那韵脚又多么那个?好像派腻唏达[3]罢!"

---

3　Panikhida 是追荐死者的祈祷会,这时用甜的食物供神,所以在这里,就成了诗有甘美的调子的意思。——译者

于是他和自己的男孩子们玩耍去了。把孩子抱在膝上,逗着,一面用次中音(tenor)唱起歌来:

> 飞进了,跳进了。
> 别人的桥上!
> 哼。老子要发财,
> 造起自己的桥来,
> 谁也不准走!

他们非常高兴的过了一晚。第二天,诗人就将诗稿送给编辑先生了。编辑先生说了些意思很深的话,编辑先生们原是深于思想的。所以,杂志之类的东西,也使人看不下去。

"哼,"编辑先生擦着自己的鼻子,说,"当然,这不坏,要而言之,是很适合时代的心情的。适合得很!唔,是的,你现在也许发见了自己了。那么,你还是这样的做下去罢……一行十六戈贝克[4]……四卢布四十八戈贝克……呵唷,恭喜恭喜。"

后来,他的诗出版了,诗人像自己的命名日一样的喜欢,他女人是热烈的和他接吻,并且献媚似的说道——

"我,我的可爱的诗人!阿阿,阿阿……"

他们就这样地高高兴兴的过活。

然而,有一个青年——很良善,热烈地找寻着人生的意义的青年,却读了这诗,自杀了。

他相信,做这诗的人,当否定人生以前,是也如他的找寻一样,苦恼得很长久,一面在人生里面,找寻过那意义来的。他没有知道这阴郁的思想,是每一行卖了十六戈贝克。他太老实了。

---

4 一百戈贝克为一卢布,一戈贝克那时约值中国钱一分。——译者

但是，我极希望读者不要这样想，以为我要讲的是虽是鞭子那样的东西，有时也可以给人们用得有益的。

## 三

埃夫斯契古纳·沙伐庚是久在幽静的谦虚和小心的羡慕里，生活下来的，但忽然之间，竟意外的出了名了。那颠末，是这样的。

有一天，他在阔绰的宴会之后，用完了自己的最后的六格林那[5]。次早醒来，还觉着不舒服的夙醉。乏透了的他，便去做习惯了的自己的工作去了，那就是用诗给"匿名殡仪馆"拟广告。

对着书桌，淋淋漓漓的流着汗，怀着自信，他做好了——

> 您颈子和前额都被殴打着，
> 到底是躺在暗黑的棺中……
> 您，是好人，是坏人，
> 总之是拉到坟地去……
> 您，讲真话，或讲假话，
> 也都一样，您是要死的！

这样的写了一阿耳申[6]半。

他将作品拿到"殡仪馆"去了，但那边却不收。

"对不起，这简直不能付印。许多故人，会在棺材里抱憾到发抖也说不定的。而且也不必用死来训诫活人们，因为时候一到，他们自然就死掉了……"

---

5　一格林那现在约值中国钱二角。——译者
6　一阿耳申约中国二尺强。——译者

沙伐庚迷惑了。

"呸！什么话！给死人们担心，竖石碑，办超度，但活着的我——倒说是饿死也不要紧吗……"

抱着消沉的心情，他在街上走，突然看到的，是一块招牌。白底上写着黑字——

"送终。"

"还有殡仪馆在这里，我竟一点也不知道！"

埃夫斯契古纳高兴得很。

然而这不是殡仪馆，却是给青年自修用的无党派杂志的编辑所。

编辑兼发行人是有名的油坊和肥皂厂主戈复卢辛的儿子，名叫摩开，虽说消化不良，却是一个很活动的青年，他对沙伐庚，给了殷勤的款待。

摩开一看他的诗，立刻称赞道——

"您的'烟士披离纯'，就正是谁也没有发表过的新诗法的言语。我也决计来搜索这样的诗句罢，像亚尔戈舰远征队的赫罗斯忒拉特似的！"

他说了谎，自然是受着喜欢旅行的评论家拉赛克·希复罗忒加的影响的。他希复罗忒加这人，也就时常撒谎，因此得了伟大的名气。

摩开用搜寻的眼光，看定着埃夫斯契古纳，于是反复地说道——

"诗材，是和我们刚刚适合的。不过要请您明白，白印诗歌，我们可办不到。"

"所以，我想要一点稿费。"他实招了。

"给，给你么？诗的稿费么？你在开玩笑罢！"摩开笑道，"先生，我们是三天以前才挂招牌的，可是寄来的诗，截到现在已经有七十九萨仁[7]了！而且全部都是署名的！"

---

7　一萨仁约中国七尺。——译者

但埃夫斯契古纳不肯退让，终于议定了每行五个戈贝克。

"然而，这是因为您的诗做得好呀！"摩开说明道，"您还是挑一个雅号罢，要不然，沙伐庚可不大有意思。譬如罢，澌灭而绝息根[8]之类，怎样呢？不很幽默吗！"

"都可以的。我只要有稿费，就好，因为正要吃东西……"埃夫斯契古纳回答说。

他是一个质朴的青年。

不多久，诗在杂志创刊号的第一页上登出来了。

"永劫的真理之声"是这诗的题目。

从这一天起，他的名声就大起来，人们读了他的诗，高兴着——

"这好孩子讲着真话。不错，我们活着。而且不知怎的，总是这么那么的在使劲，但竟没有觉到我们的生活，是什么意义也没有的。真了不得，澌灭而绝息根！"于是有夜会、婚礼、葬礼，还有做法事的时候，人们就来邀请他了。他的诗，也在一切新的杂志上登出来，贵到每行五十戈贝克，在文学上的夜会里，凸着胸脯的太太们，也恍惚的微笑着，吟起"澌灭而绝息根"的诗来了。

> 日日夜夜，生活呵叱着我们，
> 各到各处，死亡威吓着我们。
> 无论用怎样的看法，
> 我们总不过是腐败的牺牲！

"好极了！""难得难得！"大家嚷着说。

"这样看来，也许我真是诗人罢？"埃夫斯契古纳想道。于是就慢慢的自负起来，用了黑的斑纹的短袜和领结，裤子也要有白横纹

---

8 Smelti 就是"死"的意思。——译者

的黑地的了。还将那眼睛向各处瞟，用着矜持的调子来说话——

"唉唉，这又是，多么平常的，生活法呢！"就是这样的调子。

看了一遍镇灵礼拜式用的经典，谈吐之间，便用些忧郁的字眼，如"复次""洎夫彼时""枉然"之类了。

他的周围，聚集着各方面的批评家，化用着埃夫斯契古纳赚来的稿费，在向他鼓动——

"埃夫斯契古纳，前进呀，我们来帮忙！"

的确，当《埃夫斯契古纳·澌灭而绝息根的诗，幻影和希望的旧账》这一本小本子出版的时候，批评家们真的特别恳切地将作者心里的深邃的寂灭心情称赞了一番。埃夫斯契古纳欢欣鼓舞，决计要结婚了。他便去访一个旧识的摩登女郎银荷特拉·沙伐略锡基娜，说道——

"阿阿，多么难看，多么惹厌哟。而且是多么不成样子的人呵！"

她早就暗暗的等候着这句话，于是挨近他的胸膛，溶化在幸福里，温柔的低语道——

"我，就是和你携着手，死了也情愿哟！"

"命该灭亡的你哟！"埃夫斯契古纳感叹了。

为情热受了伤，几乎要死的银荷特拉，便回答道——

"总归乌有的人呵！"

但立刻又完全复了原，约定道——

"我们俩是一定要过新式的生活的呀！"

澌灭而绝息根早已经历过许多事，而且是熟悉了的。

"我，"他说，"是不消说，无论什么因袭，全然超越了的。但是，如果你希望，那么，在坟地的教堂里去结婚也可以的！"

"问我可希望？是的，赞成！并且婚礼一完，就教傧相们马上自杀罢！"

"要大家这样，一定是办不到的，但古庚却可以，他已经想自杀了七回了。"

"还有，牧师还是老的好，对不对，像是就要死了一样的人……"

他们俩就这样地耽着他们一派的潇洒和空想。一直坐到月亮从埋葬着失了光辉的数千亿太阳，冰结的流星们跳着死的跳舞的天界的冰冷的坟洞中——在死绝了的世界的无边的这空旷的坟地上，凄凉地照着吞尽一切要活而且能活的东西的地面，露出昏暗的脸来。呜呼，惟有好像朽木之光的这伤心的死了的月色，是使敏感的人的心，常常想到存在的意义，就是败坏的。

渐灭而绝息根活泼了，已经到得做诗也并不怎么特别的为难的地步，而且用了阴郁的声音，在未来的骸骨的那爱人的耳边低唱起来。


听哟，死用公平的手，
打鼓似的敲着棺盖。
从尽敲的无聊的工作日的寻常的混杂中，
我明明听到死的呼声。


生命以虚伪的宣言，和死争斗，
招人们到它的诡计里。
但是我和你哟——
不来增添生命的奴隶和俘囚的数目！


我们是不给甘言所买收的。
我们两个知道——
所谓生命，只是病的短促的一刹那，
那意义，是在棺盖的下面。

"唉唉，像是死了似的心情呀！"银荷特拉出神了。"真像坟墓一样呀。"她是很清楚的懂得一切这样的玩笑的。

有了这事之后四十天，他们便在多活契加的尼古拉这地方——被满是自足的坟墓填实的坟地所围绕的旧的教堂里，行了结婚式。体裁上，请了两个掘坟洞的工人来做证婚人，出名的愿意自杀的人们是傧相。从新娘的朋友里面，还挑了三个歇斯迭里⁹病的女人。其中的一个，已曾吞过醋精，别的两个是决心要学的人物。而且有一个还立誓在婚礼后第九天，就要和这世间告别了。

当大家走到后门的阶沿的时候，一个遍身生疮的青年，也是曾用自己的身子研究过六〇六的效验的傧相，拉开马车门，凄凉地说道——

"请，这是枢车！"

身穿缀着许多黑飘带的白衣，罩上黑的长面纱的新娘，快活得好像要死了。但渐灭而绝息根却用他湿漉漉的眼睛，遍看群众，一面问那傧相道——

"新闻记者到了罢！"

"还有照相队——"

"嘶，静静的，银荷契加……"

新闻记者们因为要对诗人致敬，穿着擎火把人的服装，照相队是扮作刽子手模样。至于一般的人们——在这样的人们，只要看得有趣，什么都是一样的——他们大声称赞道——

"好呀，好呀！"

连永远饿着肚子的乡下人，也附和着他们，叫道——

"入神得很！"

"是的，"新郎渐灭而绝息根在坟地对面的饭店里，坐在晚餐的

---

9　现代汉语常用"歇斯底里"。——编者注

桌边，一面说，"我们是把我们的青春和美丽葬送了！只有这，是对于生命的胜利！"

"这都是我的理想，是你抄了去的罢？"银荷特拉温和地问。

"说是你的？真的吗？"

"自然是的。"

"哼……谁的都一样——"

> 我和你，是一心同体的！
> 两人从此永久合一了。
> 这，是死的贤明的命令，
> 彼此都是死的奴隶，
> 死的跟丁。

"但是，总之，我的个性，是决不给你压倒的！"她用妖媚的语调，制着机先，说，"还有那跟丁，我以为'跟'字和'丁'字，吟起来是应该拉得长长的！但这跟丁，对于我，总似乎还不很切贴！"

澌灭而绝息根还想征服她，再咏了她一首。

> 命里该死的我的妻哟！
> 我们的"自我"，是什么呢？
> 有也好，无也好——
> 不是全都一样吗？
> 动的也好，静的也好——
> 你的必死是不变的！

"不，这样的诗，还是写给别人去罢。"她稳重的说。

许多时光，迭连着这样的冲突之后，渐灭而绝息根的家里，不料生了孩子——女孩子了，但银荷特拉立刻吩咐道——

"去定做一个棺材样的摇篮来罢！"

"这不是太过了吗？银荷契加。"

"不，不的，定去！如果你不愿意受批评家和大家的什么骑墙呀，靠不住呀的攻击，主义是一定得严守的！"

她是一个极其家庭式的主妇。亲手腌王瓜，还细心搜集起对于男人的诗的一切批评来。将攻击的批评撕掉，只将称赞的弄成一本，用了作者赞美家的款子，出版了。

因为东西吃得好，她成了肥胖的女人了，那眼睛，总是做梦似的蒙胧[10]着，惹起男人们命中注定的情热的欲望来。她招了那雄壮的、红头发的熟客的批评家，和自己并肩坐下，于是将蒙胧的瞳神直射着他的胸膛。故意用鼻声读她丈夫的诗，然后好像要他佩服似的，问道——

"深刻罢？强烈罢？"

那人在开初还不过发吼似的点头，到后来，对于那以莫名其妙的深刻，突入了我们可怜人所谓"死"的那暗黑的"秘密"的深渊中的渐灭而绝息根，竟每月做起火焰一般的评论来了，他并且以玲珑如玉的纯真之爱，爱上了死。他那琥珀似的灵魂，则并未为"存在之无目的"这一种恐怖的认识所消沉，却将那恐怖化了愉快的号召和平静的欢喜，那就是来扑灭我们盲目的灵魂所称为"人生"的不绝的凡庸。

得了红头毛人物——他在思想上，是神秘主义者，是审美家；在职业上，是理发匠。那姓，是卜罗哈尔调克。——的恳切的帮助，银荷特拉还给埃夫斯契古纳开了公开的诗歌朗诵会。他在高台上出现，左右支开了两只脚，用羊一般的白眼，看定了人们，微微

10　现代汉语常用"蒙眬"。——编者注

的摇动着生着许多棕皮色杂物的有棱角的头,冷冷的读起来——

　　　　为人的我们,就如在向着死后的
　　　　暗黑世界去旅行的车站……
　　　　你们的行李愈是少,那么,
　　　　为了你们,是轻松,便当的!
　　　　不要思想,平凡地生活罢!
　　　　如果谦虚,那就纯朴了。
　　　　从摇篮到坟地的路径,是短的!
　　　　为着人生,死在尽开车人的职务!

　　"好哇好哇,"完全满足了的民众叫了起来,"多谢!"
　　而且大家彼此说——
　　"做得真好,这家伙,虽然是那么一个瘟生!"
　　知道渐灭而绝息根曾经给"匿名葬仪馆"做过诗的人们也有在那里,当然,至今也还以为他那些诗是全为了"该馆"的广告而作的,但因为对于一切事情,全都随随便便,所以只将"人要吃"这一件事紧藏在心头,不再开口了。
　　"但是,也许我实在是天才罢,"渐灭而绝息根听到民众的称赞后的叫声,这样想,"所谓'天才',到底是什么,不是谁也不明白么,有些人们,却以为天才是欠缺智力的人……但是,如果是这样……"
　　他会见相识的人,并不问他健康,却问"什么时候死掉"了。这一件事,也从大家得了更大的赏识。
　　太太又将客厅布置成坟墓模样。安乐椅是摆着做出坟地的丘陵样的淡绿色的,周围的墙壁上,挂起临写辉耶的画的框子来,都是辉耶的画,另外还有,也挂威尔支的!

她自负着,说——

"我们这里,就是走进孩子房去,也会感到死的气息的,孩子们睡在棺材里,保姆是尼姑的样子——对啦,穿着白线绣出骷髅呀,骨头呀的黑色长背心,真是妙的很呵!埃夫斯契古纳,请女客们去看看孩子房呀!男客们呢,就请到卧室去……"

她温和的笑着,给大家去看卧室的铺陈。石棺式的卧床上,挂着缀有许多银白流苏的黑色的棺材罩。还用槲树雕出的骷髅,将它勒住。装饰呢——是微细的许多白骨,像坟地上的蛆虫一样,在闹着玩。

"埃夫斯契古纳是,"她说明道,"给自己的理想吸了进去,还盖着尸衾睡觉的哩!"

有人给吓坏了——

"盖尸衾睡觉?"

她忧愁地微笑了一下。

但是,埃夫斯契古纳的心里,还是质直的青年,有时也不知不觉的这样想——

"如果我实在是天才,那么,这是怎么一回事呢。批评呢,说着什么澌灭而绝息根的影响呀、诗风呀,但是,这我……我可不相信这些!"

有一回,卜罗哈尔调克运动着筋肉。跑来了,凝视了他之后,低声问道——

"做了么?你多做一些罢,外面的事情,自有尊夫人和我会料理的……你这里的太太真是好女人,我佩服……"

就是澌灭而绝息根自己,也早已觉到这事的了,只因为没有工夫和喜欢平静的心,所以对于这事,什么法也不想。

但卜罗哈尔调克,有一次,舒服地一屁股坐在安乐椅子上,恳恳的说道——

"兄弟，我起了多少茧，怎样的茧，你该知道罢，就是拿破仑身上，也没有过这样的茧呀……"

"真可怜……"银荷特拉漏出叹息来，但渐灭而绝息根却在喝着咖啡，一面想。

"女子与小人，到底无大器，这句话说得真不错！"

自然，他也如世间一般的男人一样，对于自己的女人，是缺少正当的判断的。她极热心地鼓舞着他的元气——

"斯契古纳息珂[11]，"她亲爱地说，"你昨天一定也是什么都没有写罢？你是总是看不起才能的！去做诗去，那么我就送咖啡给你……"

他走出去，坐在桌前了。而不料做成了崭新的诗——

> 我写了多少
> 平常事和昏话呵，银荷特拉哟。
> 为了衣裳，为了外套，
> 为了帽子，镶条，衫脚边！

这使他吃了一吓，心里想到的，是"孩子们"。

孩子有三个。他们必得穿黑的天鹅绒。每天上午十点钟，就有华丽的枢车在大门的阶沿下等候。

他们坐着，到坟地上去散步，这些事情，全都是要钱的。

渐灭而绝息根消沉着，一行一行的写下去了——

> 死将油腻的尸臭，
> 漂满了全世界。

---

11　就是埃夫斯契古纳的亲爱的称呼。——译者

生却遭了老鹰的毒喙，

像在那骨立的脚下挣扎的"母羊一样"。

"但是，斯契古纳息珂，"银荷特拉亲爱地说，"那是，也不一定的！怎么说呢？玛沙[12]，怎么说才好呢？"

"埃夫斯契古纳，这些事，你是不知道的，"卜罗哈尔调克低声开导着，说，"你不是'死亡赞美歌'的作家吗？所以，还是做那赞美的歌罢……"

"然而，在我的残生中，这是新阶段哩！"渐灭而绝息根反驳道。

"阿呀，究竟是怎样的残生呢？"那太太劝谕道，"还得到耶尔达那些地方去，你倒开起玩笑来了！"

一方面，卜罗哈尔调克又用了沉痛的调子，告诫道——

"你约定过什么的呀？对吗，留心点罢，'母羊一样'这句，令人不觉想起穆阳一这一个大臣的名字[13]来。这是说不定会被看作关于政治的警句的！因为人民是愚蠢，政治是平庸的呀！"

"唔，懂了，不做了。"埃夫斯契古纳说，"不做了！横竖都是胡说八道！"

"你应该时时留心的，是你的诗近来不但只使你太太一个人怀疑了哩！"卜罗哈尔调克给了他警告。

有一天，渐灭而绝息根一面望着他那五岁的女儿丽莎在院子里玩耍，一面写道——

幼小的女儿在院子里走，

雪白的手胡乱的掬花……

---

12　就是卜罗哈尔调克的小名。——译者
13　"母羊一样"的原语是"凯克·渥夫札"，所以那人名原是"凯可夫札夫"。——译者

> 小女儿哟，不要拗花了罢，
>
> 看哪，花就像你一样，真好！
>
> 幼小的女儿，不说话的可怜的孩子哟！
>
> 死悄悄的跟在你后面，
>
> 你一弯腰，扬起大镰刀的死
>
> 就露了牙齿笑嘻嘻的在等候……
>
>
> 小女儿哟！死和你可以说是姊妹——
>
> 恰如乱拗那清净的花一样，
>
> 死用了锐利的，永远锐利的大镰刀，
>
> 将你似的孩子们砍掉……

"但是，埃夫斯契古纳，这是感情的呀。"银荷特拉生气了，大声说。

"算了罢！你究竟将什么地方当作目的，在往前走呢？你拿你自己的天才在做什么了呀？"

"我已经不愿意了。"渐灭而绝息根阴郁地说。

"不愿意什么？"

"就是那个，死，死呀——够了！那些话，我就讨厌！"

"莫怪我说，你是胡涂虫！"

"什么都好。天才是什么，谁也没有明白。我是做不来了，……什么寂灭呀，什么呀，统统收场了。我是人……"

"阿呀，原来，是吗？"银荷特拉大声讥刺道。

"你不过是一个平常的人吗？"

"对啦，所以喜欢一切活着的东西……"

"但是，现代的批评界却已经看破，凡是诗人，是一定应该清算了生命和一般凡俗的呵！"

"批评界？"渐灭而绝息根大喝道，"闭你的嘴，这不要脸的东西！那所谓现代的批评这家伙，和你在衣厨<sup></sup>后面亲嘴，我是看得清清楚楚的！"

"那是，却因为给你的诗感动了的缘故呀！"

"还有，家里的孩子们都是红头毛，这也是给诗感动了的缘故吗？"

"无聊的人！那是，也许，纯精神底影响的结果也说不定的。"

于是忽然倒在安乐椅子里，说道——

"阿阿，我，已经不能和你在一处了！"

埃夫斯契古纳高兴了，但同时也吃惊。

"不能了吗？"他怀着希望和恐怖，问着。

"那么，孩子们呢？"

"对分开来呀！"

"对分三个吗？"

然而，她总抱定着自己的主张。到后来，卜罗哈尔调克跑来了。猜出了怎样的事情，他伤心了。还对埃夫斯契古纳说道——

"我一向以为你是大人物的。但是，你竟不过是一个渺小的汉子！"

于是他就去准备银荷特拉的帽子。他阴郁地正在准备的时候，她却向男人说起真话来——

"你已经出了气了，真可怜，你这里，什么才能之类，已经一点也没有了，懂得没有，一点也没有了哩！"

她被真的愤懑和唾液，塞住了喉咙，于是结束道——

"你这里，是简直什么也没有的。如果没有我和卜罗哈尔调克，你就只好做一世广告诗的。瘟生！废料！抢了我的青春和美丽的强盗！"

她在兴奋的一霎时中，是总归能够雄辩的。她就这样的离了

---

14 现代汉语常用"衣橱"。——编者注

家。并且立刻得到卜罗哈尔调克的指导和实际的参与，挂起"巴黎细珊小姐美容院专门——皮茧的彻底的医治"的招牌来，开店了。

卜罗哈尔调克呢，不消说，印了一篇叫作《朦胧的蜃楼》的激烈的文章，详详细细的指摘着埃夫斯契古纳不但并无才智，而且连究竟有没有这样的诗人存在，也就可疑得很。他又指摘出，假使有这样的诗人存在，而世间又加以容许，那是应该归罪于轻率而胡闹的批评界的。

埃夫斯契古纳这一面，也在苦恼着。于是——俄罗斯人是立刻能够自己安慰自己的！——想到了——

"小孩子应该抚养！"

对赞美过去和死亡的一切诗法告了别，又做起先前的熟识的工作来了。是替"新葬仪馆"去开导人们，写了活泼的广告——

> 永久地，快活地，而且光明地，
> 我们愿意在地上活着，
> 然而运命之神一到，
> 生命的索子就断了！
>
> 要从各方面将这事情
> 来深深的想一下，
> 奉劝诸位客官们
> 要用最上等的葬仪材料！
>
> 敝社的货色，全都灿烂辉煌，
> 并非磨坏了的旧货，
> 敢请频频赐顾，

　　光临我们的"新葬仪馆"！

　　　　　　　　　坟地街十六号门牌。


　　就这样子，一切的人，都各自回到自己的路上去了。


# 四


　　有一个非常好名的作家。

　　倘有人诽谤他，他以为那是出乎情理之外的偏心。如果有谁称赞他，那称赞的又是不聪明得很——他心里想。就这样子，他的生活只好在连续的不满之中，一直弄到要死的时候。作家躺在眠床上，鸣着不平道——

　　"这是怎的？连两本小说也还没有做好……而且材料也还只够用十年呢。什么这样的自然的法则呀，跟着它的一切一切呀，真是讨厌透顶了！杰作快要成功了。可是又有这样恶作剧的一般的义务。就没有别的办法了么？畜生，总是紧要关头就来这一手，——小说还没有做成功呢……"

　　他在愤慨。但病魔却一面钻着他的骨头，一面在耳朵边低语着——

　　"你发抖了么，唔？为什么发抖的？你夜里睡不着么，唔？为什么不睡的？你一悲哀，就喝酒么，唔？但你一高兴，不也就喝酒么？"

　　他很装了一个歪脸，于是死心塌地，"没有法子！"了。和一切自己的小说告别，死掉了，虽然万分不愿意，然而死掉了。

　　好，于是大家把他洗个干净，穿好衣服，头发梳得精光，放在台子上。

　　他像兵士一般脚跟靠拢，脚尖离开，伸得挺挺的，低下鼻子，温顺的躺着。什么也不觉得了,然而,想起来却很奇怪——

"真希奇,简直什么也不觉得了!这模样,倒是有生以来第一遭。老婆在哭着,哼,你现在哭着,那是对的,可是先前却老是发脾气。儿子在哭着,将来一定是个废料罢。作家的孩子们,总归个个是废料,据我所遇见的看起来……恐怕这也是一种真理。这样的法则,究竟有多少呢!"

他躺着,并且想着,牵牵连连的想开去。但是,对于从未习惯的自己的宽心,他又诧异起来了。

人们搬他往坟地上去了,他突然觉察了送葬的人少得很——

"阿,这多么笑话呀!"他对自己说,"即使我是一个渺小的作家,但文学是应该尊敬的呀!"

他从棺材里望出去。果然,亲族之外,送他的只有九个人,其中还夹着两个乞丐和一个肩着梯子的点灯夫。

这时候,他可真是气恼了。

"猪猡!"

他忽然活转来,不知不觉的走出棺材外面了,——以人而论,他是并不大的——为了侮辱,就这么的有了劲。于是跑到理发店,刮掉须髯,从主人讨得一件腋下有着补钉的黑外衣,交出他自己的衣服。因为装着沉痛的脸相,完全像是活人了。几乎不能分辨了。

为了好奇和他职业本来的意识,他问店主人道——

"这件怪事,不给您吃了一吓么?"

那主人却只小心地理着自己的胡须。

"请您见谅,先生,"他说,"住在俄国的我们,是什么事情都完全弄惯了的……"

"但是,死人忽然换了衣服……"

"现在,这是时髦的事情呀!您说的是怎样的死人呢?这也不过是外观上的话，统统的说起来，恐怕大家都是一样的！这年头儿，活着的人们，身子缩得还要硬些哩！"

"但是，我也许太黄了罢？"

"也刚刚和时髦的风气合式呀，是的，恰好！先生，俄国就正是大家黄掉了活着的地方……"

说起理发匠来，是世界上最会讲好话，也最温和的人物，这是谁都知道的。

作家起了泼刺的希望，要对于文学来表示他最后的尊敬心，便和主人告别，飞奔着追赶棺材去了。终于也追上了。于是送葬的就有了十个人，在作家，也算是增大了荣誉。但是，来往的人们，却在诧异着——

"来看呀，这是小说家的出丧哩！"

然而晓事的人们，为了自己的事情从旁走过，却显出些得意模样，一面想道——

"文学的意义，明明是已经渐渐的深起来，连这地方也懂得了！"

作家跟着自己的棺材走，恰如文学礼赞家或是故人的朋友一样。并且和点灯夫在攀谈——

"知道这位故人么？"

"自然！还利用过他一点的哩。"

"这真也有趣……"

"是的，我们的事情，真是无聊的麻雀似的小事情，飞到落着什么的地方去啄来吃的！"

"那么，要怎么解释才是呢？"

"请你要解得浅，先生。"

"解得浅？"

"唔唔，是的。从规矩的见地看起来，自然是一种罪恶，不过要不揩油，可总是活不成的。"

"唔？你这么相信么？"

"自然相信！街灯正在他家的对面。那人是每夜不睡，向着桌子，一直到天明的，我就不再去点街灯了。因为从他家窗子里射出来的灯光，就尽够。我才算净赚了一盏灯。倒是一位合用的人物哩！"

这么东拉西扯，静静的谈着，作家到了坟地了。他在这里，却陷入了非讲演自己的事情不可的绝境。因为所有送葬的人，这一天全都牙齿痛——这是出在俄国的事情，在那地方，无论什么人，是总在不知什么地方有些痛，生着病的。

作了相当的演说，有一种报章还称赞他——

"有人从群众中，——其外观，使我们想起戏子来的那样的人，在墓上热心地作了令人感动的演说。他在演说中，虽然和我们的观察不同，对于旧式作风的故人所有的一切人所厌倦的缺点——不肯努力脱出单纯的'教训主义'和有名的'公民教育'的作家的极微的功绩，有误评，有过奖，是无疑的，但要之，对于他的辞藻，以明确的爱慕的感情，作了演说了。"

万事都在盛况中完结之后，作家爬进棺材里，觉得很满足，想道——

"呵，总算完毕了，事情都做得非常好，而且又合式，又顺当！"

于是他完全死掉了。

这虽然只关于文学，但是，自己的事业，可实在是应该尊敬的！

## 五

又有一个人。是已经过了中年的时候，他忽而总觉得不知道缺少了什么——非常仓皇失措起来。

摸摸自己的身子，都好像完整、普通，肚子里面倒是太富裕了。用镜一照，——鼻子、眼睛、耳朵，以及别的，凡是普通的人该有的东西，也是统统齐全的。数数手上的指头，还有脚趾，也都有十个。但是，总之，却缺少了一点不知道什么！

去问太太去——

"不知道究竟是怎的。你看怎样，密德罗特拉，我身上都齐全么？"

她毫不踌躇[15]，说道——

"都全的！"

"但是，我总常常觉得……"

原是信女的她，便规劝道——

"如果觉得这样，就心里念念'上帝显灵，怨敌消灭'罢！"

对着朋友，也渐渐的问起这件事情来。朋友们都含胡的回答，但总觉得他里面，是藏着可以下一确断的东西的，一面只是猜疑的对他看。

"到底是什么呢？"他忧郁地沉思着。

于是一味喜欢回忆过去的事了，——这是觉得一切无不整然的时候的事，——也曾做过社会主义者，也曾为青春所烦恼，但后来就超出了一切，而且早就用自己的脚，拼命踩蹦着自己所撒的种子了。要而言之，是也如世间一般人一样，依着时势和那暗示，生活下来的。

想来想去之后，忽然间，发见了——

"唉唉！是的，我没国民的脸相呀！"

他走到镜前面。脸相也实在不分明，恰如将外国语的翻译文章，不加标点，印得一塌胡涂的书页一样，而翻译者又鲁莽、空疏，全不懂得这页上所讲的事情，就是那样的脸相。也就是：既不希求为了人民的自由的精神，也不明言完全承认帝制的必要。

"哼，但是，多么乱七八糟呀！"他想，但立刻决心了，"唔，这样的脸，要活下去是不便当的！"

每天用值钱的肥皂来擦脸。然而不见效，皮肤是发光了，那不鲜明却还在。用舌头在脸上到处舐了一通，——他的舌头是很长的，而且生得很合式，他是以办杂志为业的，——舌头也不给他利益。用了日本的按摩，而不料弄出瘤来，好像是拼命打了架。但是，到底不见有明明白白的表情！

想尽方法，都不成功，仅是体重减了一磅半。但突然间，好运气，他探听到所辖的警察局长洪·犹覃弗列舍尔[16]是精通国民问题的了，便赶紧到他那里去，陈述道——

"就为了这缘故，局长大人，可以费您的神，帮我一下么？"

局长自然是快活的。因为他是有教育的人物，但最近正受了舞弊案件的嫌疑。现在却这么相信，竟来商量怎么改换脸相了。局长大笑着，大乐着，说道——

"这是极简单的，先生！美洲钻石一般的您，试去和异种人接触一下罢，那么，一下子，脸就成功了，真正的您的尊脸……"

他高兴极了，——肩膀也轻了！纯朴地大笑着，自己埋怨着自己——

"但是，我竟没有想到么，唔？不是极容易的事么？"

像知心朋友似的告过别，他就跑到大路上，站着，一看见走过他身边的犹太人，便挡住他，突然讲起来——

"如果你，"他说，"是犹太人，那就一定得成为俄罗斯人，如果不愿意的话……"

犹太人是以做各种故事里的主角出名的，真也是神经过敏而且

---

16 这是一个德国姓，意思是"吃犹太人者"。——译者

胆怯的人民，但那个犹太人却是急躁的汉子，忍不住这侮辱了。他一作势，就一掌批在他的左颊上，于是，回到自己的家里去了。

他靠着墙壁，轻轻的摸着面颊，沉思起来——

但是，要显出俄罗斯人的脸相，是和不很愉快的感觉相连系的！可是不要紧！像涅克拉梭夫那样无聊的诗人，也说过确切的话——

　　　　不付价就什么也不给，
　　　　运命要赎罪的牺牲！

忽然来了一个高加索人，这也正如故事上所讲那样，是无教育、粗鲁的人物。一面走，一面用高加索话，"密哈来斯，萨克来斯，敏革尔来"的，吆喝似的唱着歌。

他又向他冲过去了。

"不对，"他说，"对不起！如果您是格鲁怎人，那么，您岂不也就是俄罗斯人么？您当然应该爱长官命令过的东西，不该唱高加索歌，但是，如果不怕牢监，那就即使不管命令……"

格鲁怎人把他痛打了一顿，自去喝卡菲丁酒去了。

他也就这么的躺着，沉思起来——

"但，但是呢？这里还有鞑靼人、亚美尼亚人、巴锡吉耳人、启尔义斯人、莫耳弑瓦人、列弑尼亚人，——实在多得很！而且这还并不是全部……也还有和自己同种的斯拉夫人……"

这时候，又有一个乌克兰尼人走来了。自然，他也在嚷嚷的唱——

　　　　我们的祖宗了不起，
　　　　住在乌克兰尼……

"不对不对,"他一面要爬起来,一面说,"对不起,请您以后要用 b[17] 这字才好,因为如果您不用,那就伤了帝国的一统的……"

他许多工夫,还和这人讲了种种事。这人一直听到完。因为正如各种乌克兰尼轶闻集所切实地证明,乌克兰尼人是懒散的民族,喜欢慢慢地做的。况且他也是特别执拗的人……

好心的人们抱了他起来,问道——

"住在那里呢?"

"大俄罗斯……"

他们自然是送他到警察局里去。

送着的中途,他显出一点得意模样,摸一下自己的脸,虽然痛,却觉得很大了。于是想道——

"大概,成功了。"

人们请局长洪·犹覃弗列舍尔来看他。因为他对于同胞很恳切,就给他去叫警察医。医生到来的时候,人们都大吃一惊,私议起来。而且也不再当作一件事,不大理睬了。

"行医以来,这是第一回,"医生悄悄的说,"不知道该怎么诊断才是……"

"究竟是怎么一回事呢?"他想着,问。

"是呀,这是怎么一回事呢?"

"是先前的脸,完全失掉了的。"洪·犹覃弗列舍尔回答道。

"哦。脸相都变了么?"

"一点不错,但您想必知道,"那医生安慰着说,"现在的脸,是可以穿上裤子的脸了……"

他的脸,就这样的过了一世。

这故事里,什么教训之类,是一点也没有的。

---

17　读如 ieli,俄国字母的第二十九字。——译者

# 六

有一个爱用历史来证明自己的大人先生。一到要说谎的时候，就吩咐跟丁道——

"爱戈尔加，去从历史里找出事实来，是要驳倒历史并不反复的学说的……"

爱戈尔加是伶俐的汉子，马上找来了。他的主人用许多史实，装饰了自己的身子，应情势的要求，拿出他所必要的全部来，所以他不会受损。

然而他是革命家——有一时，竟至于以为所有的人都应该是革命家。并且大胆地互相指摘道——

"英国人有人身保护令，但我们是传票！"他们很巧妙地揶揄着两国民之间的那么的不同。因为要消遣世间的烦闷，打起牌来了。赌输赢直到第三回雄鸡叫。第三回雄鸡叫一来报天明，大人先生就吩咐道——

"爱戈尔加，去找出和现在恰恰合式的，多到搬不动那样的引证来！"

爱戈尔加改了仪容，翘起指头，意义深长地记起了《雄鸡在圣露西歌唱》的歌——

雄鸡在圣露西歌唱——
说不久就要天明，在圣露西！

"一点不错！"大家说，"真的，的确是白天了……"
于是就去休息。

这倒没有什么，但人们忽然焦躁的闹了起来。大人先生看出来了，问道——

"爱戈尔加，民众为什么这么不平静呢？"

那跟丁高兴的禀复说——

"民众要活得像一个人模样……"

但他却骄傲的说了——

"原来？你以为这是谁教给他们的？这是我教的！五十年间，我和我的祖宗总教给他们：现在是应该活得像人了的时候，就是这样的！"

而且越加热心起来，不住的催逼着爱戈尔加，说——

"去给我从欧洲的农民运动史里，找出事实来，还有，在《福音书》里，找关于'平等'的句子……文化史里，找关于所有权的起源——快点快点！"

爱戈尔加很高兴！真是拼命，弄得汗流浃背，将书本子区别开来，只剩下书面，各种动人的事实，堆得像山一样，拉到他主人那里去。主人称赞他道——

"要出力！立宪政治一成功，我给你弄一个很大的自由党报纸的编辑！"

胆子弄得很壮了的他，于是亲自去宣传那些最有智识的农民们去了——

"还有，"他说，"罗马的革拉克锡兄弟，还有在英国、德国、法国的……这些，都是历史上必要的事情！爱戈尔加，拿事实来！"

就这样地马上引用了事实，给他们知道即使上头不愿意，而一切民众，却都要自由。

农民们自然是高兴的。

他们大声叫喊道——

"真是多谢你老。"

一切事情都由了基督教的爱和相互的信，收场了。然而，人们突然问道——

"什么时候走呀？"

"走那里去？"

"别地方去！"

"从那里去？"

"从你这里……"

他是古怪人，一切都明白，但最简单的事情却不明白了，大家都笑起来。

"什么，"他说，"如果地面是我的，叫我走那里去呢？"

但是大家都不相信他的话——

"怎么是你的？你不是亲口说过的么：是上帝的，而且在耶稣基督还没有降生之前，就已经有几位正人君子知道着这事。"

他不懂他们的话。他们也不懂他。他又催逼爱戈尔加道——

"爱戈尔加，给我从所有的历史里去找出来。"

但那跟丁却毫不迟疑的回答他说——

"所有的历史，因为剪取反对意见的证据，都用完了。"

"胡说，这奸细……"

然而，这是真的。他跑进藏书室里去一看，剩下的只有书面和书套。为了这意外的事情，他流汗了。于是悲哀地禀告自己的祖宗道——

"谁将这历史做得那么偏颇的方法，教给了你们的呢！都成了这样子……这算是什么历史呀？昏愦胡涂的。"

但大家坚定的主张着——

"然而，"他们说，"你早已清清楚楚的对我们证明过了的，还是快些走的好罢，要不然，就要来赶了……"

说起爱戈尔加来，又完全成了农民们的一气，什么事情都显出对立的态度，连看见他的时候，也当面愚弄起来了——

"哈培亚斯·科尔普斯[18]怎么了呀！自由主义怎么了呀……"

简直是弄糟了。农民们唱起歌来了。而且又惊又喜，将他的干草堆各自搬到自己的屋子里去了。

他蓦地记了起来的，是自己还有一点手头的东西。二层楼上，曾祖母坐着在等目前的死，她老到将人话全部忘却了，只还记得一句——

"不要给……"因为已经六十一岁，此外的话，什么也不会说了。

他怀着激昂的感情，跑到她那里去，以骨肉之爱，伏在她的脚跟前，并且诉说道——

"妈妈的婆婆！你是活历史呀……"

但她自然不过是喃喃的——

"不要给……"

"哦哦，为什么呢？"

"不要给……"

"但是他们赶走我，偷东西，这可以么？"

"不要给……"

"那么，虽然并不是我的本意，还是帮同瞒着县官的好么？"

"不要给……"

他遵从了活历史的声音，并且用曾祖母的名义，发了一个悲痛的十万火急报。自己却走到农民们那里，发表道——

"诸位惊动了老太太，老太太去请兵了。但是，请放心罢，看来

---

18 Habeas corpus 是查理斯二世时，在国会通过，保障被法庭判决有罪以前的人的一条法律。——译者

是没有什么的,因为我不肯放兵到你们那里去的!"

这之间,勇敢的兵丁们跨着马跑来了。时候是冬天,马一面跑,一面流着汗,一到就索索的发抖,不久,全身蒙上了一层雪白的霜。大人先生以为马可怜,把它带进自己的厩屋里面去。带了进去之后,便对着农民们这样说——

"请诸位把先前聚了众,在我这里胡乱搬去的干草,赶快还给这马罢。马,岂不是动物么,动物,是什么罪过也没有的,唔,对不对呢?"

兵丁们都饿着;吃掉了村子里的雄鸡。这位大人先生的府上的四近,就静悄悄了。

爱戈尔加自然仍旧回到他家里来。他像先前一样,用他做着历史的工作,从新买了新的书,嘱咐他凡有可以诱进自由主义去的事实,就统统的涂掉,倘有不便涂掉的地方,则填进新的趣旨去。

爱戈尔加怎么办呢?对于一切事务,他是都胜任的。因为要忠实,他连淫书都研究起来了。但是,他的心里,总还剩着烁亮的星星。

他老老实实的涂抹着历史,也做着哀歌,要用"败绩的战士"这一个化名来付印。

　　唉唉,报晓的美丽的雄鸡哟!
　　你的荣耀的雄声,怎么停止了?
　　我知道:永不满足的猫头鹰,
　　替代了你了。

　　主人并不希望未来,
　　现在我们又都在过去里,
　　唉唉,雄鸡哟,你被烧熟,
　　给大家吃掉了……

> 叫我们到生活里去要在什么时候？
>
> 给我们报晓的是谁呢？
>
> 唉唉，倘使雄鸡不来报，
>
> 怕我们真要起得太晚了！

农民们自然是平静了下来，驯良的过着活。并且因为没有法子想，唱着下等的小曲——

> 哦哦，妈妈老实哟！
>
> 喂喂，春天来到了，
>
> 我们叹口气，
>
> 也就饿死了！

俄罗斯的国民，是愉快的国民呢……

# 七

有一国的有一处地方，住着犹太人。他们都是用于虐杀，用于毁谤，以及用于别的国家的必要上的极普通的犹太人。

这地方，有着这样的习惯——

原始民一显出对于自己的现状的不满来，从观察秩序的那一面，就是从上司那一面，就立刻来了用希望给他们高兴的叫唤——

"人民呀，接近主权的位置去呀！"

人民被诱进去了，但他们又来骗人民——

"为什么闹的？"

"老爷，没有吃的了！"

"那么，牙齿是还有的罢？"

"还有一点点……"

"你瞧！你们总在计划些什么事，并且想瞒住了上头！"

假如上头以为只要澈底 [19] 的办一下不平稳的模样，就可以镇住，那是马上用这手段的，如果觉得这手段收拾不下了，那就用笼络——

"唔，你们要什么呢？"

"一点田地……"

有些人们，却全不懂得国家的利益，还要更进一步，讨人厌的恳求道——

"想请怎样的改正一下子。就是，牙齿呀，肋骨呀，还有我们的五脏六腑呀，都要算作我们自己的东西，别人不能随随便便下手，就是这样子！"

于是上司开始训戒了——

"喂，诸位！这种空想，有什么用呢？古人说得好，'不要单想面包'。俗谚里也说，一个学者，抵得两个粗人！"

"但他们承认么？"

"谁呀？"

"粗人们呀！"

"胡说！当然的！三年前的圣母升天节 [20] 之后，英国人到这里来，就这样的请求过——把全部贵国的人民都驱逐到西伯利亚去，让我们来罢，我们——他们说——规规矩矩的纳税，烧酒是每年给每位先生喝十二桶，而且一般……不行——我们说——为什么呀？我们这里，本国的人民是善良的、柔和的、从顺的，我们要和他们一起过下去的……就是这样，青年们，你们去弄弄犹太人，不是比

---

19　现代汉语常用"彻底"。——编者注
20　八月十五日。——译者

胡闹好么？是不是？他们有什么用？"

原始民想了一通，想到了除掉上司亲手安排的事情以外，不会再有怎样的解说，于是决定了——

"嗡，好，干罢，列位，准了的哩……"

他们破坏了大约五十家房屋，虐杀了几个犹太人，疲于奋斗，因希望而平静了，秩序就这样地奏着凯歌……

除了上司们，原始民，以及作为回避扰乱和宽解兽心之用的犹太人之外，这国度里是还生存着善良的人们的。每有一回虐杀，他们就会合了全部的人员——十六名，用文字的抗议去告诉全世界——

"纵使犹太人亦属俄国之臣民，而悉加歼灭，吾等则确信为非至当，由诸观点，对于生人之无法之杀戮，吾等爰于此表示其责难焉。休曼涅斯妥夫[21]、菲德厄陀夫、伊凡诺夫、克赛古平、德罗布庚、克理克诺夫斯基、阿息普·忒罗爱呵夫、格罗哈罗、菲戈福波夫、吉理尔·美呵藉夫、斯罗复台可夫、凯比德里娜·可伦斯凯耶、前陆军中佐纳贝比复、律师那伦、弗罗波中斯基、普力则理辛、七龄童格利沙·蒲直锡且夫。"

所以每一回虐杀，那不同之处，就只有格利沙的年纪有变化，和那伦——忽然到和他同名的市上去了——换了那伦斯凯耶的署名。

对于这抗议，有时外省也来了反应——

"赞成，参加。"这是拉士兑尔喀也夫从特力摩夫打来的电报。沙谟林的萨陀尔干弩以也来响应了。萨木古理左夫"等"也从渥库罗夫来响应了。但谁都知道，这"等"，是他想出来吓吓人的。因为住在渥库罗夫，连一个叫"等"的也没有。

犹太人熟读着抗议书，愈加悲泣了。但有一回，却有一个犹太人中的非常狡猾的人提议道——

---

21　即"人道主义氏"之意。——译者

"你们知道么？怎么，不知道？这么的干一下罢，在这未来的虐杀之前，把纸张、钢笔，还有墨水，统统藏起来。那时候，他们，连格利沙在内的那十六个，怎么办？——来看一看罢？"

彼此都很说得来的，一说，就做，买尽了所有的纸，笔，藏起来了。墨水是倒在黑海里。于是坐着在等候。

用不着等到怎么久。又准了，虐杀就开头，犹太人躺在医院里，人道主义者们却在彼得堡满街跑，找着纸张和钢笔，然而都没有，除了上司的办公室以外，什么地方也没有，但是，办公室却不肯给！

"怎么样，诸君！"上司们说，"诸君为什么要这东西，我们是知道的！但是，即使没有这些，诸君该也可以办得的！"

于是弗罗波中斯基询问道——

"这是怎么的呢？"

"这是，"上司们回答说，"我们已经把抗议教够了，自己想法子去……"

格利沙——他已经四十三岁了——在哭着。

"用话来传进抗议去罢！"

但是，这也没法办！

菲戈福波夫模模胡胡的想到了——

"板壁上面，怎么样？"

可是彼得堡并没有板壁，都是铁栅。

但他们向偏僻的市外的屠牛场那一面跑去了，发现了一片陈旧的小板壁，休曼涅斯妥夫刚用粉笔写了第一个字，忽然间——好像从天而降似的——警官走了过来，开始了教训——

"干什么呀？孩子们这样的乱涂乱写，是在骂走他们的，你们不是好像体体面面的绅士么？唔，这是怎的！"

警官当然是不懂他们的，以为是偷犯着第一千一条[22]的文士们的一派。于是他们红了脸，真的走回家去了。

因为这样子，所以在这一回的袭击，无从抗议，人道主义者一派也没有得到满足就完了。

凡是懂得民族心理学的人们，是公平地讲述着的。曰："犹太人者，狡猾之人民也！"

## 八

有一处地方住着两个无赖。一个的头发有些黑，别一个是红的。但他们俩都是晦气的人物。他们羞得去偷穷人，富人那里却又到底近不去。所以一面想着只好进牢监去吃公家饭，一面还在苦苦的过活。

这之间，这两个懒汉终于弄得精穷了。因为新任知府望·兑尔·百斯笃[23]到了任，巡阅之后，出了这样的告示——

"从本日始，凡俄罗斯国粹之全民，应不问性别、年龄及职业，皆毫不犹豫，为国效劳。"

黑头发和红头发的两个朋友，叹息着，犹豫了一番，终于大家走散了。——因为有些人进了侦缉队，有些人变了爱国者，有些人兼做着这两样，把黑头发和红头发剩在完全的孤独中，一般的疑惑下面了。改革后大约一个礼拜的样子，他们就穷得很，红头发再也熬不下去了，便对伙伴道——

"凡尼加，我们也还是为国效劳去罢？"

黑头发的脸红了起来，顺下眼睛，说——

---

22　查禁败坏风俗图书条项。——译者
23　Von der Pest，意云"黑疫氏"。——译者

"羞死人……"

"不要紧的! 许多人比我们过得好, 一句话——就因为在效劳的
缘故呀! "

"横竖他们是快要到变成犯人的时候了的……"

"胡说! 你想想看, 现在不是连文学家们也在这么教人么——
'纵心任意的生活罢, 横竖必归于死亡'。……"

也很辩论了一番, 却总归不能一致。

"不行," 黑头发说, "你去就是了, 我倒不如仍旧做无赖……"

他就去做自己的事, 他在盘子里偷了一个白面包, 刚刚要吃,
就被捕, 挨了一顿鞭子, 送到地方判事那里去了。判事用了庄严的
手续, 决定给他公家饭。黑头发在牢监里住了两个多月, 胃恢复
了, 一被释放, 就到红头发那里去做客人。

"喂, 怎么样? "

"在效劳呀。"

"做什么呢? "

"在驱除孩子们呀。"

对于政事, 黑头发是没有智识的, 他吃了一惊——

"为什么呢? "

"为安宁呀, 谁都受了命令的, 说是'要安静'。"红头发解释着,
但他的眼睛里带着忧愁。

黑头发摇摇头, 仍旧去做他自己的事, 又为了给吃公家饭, 送
进牢监里去了。真是清清楚楚, 良心也干净。

释放了, 他又到伙伴那里去——他们俩是彼此相爱的。

"还在驱除么? "

"唔, 那自然……"

"不觉得可怜么? "

"所以我就只拣些腺病质的……"

"不能没有区别么？"

红头发不作声，只吐着沉痛的叹息，而且红色淡下去了，发了黄。

"你怎么办的呢？"

"唔，这么办的……我奉到的命令，是从什么地方捉了孩子，带到我这里，于是从他们问出实话来。但是，问不出的，因为他们横竖是死掉的……我办不来，恐怕那……"

"你告诉我，为什么要这么办呢？"黑头发问。

"为了国家的利益，才这么办的。"红头发说，但他的声音发着抖，两眼里含了眼泪了。

黑头发在深思——他觉得伙伴可怜相——要替他想出一种什么独立的事业来。

忽然间，很有劲的开口道——

"喂，发了财了么？"

"那当然，老例呀……"

"唔，那么，来办报罢！"

"为什么？"

"好登橡皮货的广告……"

这中了红头发的意，他干笑了。

"好给人不生孩子么？"

"自然！不是用不着生了他们来受苦么？"

"不错的！但是，为什么要办报呢？"

"做做买卖的掩饰呀，这呆子！"

"同事的记者们恐怕未必赞成罢？"

黑头发觉得太出意外了，吹一声口哨。

"笑话！现在的记者，是把自己活活的身子当作试演，献给女读者的呢……"

这样的决定了——红头发就在"优秀的文艺界权威的赞助之下"动手来办报。办公室的旁边，开着巴黎货的常设展览会。编辑室的楼上，还给爱重体面的贵人们设了休憩室。

事业做得很顺手。红头发过着活，发胖了。贵人们都很感激他。他的名片上印着这样的文字——

---

"这边那边"日报编辑兼发行人
"劳于守法群公嘉荫斋"斋主兼创办人
本斋另售并贩卖卫生预防具
## 多纵横

---

黑头发从牢监里出来，到伙伴那里喝茶去，红头发却请他喝香槟酒，夸口道——

"兄弟，我现在简直好像在用香槟酒洗脸，别的东西是不成的了，真的！"

因为感激得很，还闭了两只眼睛，亲昵的说道——

"你教给我好法子了！这就是为国效劳呀！大家都满足着哩！"

黑头发也高兴。

"好，就这样地过活下去罢！因为我们的国度，是并不麻烦的！"

红头发感激了，于是劝他的朋友道——

"凡涅，还是到我这里来做个访事员罢！"

"不行，兄弟，我总是旧式的人，我还是仍旧做无赖，照老样子……"

这故事里，是什么意义也没有的……连一点点！

# 九

有一个时候，上司颇倦于和怀异心的人们的争斗了，但因为希望终于得到桂冠，休息一下，便下了极严峻的命令——

凡怀异心者，应即毫不犹豫，从所有隐匿之处曳出，一一勘定，然后以必要之各种相当手段，加以歼除：此令。

执行这命令的，是扑灭男女老小的经常雇员，曾为菲戈国王陛下及"阿古浓田"的田主效过力的前大尉阿仑提·斯台尔文珂。所以对于阿仑提，付给了一万六千个卢布。

招阿仑提来办这件事，也并不是因为本国里找不出相宜的人，他有异常吓人的堂堂的风貌，而且多毛，多到连不穿衣服也可以走路，牙齿有两排，足有五十四个，因此得着上司的特别的信任。要而言之，就是为了这些，招他来办的。

他虽然具备着这些资格，却粗卤[24]的想道——

"用什么法子查出他们来呢？他们不说话！"

真的，这市里的居民，实在也很老练了。彼此看作宣传员，互相疑惧，就是对母亲说话，也只用一定的句子或者外国话，确凿的话是不说的。

"N'est-ce pas?（是罢？）"

"Maman，（妈妈），中饭时候了罢，N'est-ce pas？"

"Maman，我们今天不可以去看电影么，N'est-ce pas？"

但是，斯台尔文珂仔仔细细的想了一通之后，到底也发见了秘

---

24　现代汉语常用"粗鲁"。——编者注

密思想的暴露法，他用过氧化氢洗了头发，修刮一下，成了一个雪白的人，于是穿上不惹人眼的衣服。这就是他，是看也看不出的！

旁晚边，就到街上去，慌慌张张的走着，一看见顺从天性之声的市民悄悄的溜进什么地方去，就从左边拦住他，引诱似的低声的说道——

"同志，现在的生活，您一定不觉得满足罢？"

最初，市民就像想到了什么似的，放缓了脚步，但一望见远远的来了警察，便一下子现出本相来了——

"警官，抓住他……"

斯台尔文珂像猛虎一样，跳过篱垣，逃走了，他坐在荨麻丛里细细的想——

"这模样，是查不出他们来的，他们都行动得很合法，畜生！"

这之间，公款减少下去了。

换上淡色的衣服，用别样的手法来捉了。大胆的走近市民去，问道——

"先生，您愿意做宣传员么？"

于是市民就坦然的问道——

"薪水多少呢？"

别的一些人，却客客气气的回复——

"多谢您。我是已经受了雇的！"

"着了，"阿仑提想，"好，抓住他！"

这之间，公款自然而然的减少下去了。

也去探了一下"臭蛋的各方面利用公司"，但这是设在三个监督和一个宪兵官的高压之下的，虽然每年开一次会议，却又知道那是一位每回得着彼得堡的特别许可的女人。阿仑提觉得无聊起来了，因此公款也就好像生了急性肺炎一样。

于是他气忿了。

"好罢！"

他积极的活动了起来——一走近市民去，便简截的问道——

"生活满足吗？"

"满足得很！"

"但是，上司却不满足哩！再见……"

如果有谁说不满足的，那当然——

"抓住！"

"等一等……"

"什么事呀？"

"我所谓不满足，不过是指生活还没有十分坚固这一点而言的。"

"这样的么？抓……"

他用了这样的方法，在三礼拜里，抓到了一万个各式各样的人，首先是把他们分送在各处的牢监里，其次是吊起他们的颈子来，但因为经济关系，也就叫市民自己来下手。

诸事都很顺当。但是，有一回，上司的头子去猎兔子了，从市上动身之后，所见的是野外的非常的热闹和市民的平和的活动的情景——彼此举出犯罪的证据来，互相诘难着，吊着，埋着，一面是斯台尔文珂拿着棍子，在他们之间走来走去，激励着——

"赶快！喂，黑脸，再快活点！喂，敬爱的诸君，你们发什么呆呀？绳套子做好了没有——哪，吊起来，不是用不着碍别人的手脚吗？孩子，喂，孩子，为什么不比你爸爸先上去的？喂，大家！不要这么性急，总归来得及的……因为希望安静，忍耐得长久了，忍耐一下有什么难呢！喂，乡下人，那里去？……好不懂规矩……"

上司跨在骏马的脊梁上，眺望着，一面想——

"他弄到了这许多，真好本领！所以市里的窗户，全都钉起来了……"

但这时忽然看见的，是他的嫡亲的伯母，也脚不点地的挂着。大吃了一惊。

"到底是谁在指挥呀？"

斯台尔文珂立刻走近去。

"大人，是卑职！"

于是上司说道——

"喂，兄弟，你一定是个昏蛋，像会乱用公款似的！造决算书来给我罢。"

斯台尔文珂送上决算书去，那里面是这么写着的——


"为执行关于扑灭怀异心者之命令，卑职凡揭发并拘禁男女怀异心者一〇、一〇七名口。

计开——

| | | |
|---|---|---|
| 诛戮者……………………男女 | | 七二九名口 |
| 绞毙者……………………同 | | 五四一名口 |
| 令衰弱至决难恢复者…男女 | | 九三七名口 |
| 事前死亡者……………同 | | 三一七名口 |
| 自杀者……………………同 | | 六三名口 |

扑灭者，共计　　　　　　　　　一、八七六名口

费用　　　　　　　　　　　　一六、八八四卢布

连一切费用在内，每名口所费用以七卢布计算，计

不足　　　　　　　　　　　　八四四卢布"


长官发抖了，索索的发抖了，自言自语似的说道——

"不——足——吗？什么东西，这菲戈鬼！你的菲戈全岛，加上

了你的王,连你添进去,也值不到八百卢布呀!你去想想看——如果你这么的揩油,那么,比你高出十倍以上的人物的这我,那时候又怎么样?遇着这样的胃口,俄国是不够吃三年的,但是,要活下去的却不只你一个,你懂得吗?况且帐上的三百八十名口,是多出来的,你看,这'事前死亡者'和'自杀者'的两项——就分明是多出来的!这贼骨头,不是连不能上帐的,也都开进去了吗?……"

"大人!"阿仑提分辩说,"但是,这是因为卑职使他们不想活下去了的缘故呵。"

"但是,这样的也要算七卢布一个吗?还有呢,恐怕连毫不相干的人,也不知道有多少填在这里面呢!本市全部的居民,是有一万二千名口的——不行,小子,我要送你到法院去!"

果然,对于菲戈人的行动,施行了最严密的调查。他的犯了九百十六卢布的侵吞公款罪,竟被发觉了。

阿仑提被公正的审判所判决,宣告他应做三个月的苦工,那地位,是没有了。总而言之——菲戈人要吃三个月苦。

迎合上司的意思——这也是难得很的。

## 十

有一个好人,在仔仔细细的想着他应该做什么。

终于决了心——

"不要再用暴力来反抗恶罢,还是用忍耐来把恶征服!"

他并不是一个没有个性的人,所以决了心之后,就坐着忍耐了起来。

然而,侦探伊额蒙这一派一知道,却就去报告去了——

"看管区内居民某,忽开始其不动之姿势与无言之行动。此显系欲使己身如无，以图欺诳上司也。"

伊额蒙勃然大怒道——

"什么？没有谁呀？没有上司吗！带他来！"

带来了之后，他又命令道——

"搜身！"

检查过身体。值钱的东西都被没收了，就是，表和纯金的结婚戒指被拿去了，镶在牙上的金被挖去了，还有，新的裤带也被解掉，连扣子都摘去了，这才报告说——

"搜过了。伊额蒙！"

"唔，什么——什么也没有了吗？"

"什么也没有了，连不相干的东西也统统拿掉了！"

"但是，脑袋里面呢？"

"脑袋里面好像也并没有什么似的。"

"带进来！"

居民走到伊额蒙的面前来，他用两只手按着裤子，伊额蒙一看见，却当作这是他对于生命的一切变故的准备了。但为了要引起痛苦的感情来，还是威猛的大声说——

"喂，居民，来了？！"

那居民就驯良的禀告道——

"全体都在治下了。"

"你是怎么了的呀，唔？"

"伊额蒙，我全没有什么！我不过要用忍耐来征服……"

伊额蒙的头发都竖了起来，发吼道——

"又来？又说征服吗？"

"但这是说把恶……"

"住口！"

"但这并不是指您的……"

伊额蒙不相信——

"不指我？那么指谁？"

"是指自己！"

伊额蒙吃了一惊——

"且慢，恶这东西，究竟是在那里的呀？"

"就在于抗恶！"

"是朦混<sup>25</sup>罢？"

"真的，可以起誓……"

伊额蒙觉得自己流出冷汗来。

"这是怎么的呢？"他看定着居民，想了一通之后，问道——

"你要什么呀？"

"什么也不要？"

"为什么什么也不要！"

"什么也不要！只请您许可我以身作则，教导人民。"

伊额蒙又咬着胡子，思索起来了。他是有空想的心的，还爱洗蒸汽浴，但是淫荡的地阿唷阿唷的叫喊，大体是偏于总在追求生活的欢乐这一面的。并且不能容忍反抗和刚愎，对于这些，时常讲求着将硬汉的骨头变成稀粥那样的软化法。但在追求欢乐和软化居民的余暇，却喜欢幻想全世界的和平和救济我们的灵魂。

他在凝视着居民，而且在诧异。

"一直先前就这样的？是罢！"

于是他成了柔和的心情，叹息着问道——

"什么又使你成了这样的呢，唔？"

那居民回答说——

---

25　现代汉语常用"蒙混"。——编者注

"是进化……"

"不错，朋友，那是我们的生命呵！有各色各样的……一切事物，都有缺陷，摇摆着身子，但躺起来，那一边向下好呢，我们不知道……不能挑选，是的……"

伊额蒙又叹息了。他也是人，也爱祖国，靠着它过活。各种危险的思想，使伊额蒙动摇了——

"将人民看作柔和的、驯良的东西，那是很愉快的——的的确确！但是，如果大家都停止了反抗，不是也省掉了晒太阳和旅行费吗？不，居民都死完，是不至于的，——在朦混呀，这匪徒！还得研究他一下。做什么用呢？做宣传员？脸的表情太散漫，无论用什么假面具，也遮不住这没表情，而且他的说话又不清楚。做绞刑吏，怎么样呢？力量不够……"

到底想了出来了，他向办公人员说——

"带这好运道的人，做第三救火队的马房扫除人去罢！"

他入了队，但是不屈不挠的扫除着马房。这对于工作的坚忍，伊额蒙看得感动了，他的心里发生了对这居民的相信。

"假使一切事情，都是这模样呢？"

经过了暂时的试验之后，就使他接近自己的身边，叫他来誊清随便做成的银钱的收支报告，居民誊清了，一声也不响。

伊额蒙越加佩服了，几乎要流泪。

"哈哈，这个人，虽然会看书写字，却也有用的。"

他叫居民到自己面前来，说道——

"相信你了！到外面讲你的真理去罢，但是，要眼观四向呀！"

居民就巡游着市场，市集，以及大大小小的都会，到处高声的扬言道——

"你们在做些什么呀？"

人们看见了不得不信的异乎寻常的温情的人格，于是走近他去，招供出自己的罪恶来，有些人竟还发表了秘藏的空想——有一个说，他想偷，却不受罚；第二个说，他想巧妙的诬陷人；第三个说，他想设法讲谁的坏话。

要而言之，无论谁，都——恰如向来的俄罗斯人一样——希望着逃避对于人生的所有的本分，忘却对于人生的一切的责任。

他对这些人们说——

"你们放弃一切罢！有人说过：'一切存在，无非苦恼，人因欲望，遂成苦恼，故欲断绝苦恼，必须消灭欲望。'所以，停止欲望罢，那么，一切苦恼，就自然而然的消除了——真的！"

人们当然是高兴的，因为这是真实，而且简单。他们即刻躺在自己站着的地方。安稳了。也幽静了……

这之后，虽然程度有些参差，但总而言之，四围却非常平静，静到使伊额蒙觉得凄惨了，但他还虚张着声势——

"这些匪徒们，在装腔呀！"

只有一些昆虫，仍在遂行着自己的天职，那行为，渐渐的放肆起来了，也非常繁殖起来了。

"但是，这是怎样的肃静呵！"伊额蒙缩了身子，各处搔着痒，一面想。

他从居民里面，叫出忠勤的仆人来——

"喂，虫豸们在搅扰我，来帮一下罢。"

但那人回答他道——

"这是不能的。"

"什么？"

"无论如何，是不能的。虽说虫豸们在搅扰，但还是因为您是活人的缘故呀，但是……"

"那么，我就要叫你变死尸了！"

"随您的便。"

无论什么事，全是这样子。谁都只说是"随您的便"。他命令人执行自己的意志，就得到极利害的伤心。伊额蒙的衙门破落了，满是老鼠，乱咬着公文，中了毒死掉。伊额蒙自己也陷入更深的无聊中，躺在沙发上，幻想着过去——那时是过得很好的！告示一出，居民们就有各种反对的行为，有谁该处死刑，就必得有给吃东西的法律！倘在较远的地方，居民想有什么举动，是一定应该前去禁止的，于是有旅费！一得到"卑职所管区域内的居民已经全灭"的报告，还得给与奖赏和新的移民！

伊额蒙耽着过去的幻想，但邻近的别的人种的各国里，却像先前一样，照着自己的老规矩在过活，那些居民，在各处地方，用各种东西，彼此在吵架，他们里面，喧闹和杂乱和各种的骚扰，是不断的，然而谁也不介意，因为对于他们，这是有益的，而且也还有趣的。

伊额蒙忽然想到了——

"唔！居民们在朦蔽<sup>26</sup>我！"

他跳起来，在本国里跑了一转，推着大家，摇着大家，命令道——

"起来，醒来，站起来！"

毫无用处！

他抓住他们的衣领，然而衣领烂掉了，抓不住。

"猪猡！"伊额蒙满心不安帖，叫道，"你们究竟怎么了呀？看看邻国的人们罢！……哪，连那中国尚且……"

居民们紧贴着地面，一声也不响。

---

26　现代汉语常用"蒙蔽"。——编者注

"唉，上帝呵！"伊额蒙伤心起来了，"这怎么办才好呢？"

他来用欺骗，他弯腰到先前那一个居民的面前，在耳朵边悄悄的说道——

"喂，你！祖国正遭着危难哩，我起誓，真的，你瞧，我画十字，完全真的，正尝着深切的危难哩！起来罢，非抵抗不可……无论怎样的自由行动都许可的……喂，怎么样？"

然而已经朽腐了的那居民，却只低声说——

"我的祖国，在上帝里……"

别的那些是恰如死人一样，一声也不响。

"该死的运命论者们！"伊额蒙绝望的叫道，"起来罢！怎样的抵抗都许可的……"

只有一个曾是爽直而爱吵架的人，微微的欠起一点身子，向周围看了一看——

"但是，抵抗什么呢？什么也没有呀……"

"是的，还有虫豸……"

"对于那虫豸，我们是惯了的！"

伊额蒙的理性，完全混乱了。他站在自己的土地的中央，提高了蛮声，大叫道——

"什么都许可了，我的爸爸们！救救我！实行罢！什么都许可了！大家互相咬起来呀！"

寂静，以及舒服的休息。

伊额蒙想：什么都完结了！他哭了起来。他拔着给热泪弄湿了的自己的头发，恳求道——

"居民们！敬爱的人们！要怎么办才好呢，现在，莫非叫我自己去革命吗？你们好好的想想罢，想一想历史上是必要的，民族上是难逃的事情……我一个，是不能革命的，我这里，连可用的警察也没有了，都给虫豸吃掉了……"

然而他们单是眨眨眼。就是用树尖来刺，大约也未必开口的！

就这样，大家都不声不响的死掉了，失了力量的伊额蒙，也跟着他们死掉了。

因为是这模样，所以虽在忍耐的里面，也一定应该有中庸。

# 十一

居民里面最聪明的人们，对于这些一切，到底也想了起来了——

"这是怎么的呀？看来看去，都只有十六个！"

费尽了思量之后，于是决定道——

"这都因为我们这里没有人才的缘故。我们是必须设立一种完全超然的，居一切之上，在一切之前的中央思索机关的，恰如走在绵羊们前面的公山羊一样……"

有谁反对了——

"朋友们，但是，许多中心人物，我们不是已经够受了吗？"

不以为然。

"那一定是带着俗务的政治那样的东西罢？"

先前的那人也不弱——

"是的，没有政治，怎么办呢，况且这是到处都有的！我自然也在这么想——牢监满起来了，徒刑囚监狱也已经塞得一动都不能动，所以扩张权利，是必要的……"

但人们给他注意道——

"老爷，这是意德沃罗基呀，早是应该抛弃的时候了！必要的是新的人，别的什么也不要……"

于是立刻遵照了圣师的遗训里所教的方法，开手来创造人。把口水吐在地上，捏起来，拌起来，弄得泥土一下就糟到耳朵边。然而结果简直不成话。为了那惴惴然的热心，竟把地上的一切好花踏烂，连有用的蔬菜也灭绝了。他们虽然使着劲，流着汗，要弄下去，但——因为没本领，所以除了互相责备和胡说八道以外，一无所得。他们的热心终于使上苍发了怒——起旋风，动大雷，酷热炙着给狂雨打湿了的地面，空气里充满了闷人的臭味——喘不了气！

但是，时光一久，和上苍的纠纷一消散，看哪，神的世界里，竟出现了新的人！

谁都大欢喜，然而——唉唉，这暂时的欢喜，一下子就变成可怜的窘急了。

为什么呢？因为农民的世界里一有新人物发生，他就忽然化为精明的商人，开手来工作，零售故国，四十五戈贝克起码，到后来，就全盘卖掉了，连生物和一切思索机关都在内。

在商人的世界里，造出新人来——他就是生成的堕落汉，或者有官气的。在贵族的领地里——是像先前一样，想挤净国家全部收入的人物在抽芽；平民和中流人们的土地上呢，是像各式各样的野蓟似的，生着煽动家、虚无主义者、退婴家之类。

"但是，这样的东西，我们的国度里是早就太多了的！"聪明的人们彼此谈论着，真的思索起来了——

"我们承认，在创造技术上，有一种错误。但究竟是怎样的错误呢？"

在坐着想，四面都是烂泥，跳上来像是海里的波浪一样，唉唉，好不怕人！

他们这样的辩论着——

"喂，舍列台莱·拉甫罗维支，你口水太常吐，也太乱吐了……"

"但是，尼可尔生·卢启文，你吐口水的勇气可还不够哩……"

新生出来的虚无主义者们，却个个以华西加·蒲思拉耶夫[27]自居。蔑视一切，嚷叫道——

"喂，你们，菜叶儿们！好好的干呀，但我们，……来帮你们的到处吐口水……"

于是吐口水，吐口水……

全盘的忧郁，相互的愤恨，还有烂泥。

这时候，夏谟林中学的二年级生米佳·科罗替式庚逃学出来，经过这里了，他是有名的外国邮票搜集家，绰号叫作"钢指甲"。他走过来，忽然看见许多人坐在水洼里，吐下口水去，并且还好像正在深思着什么事。

"年纪不小了，却这么脏！"少年原是不客气的，米佳就这么想。

他凝视了他们，看可有教育界的分子在里面，但是看不出，于是问道——

"叔父们，为什么都浸在水洼里的呀？"

居民中的一个生了气，开始辩论了——

"为什么这是水洼！这是象征着历史前的太古的深池的！"

"但你们在做什么呢？"

"在要创造新的人！因为你似的东西，我们看厌了……"

米佳觉得有趣。

"那么，造得像谁呢？"

"这是什么话？我们要造无可比拟的……走你的罢！"

米佳是一个还不能献身于宇宙的神秘之中的少年，自然很高兴有这机会，可以参与这样的重要事业，于是直爽的劝道——

---

27　符拉迪弥尔大公时代的英雄。——译者

"创造三只脚的罢！"

"为什么呢？"

"他跑起来，样子一定是很滑稽的……"

"走罢，小家伙！"

"要不然，有翅子的怎么样？这很好！造有翅子的罢！那么，就像《格兰特船长的孩子们》里面的老雕一样，他会把教师们抓去。书上面说，老雕抓去的并不是教师，但如果是教师，那就更好了……"

"小子！你连有害的话都说出来了！想想日课前后的祷告罢……"

但米佳是喜欢幻想的少年，渐渐的热中了起来——

"教师上学校去。从背后紧紧的抓住了他的领头，飞上空中的什么地方去了。什么地方呢，那都一样！教师只是蹬着两只脚，教科书就这样的落下来。这样的教科书，就永远寻不着……"

"小子！要尊敬你的长辈！"

"教师就在上面叫他的老婆——别了，我像伊里亚和遏诺克一样，升天了；老婆那一面，却跪在大路中间，哭哩哭哩，我的当家人呀，教导人呀！……"

他们对这少年发了怒。

"滚开！这种胡说八道，没有你，也有人会说的，你还太早呢！"

于是把他赶走了。米佳逃了几步，就停下来想，询问道——

"你们真的在做么？"

"当然……"

"但是做不顺手吗？"

他们烦闷地叹着气，说——

"唔，是的。不要来妨害，走罢——"

米佳就又走远了一些，伸伸舌头，使他们生气。

"我知道为什么不顺手！"

他们来追少年了，他就逃，但他们是熟练了驿站的飞脚的人物，追到了，立刻拔头发。

"吓，你……为什么得罪长辈的？……"

米佳哭着恳求说——

"叔父们……我送你们苏丹的邮票……我有临本的……还送你们小刀……"

但他们吓唬着，好像校长先生一样。

"叔父们！真的，我从此不再捣乱了。但我实在也看出了为什么造不成新的人……"

"说出来……"

"稍稍松一点……"

放松了，但还是捏住着两只手。少年对他们说道——

"叔父们！土地不像先前了！土地不中用了，真的，无论你们怎样吐口水，也什么都做不出来了！先前，上帝照着自己的模样，创造亚当的时候，所谓土地，不是全不为谁所有的吗？但现在却都成了谁的东西。哪，所以，人也永远是谁的所有了……这问题，和口水是毫无关系的……"

这事情使他们茫然自失，至于将捏住的两只手放开。米佳趁势逃走了。逃脱了他们之后，把拳头当着自己的嘴，骂着——

"这发红的科曼提人！伊罗可伊人！"

然而他们又一致走进水洼里，坐了下来，他们中间的最聪明的一个说——

"诸位同事，自做我们的事罢！要忘记了那少年，因为他一定是化了装的社会主义者……"

唉唉，米佳，可爱的人！

# 十二

有叫作伊凡涅支的一族，是奇怪之极的人民！无论遭了什么事，都不会惊骇！

他们生活在全不依照自然法则的"轻妄"的狭窄的包围中。

"轻妄"对于他们，做尽了自己的随意想到的事，随手做去的事，……从伊凡涅支族，剥了七张皮，于是严厉的问道——

"第八张皮在那里？"

伊凡涅支人毫不吃惊，爽利地回答"轻妄"道——

"还没有发育哩，大人，请您稍稍的等一下……"

"轻妄"一面焦急地等候着第八张皮的发生，一面用信札，用口头，向邻族自负道——

"我们这里的人民，对于服从，是很当心的。你就是逞心纵意的做，一点也不吃惊！比起来，真不像足下那边的……那样……"

伊凡涅支族的生活，是这样的——做着一点事，纳着捐，送些万不可省的贿赂，在这样的事情的余暇，就静悄悄的，大家彼此鸣一点不平——

"难呵，兄弟！"

有点聪明的人们却预言道——

"怕还要难起来哩！"

他们里面的谁，有时也跟着加添几句话。他们是尊敬这样的人物的，说道——

"他在 i 字头上加了点了！"

伊凡涅支族租了一所带有花园的大屋子，在这屋子里，收留着每天练习讲演，在 i 字头上加着点的特别的人们。

这里面大约聚集了四百个人，其中的四个，苍蝇似的，开手来加点了，加的只是因为警官好奇，给了许可的点，他们于是向全世界夸口道——

"看我们堂堂皇皇的创造出历史来！"

但从警官看起来，他们的事业却好像是寻开心，他们还没有在别的字上加点，就斩钉截铁的通知他们说——

"不要弄坏字母了，大家都回家去！"

把他们赶散了，但他们并不吃惊，彼此互相安慰道——

"不要紧的，"他们说，"我们要写上历史去，使这种有失体面的事情，全都成为他们的污点！"

于是伊凡涅支族在自己的家里，一回两三个，秘密的聚起来，仍然毫不吃惊的，彼此悄悄的说道——

"从我们的选拔出来的同人们里，又给人把辩才夺去了！"

莽撞的、粗暴的人们，就互相告语说——

"在'轻妄'那里，是没有什么法律之类的！"

伊凡涅支族大概都喜欢用古谚来安慰他自己。和"轻妄"起了暂时的不一致，他们里面的谁给关起来了，他们就静静的说出哲学来——

"多事之处勿往！"

如果他们里面的谁，高兴别人的得了灾祸呢，那就说——

"应知自己之身分[28]！"

伊凡涅支族就以这样的法子过活。过活下去，终于把一切 i 字，连最末的一个也加了点了！除此以外，他们无事可做！

"轻妄"看透了这全无用处，就命令全国，发布了极严厉的法律——

从此禁止在 i 字上加点，并且除允准者外，凡居民所使用之一

---

28　现代汉语常用"身份"。——编者注

切上，皆不得有任何附点存在，如有违犯，即处以刑法上最严峻之条项所指定之刑。

伊凡涅支族茫然自失了！做什么事好呢？

他们没有受过别样的教练，只会做一件事，然而这被禁止了！

于是两个人一班，偷偷的聚在昏暗的角落里，像逸话里面的波写呵尼亚人一样，附着耳朵，讨论了起来——

"伊凡涅支！究竟怎么办呢，假如不准的话？"

"喂——什么呀？"

"我并没有说什么，但总之……"

"没有什么也好，这够受了！没有什么呀！可是你还在说——真的！"

"唔，说我在怎么？我什么也不呀！"

除此以外，他们是什么话也不会说的了！

# 十三

国度的这一面，住着苦什密支族，那一边呢，住着卢启支族，其间有一条河。

这国度，是局促的地方，人民是贪心的，又很嫉妒，因此人民之间，就为了各种无聊事吵起架来，——只要有一点什么不如意事，立刻嚷嚷的相打。

拼命相咬，各决输赢，于是来计算那得失。一说到计算，可是多么奇特呀？！莽撞的胡乱的斗了的人，利益是很少的——

苦什密支族议论道——

"那卢启支人一个的实价，是七戈贝克[29]，但打死他却要化一卢

---

29 一百戈贝克为一卢布，每一戈贝克，现在约合中国钱二分。——译者

布六十戈贝克，这是怎么的呀？"

卢启支族这一面也在想——

"估起来，一个活的苦什密支人是两戈贝克也不值的，但打死他，却化到九十戈贝克了！"

"什么缘故呢？"

于是怀着恐怖心，大家这样的决定了——

"有添造兵器的必要，那么，仗就打得快，杀人的价钱也会便宜。"

他们那里的商人们，就撑开钱袋，大叫道——

"诸君！救祖国呀！祖国的价值是贵的呵！"

准备下无数的兵器，挑选了适宜的时期，彼此都要把别人赶出大家有份的世界去！战斗了，战斗了，决定输赢了，掠夺了，于是又来计算那得失——多么迷人呢！

"但是，"苦什密支族说，"好像我们这面还有什么不合式！先前是用一卢布六十戈贝克做掉卢启支人的，现在却每杀一个，要化到十六卢布了！"

他们没有元气了！卢启支族那一面呢，也不快活。

"弄不好！如果战争这样贵，也许还是停止了的好罢！"

然而他们是强硬的人，就下了这样的决心——

"兄弟！要使决死战的技术，比先前更加发达起来！"

他们那里的商人们，就撑开钱袋，大吼道——

"诸君！祖国危险哩！"

而自己呢，却悄悄的飞涨了草鞋的定价。

卢启支族和苦什密支族，都使决死战的技术发达了，决定输赢了，掠夺了，计算得失了——竟是伤心得很！

活人原是一文也不值的，但要打死他，却愈加贵起来了！

在平时，是大家彼此鸣不平——

"这事情，是要使我们灭亡的！"卢启支人们说。

"要完全灭亡的！"苦什密支人们也同意。

但是，有谁的一只鸭错在河里一泅的时候，就又打了起来了。

他们那里的商人们，就撑开钱袋，埋怨道——

"这钞票，是只使人吃苦的！无论抓多少，总还是没有够！"

苦什密支族和卢启支族打了七年仗，没头没脑的相搏，毁坏市街，烧掉一切，连五岁的孩子们也用机关枪来打杀。那结果，有些人是只剩了草鞋，别的有些人则除了领带以外，什么也不剩，人民竟弄得只好精赤条条的走路了。

大家决定输赢了，掠夺了，计算得失了，于是彼此两面，都惘惘然了。

他们眯着眼睛，喃喃的说——

"不成！诸君，不行呀，决死战这件事，好像是我们的力量简直还不能办到似的！看罢！每杀一个苦什密支人，要化到一百卢布哩。不行，总得想一个别的方法才好。"

会议之后，他们成队的跑到河边，对面的岸上，敌人也成群的站着。

自然，他们是很小心的彼此面面相觑，仿佛是害羞。踟蹰了许多工夫，但从有一边的岸上，向着那一边的岸上说话了——

"你们，怎么了呀？"

"我们吗，没有什么呀。"

"我们是不过到河边来看看的……"

"我们也是的……"

他们站着，害羞的人在搔头皮，别的人是忧郁着在叹气。

于是又叫了起来了——

"你们这里，有外交使者吗？"

"有的呀。你们这里呢？"

"我们也有……"

"哦！"

"那么，你们呢？……"

"唔，我们是，自然没有什么的。"

"我们吗？我们也一样……"

彼此了解了，把外交使者淹在河里之后，明明白白的说出来了——

"我们来干什么的，知道吗？"

"也许知道的！"

"那么，为什么呀？"

"因为要讲和罢。"

苦什密支这一族吃了一惊。

"怎么竟会猜着的呢？"

但卢启支族这一面，微笑着说——

"唔，我们自己，也就为了这事呀！战争真太化钱[30]了。"

"哦哦，真是的！"

"即使你们是流氓，总之，还是和和气气的大家过活罢，怎么样？"

"即使你们是贼骨头，我们也赞成的！"

"兄弟似的过活罢，那么，恐怕可以俭省得多了！"

"可以俭省得多的。"

谁都高兴，给恶鬼迷住了似的人们，都舞蹈起来了，跳起来了，烧起篝火来了。抱住对方的姑娘，使她乏了力，还偷对方的马匹，互相拥抱，大家都叫喊道——

"哪，兄弟们，这多么好呀？即使你们是……譬如……"

---

30 现代汉语常用"花钱"。——编者注

于是苦什密支族回答说——

"同胞们！我们是一心同体的。即使你们，自然，即使是那个……也不要紧的！"

从这时候起，苦什密支族和卢启支族就平静地、安稳地过活了，完全放弃了武备，彼此都轻松地、平民地，互相偷东西。

然而，那些商人们，却仍然照了上帝的规矩生活着。

# 十四

驯良而执拗的凡尼加，缩着身子，睡在只有屋顶的堆房里，是拼命的做了事情之后，休息在那里的。有一个贵族跑来了，叫道——

"凡尼加，起来罢！"

"为什么呢？"

"救墨斯科去呀！"

"墨斯科怎么了？"

"波兰人在那里放肆得很！"

"这无赖汉……"

凡尼加出去了，救着的时候，恶魔波罗忒涅珂夫吆喝他道——

"昏蛋，你为什么来替贵族白费气力的！去想一想罢。"

"想吗，我一向没有习惯，圣修道神甫会替我好好的想的。"凡尼加说。他救了墨斯科，回来一看，屋顶没有了。

他叹一口气——

"好利害的偷儿！"

因为想做好梦，把右侧向下，躺着，一睡就是二百年，但忽然间，上司跑来了——

"凡尼加，起来罢！"

"为什么呢?"

"救俄罗斯去呀!"

"谁把俄罗斯?"

"十二条舌头的蟠那巴拉忒呀!"

"哼,给它看点颜色……要它的命!"

前去救着的时候,恶魔蟠那巴拉忒悄悄的对他说——

"凡涅,你为什么要给老爷们出力呢,凡纽式加,你不是已经到了应该脱出奴隶似的职务的时候了吗!"

"他们自己会来解放的。"凡尼加说。于是把俄罗斯救出了。回了家,骤然一看,家里没有屋顶!

他叹一口气——

"狗子们,都偷走了!"

跑到老爷那里去,问道——

"这是怎么的,救了俄罗斯,却什么也不给我一点吗?"

"如果你想要,就给你一顿鞭子罢?"

"不不,不要了!多谢你老。"

这之后,又睡了一百年,做着好的梦。但是,没有吃的。有钱,就喝酒,没有钱,就想——

"唉唉,喝喝酒,多么好呢!"

哨兵跑来了,叫道——

"凡尼加,起来罢!"

"又有什么事了?"

"救欧罗巴去呀!"

"它怎么了?"

"德国人在侮辱它哩!"

"但是,他们为什么谁也不放心谁呢?再静一些的过活,岂不是好……"

他跑出去,开手施救了。然而德国人却撕去了他的一条腿。凡尼加成了独脚,回家来看时,孩子们饿死了,女人呢,在给邻家汲水。

"这可怪哩!"凡尼加吃了一惊,于是举起手来,要去搔搔后脑壳,但是,在他那里,却并没有头!

# 十五

古时候,也很有名的夏谟林市里,有一个叫作米开式加的侏儒。他不能像样的过活,只活在污秽和穷苦和衰弱里。他的周围流着不洁,各种妖魔都来戏弄他,但他是一个顽固的没有决断力的懒人,所以头发也不梳,身子也不洗,生着蓬蓬松松的乱发,他向上帝诉说道——

"主呵,主呵!我的生活是多么丑,多么脏呵!连猪也在冷笑我,主呵,您忘记了我了!"

他诉说过,畅畅快快的哭了一通,躺下了,他幻想着——

"妖魔也不要紧,只要给我一点什么小改革,就好了,为了我的驯良和穷苦!给我能够洗一下身子,弄得漂亮些……"

然而妖魔却更加戏弄他了。在未到"吉日良辰"之前,总把实行自然的法则延期,对于米开式加,每天就总给他下面那样之类的简短的指令——

"应沉默,有违反本令者,子孙七代,俱受行政上之扑灭处分。"

或者是——

"应诚心爱戴上司,有不遵本令者,处以极刑。"

米开式加读着指令,向周围看了一转,忽然记得了起来的是夏谟林市守着沉默,特力摩服市在爱上司,在服尔戈洛,是居民彼此偷着别人的草鞋。

米开式加呻吟了——

"唉唉！这又是什么生活呢？出点什么事才好……"

忽然间一个兵丁跑来了。

谁都知道，兵爷是什么都不怕的。他把妖魔赶散了，还推在暗的堆房和深的井里，赶在河的冰洞里。他把手伸进自己的怀中，拉出约莫一百万卢布来，而且——毫不可惜地递给米开式加了——

"喂，拿去，穷人，到混堂里去洗一个澡，整整身样，做一个人罢，已经是时候了！"

兵丁交出过一百万卢布，就做自己的工作去了，简直好像没事似的！

请读者不要忘记这是童话。

米开式加两只手里捏着一百万卢布，剩下着，——他做什么事好呢。从一直先前起，他就遵照指令，什么事情都不做了的，只还会一件事——鸣不平。但也到市场的衣料店里去，买了做衬衫的红布来，又买了裤料。把新衣服穿在脏皮肤上，无昼无夜，无年无节，在市上彷徨。摆架子，说大话。帽子是歪斜的，脑子也一样。"咱们吗，"他说，"要干，是早就成功了的，不过不高兴干。咱们夏谟林市民，是大国民呀。从咱们看起来，妖魔之类，是还没有跳蚤那么可怕的，但如果要怕，那也就不一定。"

米开式加玩了一礼拜，玩了一个月，唱完了所有记得的歌。

"永远的记忆"和"使长眠者和众圣一同安息罢"也都唱过了，他厌倦了庆祝，不过也不愿意作工。从不惯变了无聊。不知怎的，一切都没有意思，一切都不像先前。没有警官，上司也不是真货色，是各处的杂凑，谁也不足惧，这是不好的、异样的。

米开式加喃喃自语道——

"以前，妖魔在着的时候，秩序好得多了。路上是定时打扫的，十字街口都站着正式的警察，步行或是坐车到什么地方去，他们就命令道，'右边走呀！'但现在呢，要走那里就走那里，谁也不说一句什么话。这样子，也许会走到路的尽头的……是的，已经有人走到着哩……"

米开式加渐渐的无聊了起来，嫌恶的意思越加利害了。他凝视着一百万卢布，自己愤恨着自己——

"给我，一百万卢布算什么？别人还要多呢！如果一下子给我十万万，倒也罢了……现在不是只有一百万吗？哼，一百万卢布，叫我怎么用法？现在是鸡儿也在当老雕用。所以一只鸡也要卖十六个卢布！我这里，统统就只是一百万卢布呀……"

米开式加发见了老例的不平的原因，就很高兴，于是一面在肮脏的路上走，一面叫喊道——

"给我十万万呀！我什么也干不来！这算是什么生活呢！街路也不扫，警察也没有，到处乱七八糟的。给我十万万罢，要不然，我不高兴活了！"

有了年纪的土拨鼠从地里爬出来，对米开式加说——

"呆子，嚷什么呀？在托谁呢？喂，不是在托自己吗！"

但米开式加仍旧说着他的话——

"我要用十万万！路没有扫，火柴涨价了，没有秩序……"

到这里，童话是并没有完的，不过后文还没有经过检阅。

# 十六

有一个女人——姑且叫作玛德里娜罢——为了不相干的叔子——姑且说是为了尼启太罢——和他的亲戚以及许多各种的雇

工们在做活。

她是不舒服的。叔子尼启太一点也不管她，但对着邻居，却在说大话——

"玛德里娜是喜欢我的，我有想到的事情，都叫她做的。好像马，是模范的驯良的动物……"

但尼启太的不要脸的烂醉的雇工们，对于玛德里娜，却欺侮她，赶她，打她，或者是骂骂她当作消遣。然而嘴里还是这么说——

"喂，我们的姑娘玛德里娜！有时简直是可怜的人儿哪！"

虽然用言语垂怜，实际上却总是不断的虐待和抢夺。

这样的有害的人们之外，也还有许多无益的人们，同情着玛德里娜的善于忍耐，把她团团围住。他们从第三者的地位上来观察她，佩服了——

"吃了许多苦头的我们的穷娃儿！"

有些人则感激得叫喊道——

"你，"他们说，"是连尺也不能量的，你就是这么伟大！用知识，"他们说，"是不能懂得你的，只好信仰你！"

玛德里娜恰如母熊一样，从这时代到那时代，每天做着各种的工作，然而全都没意思，——无论做成了多少，男的雇工就统统霸去了。在周围的，是醉汉，女人，放肆，还有一切的污秽——不能呼吸。

她这样地过着活。工作，睡觉。也趁了极少的闲空，烦恼着自己的事——

"唉唉！大家都喜欢我的，都可怜我的，但没有真实的男人！如果来了一个真实的人，用那强壮的臂膊抱了我，尽全力爱着我，我真不知道要给他生些怎样的孩子哩，真的！"

而且哭着了，这之外，什么也不会！

铁匠跑到她这里来了。但玛德里娜并不喜欢他，他显着不大可靠的模样，全身都粗陋，性格是野的，而且说着难懂的话，简直好像在夸口——

"玛德里娜，"他说，"你只有靠着和我的理想的结合，这才能够达到文化的其次的阶段的……"

她回答他道——

"你在说什么呀！我连你的话也不懂，况且我很有钱，你似的人，看不上眼的！"

就这样的过着活。大家都以为她可怜，她也觉得自己可怜，这里面，什么意思也没有。

勇士突然出现了。他到来，赶走了叔子尼启太和雇工们，向玛德里娜宣言道——

"从此以后，你完全自由了。我是你的救主，就如旧铜圆上的胜利者乔治似的！"

但铁匠也声明道——

"我也是救主！"

"这是因为他嫉妒的缘故，"玛德里娜想，但口头却是这么说——

"自然，你也是的！"

他们三个，就在愉快的满足里，过起活来了。天天好像婚礼或是葬礼一样，天天喊着万岁。叔子的雇工穆开，觉得自己是共和主义者了，万岁！耶尔忒罗夫斯克和那仑弄在一起，宣言了自己是合众国，也万岁。

约莫有两个月，他们和睦地生活着。恰如果酒勺子里的蝇子一样，只浸在欢喜中。

但是，突然间——在圣露西，事情的变化总是很快的，勇士忽而厌倦了！

他对着玛德里娜坐下，问她道——

"救了你的，究竟是谁呀？我吗？"

"哦哦，自然是可爱的你呵！"

"是吗！"

"那么我呢？"铁匠说。

"你也是……"

稍停了一会，勇士又追问道——

"谁救了你的呢——我罢未必不是罢？"

"唉唉！"玛德里娜说，"是你，确是你，就是这你呀！"

"好，记着！"

"那么，我呢？"铁匠问。

"唔唔，你也是……你们两个一起……"

"两个一起？"勇士翘着胡子，说，"哼……我不知道……"

于是每时讯问起玛德里娜来——

"我救了你没有？"

而且越来越严紧了——

"我是你的救主呢，还是别的谁呢？"

玛德里娜看见——铁匠哭丧着脸，退在一旁，做着自己的工作。偷儿们在偷东西，商人们在做买卖，什么事都像先前，叔子时候一样，但勇士却依然每天骂詈着、追问着——

"我究竟是你的什么人呢？"

打耳刮，拔头发！

玛德里娜和他接吻，称赞他，用殷勤的话对他说——

"您是我的可爱的意大利的加里波的呀，您是我的英吉利的克灵威尔，法兰西的拿破仑呀！"

但她自己，一到夜里，却就暗暗的哭——

“上帝呵，上帝呵！我真以为有什么事情要起来了，但这事，却竟成了这模样了！”

···········

请不要忘记了这是童话。

# 药用植物

［日］刘米达夫

# 总说

　　植物的成分，也有在一种的植物里，平匀[1]分布于各器官的，但特殊的成分，在或一器官中，特别蓄积得多者，也颇不少。例如蓖麻（*Ricinus communis* L.）的茎叶里，几乎不含脂肪油，而种子却含有脂肪油即蓖麻子油约 50%，又如罂粟（*Papaver somniferum* L.）的药用成分的植物硷质，因为多在乳管内的乳液中，所以以全草而言植物硷质的含量，不过 0.1% 内外，但采取乳液，使之干燥，则可得盐基物的含量达到 10%~25% 者（是名阿片[2]）。为了入药，将这样的药用植物，采集调制其富于药用成分之器官或分泌物者，谓之生药（vegetable drugs；Pflanzendrogen）。英语的 drug，德语的 Drogen，现在成了指一切药（生药与合成药）的意思的言语了，然而和 dry（英），trocken（德）同其语源，带着"干燥"的意义的。就是，采草根树皮，而干燥之者，是药的起源。讲究鉴识生药，辨别真赝良否之学，曰生药学（pharmacognosy；Pharmakognosie —希腊语 pharmacon 药，gnome 判断），是药学（pharmacy；Pharmacie）的一分科。作为应用植物学的一分科，研究药用植物的植物学方面者，属于药用植物学（pharmaceutical botany；pharmazeutische Botanik），药用成分的研究，则为植物化学（phytochemistry；Pflanzenchemie）的领域。

## 一　药用植物的沿革

　　以植物为药，早始于人智未开的时代，是专由经验，知其药效，

---

1　现代汉语常用"平均"。——编者注
2　现代汉语常用"鸦片"。——编者注

因而流传的，至于近世，加以实验和学理，遂有今日的发达。从那应用的形式而言，最初是将生药制为粉末，取以内服，或者至多是用水煎煮，取而饮之罢了。二世纪顷，罗马的医师盖伦（Galenus）始用酒精浸渍生药，以作丁几（tincture；Tinktur），或蒸发其水浸液，作越几斯（extract；Extrakt），要之，是发明了除去生药中的纤维等类无用的部分，浓缩其有效成分，以供药用了。这是药学上非常的进步，而更上一层的进步，则在一八〇四年，成于德国的药剂师舍调纳尔（Sertürner）的。那就是将生药中的有效成分本身，纯粹分离开来，以供药用，他始从阿片抽出其麻醉性有效成分，成为纯粹的结晶，而名之曰吗啡。为此事所刺戟，一八〇九年则从规那皮得规宁，一八二一年从茶叶得咖啡英[3]，就这样地顺次发见了药用植物的有效成分，到了现在，大抵的重要药用植物的有效成分，都已明白了。不消说，生药的药效，是和有效成分含量的高低成比例的，然而成分的含量，并非常常一定，例如阿片中吗啡含量，据向来的记录是从 1% 以下起，最高至 24%。所知的规那皮中的规宁含量，也从 1% 以下起，最高至 14%。所以使用生药，药效是不定的，但作为精制的成分，以供药用，则有使药效一定的利益，而且便于使用，故在近年，精制药极其全盛。但在别一面，又如后文所述，使用生药那样的粗制药，却也有特殊的意义，所以在最近，又有些从精制药时代复归于生药时代的倾向了。

以上是略述了现代医药的变迁的，但在日本及中国，则别有古昔以来，到了特殊的发达的汉方医法在。这在今日，是非常衰微了，但所用的所谓和汉药，则现在尚以卖药的形式，盛行应用。汉方的起原[4]在中国，允恭天皇之世（西纪四一四年），这才传入日本，

3 现代汉语常用"咖啡因"。——编者注
4 现代汉语常用"起源"。——编者注

那始祖，是君临远古的中国的神农（西纪前约三千年），相传自尝百草，知其药效，教庶民以疗病之道。梁武帝（西纪五〇二至五四九年）之世，陶弘景著《神农本草经》，始详述了汉药。此后有许多本草书出世，但流传至今而最著名者，是西纪一五九六年，即明的李时珍所著的《本草纲目》。

## 二 药用植物的种类

将药用植物，依其用途而加以大别，大概可分类为下列的三种：

A. 医药

B. 汉方药

C. 民间药

A 是用于现代的医术的医药，许多是收载在日本药局方里的。其未经收载者，也作为新药，在被应用。

B 是用于汉方医术的药，在现下，汉方衰微了，而卖药之内，汉方药还很多，那消费量也很大。在日本，卖药的年产额为二亿圆内外，其中约五成是用汉方药的。近年由药学及医学两方面，汉方药之研究非常盛行，从汉方药中陆续发见有价值的医药，为现代的医术所采用者，也已经不少。所以 A 与 B 的区别，渐次有了撤废的可能性了。

C 是包含着自古相传，俗间用以为药的植物的，然而凡所谓药，几乎全是靠了俗间的经验，这才知道药效的，所以 C 和 A 以及和 B 之间，也难于加以划然的区别。在这里，所取的意义，是民间所用的药草中，那药效成分等，未经学术底研究的东西。

# 主要药用植物

## 一 管精有胚植物部 Embryophyta Siphonogama

◆被子植物亚部 Angiospermae

◆双子叶门 Dicotyledoneae

◆后生花被亚门 Metachlamydeae

◆菊科 Compositae

希那 *Artemisia cina* Berg. 灌木状的多年草，自生于俄国的土耳其斯坦地方的沼泽地，也被栽培。那花蕾称为希那花（santonica；Wurmsamen），即用生药或由此制造山多宁，以作蛔虫驱除药（0.05~0.1 克，一日三回）。山多宁（santonin, $C_{15}H_{18}O_3$）是无色柱状的结晶，希那花中约含 2% 内外。

这植物是俄国的特产，那栽培及山多宁的制造，是作为同国政府的专卖事业，握世界的山多宁供给的独占权，在得莫大的收益的。因此于那种子的传播海外，力加防遏，但传闻近年在德国南部，栽培已经成功。得到这种子者，日本也有几人，虽或发芽生育，然而未达成功之域。

代山多宁以作蛔虫驱除药者，近来汉药的海人草颇被使用了。但山多宁之用尚不衰。山多宁以少量而驱虫之效确实之点胜。海人草以没有副害之点胜。

苍术 *Atractylis ovata* Thunb. 多野生于各地，秋季开白色的管状花。秋季掘根而干燥之者，称为苍术，又，去其枹皮而干燥之者，称为白朮，在汉方中，为重要的健胃剂。正月的屠苏，即成于白朮、桔梗、山椒、防风、肉桂、大黄这六味，用现今的说法来说，是属于芳香性健胃剂的。苍朮含约 1.5% 的挥发油，那挥发油中的阿德拉克谛隆（Atractylon, $C_{14}H_{18}O$）[1]是含着根所特有的香气的油状物质。又俗间以为用苍朮熏蒸室内，有除湿之效，当梅雨时，衣庄至今尚颇用之于衣服的防霉。推想起来，也许是由于挥发油的杀菌的作用罢。

艾纳 *Blumea balsemifera* DC. 自生于中国的多年草，由那水蒸气蒸溜而得的挥发油的脑分，称为艾片，或艾纳香（nagicamphor），与龙脑同为汉方的高贵药，用作发汗祛痰药及线香的香料，多从中国南部输出。苏门答腊、婆罗洲等所产的龙脑（采自龙脑香科的植物 *Dryobalanops camphora* Coleb），是光学底右旋性的，艾片则相反，由左旋龙脑（*l*-Borneol）所成。[2]现今龙脑已能由樟脑的还元，廉价制造。

红花 *Carthamus tinctorius* L. 是埃及原产的多年草，采集其红黄色的管状花者，曰红花，加以压榨者，曰板红花，专从中国输入（于日本）。含有一种称为卡尔泰明（carthamin, $C_{21}H_{22}O_{10}$）[3]的，由酚性配糖体而成的色素，作为妇人病，尤其是通经药，昔时曾被重用，现在则但以供化装用或食品著色[4]用红的制造原料。红的制造，[5]先将红花浸渍水中一昼夜，溶出除去其称为萨弗罗黄（saflorgelb, $C_{24}H_{30}O_{15}$）的黄色素，次用灰汁溶出卡尔泰明，将梅醋加入这浸液中，使成酸性，用绢布滤取已经游离的卡尔泰明而干燥之。（日本）京都的红清，东京的羽根田等专门的红制造所，至今尚在大举制造。

除虫菊 *Chrysanthemum cinerariifolium* Bocc. 是南欧原产的广

---

1  高木诚司，本乡银作。《药学杂志》，五〇九，五三九（1924 年）。
2  Schimmel & Co., 1895 Apr.74.
3  黑田近子，日本药学会例会讲演（1929 年 1 月）。
4  现代汉语常用"着色"。——编者注
5  羽根田作夫，《植物研究杂志》，四，一四二（1927 年）。

行栽培于各地的多年草,初夏采集,干燥其头状花,即为除虫菊花(insect flower; Insektenblumen),以供制造驱蚤粉,除蚊香,或农业用杀虫剂之用。杀虫成分是称为披列式林第一(Pyrethrin I, $C_{21}H_{30}O_3$)及披列式林第二(Pyrethrin II, $C_{22}H_{30}O_5$)[6]的液状物质,合两种含量共约0.3%。这成分,近年已由施陶丁格(Staudinger)、虑志加(Ruzica)两人考得其化学底构造,可以用类似的物质来合成了。

除虫菊是在明治十八年(西纪一八八五年),那种子才始渡到日本的,到了经过四十余年的今日,已经达到年产额四百万圆内外,输出额六百万斤,其价格三百万圆,为药用植物输出品中占第一位的重要的东西了。在日本的栽培地,以北海道为首,广岛、冈山、香川诸县次之。红花除虫菊(*C.roseum* Web.et Mohr.)虽也有杀虫之效,但比起白花种来,则杀虫力弱,收花量少,故在日本,未尝栽培。

土木香 *Inula helenium* L. 欧洲原产的多年草,秋期采集干燥其二年至三年生的宿根,即称为土木香(elecampane; Alantwurzel),用于健胃祛痰剂。在日本,卖药中往往用之,而在欧洲也视为重要的民间药,根含多量的衣奴林(inulin)及1%~2%的挥发油,挥发油中,含有称为阿兰妥拉克敦(Alantolakton, $C_{15}H_{20}O_2$)[7]的结晶性成分。

木香 *Saussurea lappa* Clarke,(*Aucklandia Costus* Falk.)自生于印度北部的多年草,根以供芳香性健胃药,亦作熏香料,或夹衣服之间,防虫有效。

### ◆桔梗科 Campanulaceae

罗培利亚 *Lobelia inflata* L. 原是自生于北美的一年草,在日本

---

6  Staudinger, H.L.Ruzica; Helvetica Chemica Acta 7, 177; 101(1924);药志,五〇八,五一二;五一〇,六七〇(1924年)。

7  Bredt,Posth;Liebig's Annalen der Chemie 285, 349(1895)。

栽培起来，也很能生育。向来是作罗培利亚丁几，用于喘息药的，因有副害，一时几乎不用。但自数年前，威兰特[8]成功了由此纯粹地抽出罗培林（lobelin, $C_{23}H_{20}NO_2$）这一种盐基物以来，遂成为不可缺的呼吸兴奋药了。日本野生的"泽桔梗"（*L.sessilifolia* Lamb.—水葱）中，也含有罗培林。[9]

桔梗 *Platycodon grandiflorum* DC. 栽培以供观赏的本植物的根，亦为重要的生药之一。即秋期掘根而干燥之，称为桔梗根，煎服以作镇咳祛痰药（一日量五克）。较之北美所输入的绥内喀根，（见后文远志科——译者），药效有优而无劣。[10]成分称为桔梗类皂质（kikyosaponin, $C_{29}H_{48}O_{11}$）。桔梗根本是用为汉药的，但近来则以供医用。而且发卖着用这为原料的"弗拉契科丁""呼斯妥尔""埃巴宁"等的新药。

◆ **胡瓜科 Cucurbitaceae**

科罗辛忒 *Citrullus colocynthis*（L.）Schrader. 栽培于欧洲的蔓性多年草，概形类似西瓜，但甚小，果实直径三四寸，球形。干燥其果肉，则成烧麸样的粗松的东西，但用其 0.2 克即有起剧烈的下痢的作用。

倭瓜 *Cucurbita moschata* Duch.var *toonas* Makino. 与其同属的南瓜（*C.moschata* Duch.Var. *melonaeformis* Makino）一同，种子皆称南瓜仁，为绦虫驱除药之用。驱虫作用虽不及石榴根皮之确实，但并无副害之点，是其特长。用种子 30 克，加水研烂，除去种皮，空腹时服之。合众国收载于药局方中，以供医用。多食南瓜或柑橘，往往将眼球、皮肤等染成黄色，呈黄疸一样的外观。是名柑皮症（Aurantiosis,

---

8　Wieland：Berichte der deutschen chemischen Gesellschaft, 54, 1784（1921）.

9　久保田晴光，中岛清吉，尹藤亮一，《日本药物学杂志》，九，二三（1929 年）。

10　松南千寿，矶义雄，《军医团杂志》，一九四，四〇一（1929 年）。

Carotinosis）。这是因为南瓜或柑橘的称为卡罗丁（carotin，$C_{40}H_{56}$）的黄色素，一旦被人体所吸收，后从汗腺排出，将皮肤角质层的脂肪黄染了缘故。于健康是毫无害处的。[11]

栝楼 *Trichosanthes japonica* Regel.是自生于暖地的宿根性蔓草，其种子称栝楼仁，根称栝楼根，以作镇咳祛痰药。又，由根制出的淀粉，称天花粉，外用于湿疹及其他皮肤病。

## ◆败酱科 Valerianaceae

甘松香 *Nardostachys jatamansi* Royle.是自生于印度山地的多年草，其根有特异的佳香，称为甘松香，以作芳香性健胃药，也用于熏香料，尤其是线香的香料。在印度，是古来就以此为非常贵重的香料的。含有约 2%的挥发油。[12]

缬草 *Valeriana officinalis* L. var. *latifolia* Miq. 自生于山地，或被栽培的多年草，初夏时，顶生美丽的淡红色的伞形花序。根称缬草根（valerian root；Baldrianwurzel），作为镇静药，用于神经衰弱、精神不安等，而于妇人的歇斯迭里病，尤所赏用。一日量 10 克，通常作浸剂而用之。含有约 6%挥发油，那固有的臭气，则大抵由于缬草酸（Valeriansäure $C_4H_9COOH$）的酯类。

## ◆茜草科 Rubiaceae

规那 *Cinchona* spp.是南美原产的乔木，现在大抵栽培于爪哇，台湾也有移植栽培的，但很少。那树皮称规那皮（cinchona bark；

---

11　安齐真笃，《北海道医学杂志》，四，二五三（1926 年）。
12　朝比奈泰彦，药志，三〇二，三五五（1907 年）。

Chinarinde），以作健胃强壮药（一日量 5~10 克，煎剂），又由此制造盐酸规那（Chininhydrochlorid——$C_{20}H_{24}N_2O_2 \cdot HCl$），作解热药（一回量 0.5~1.0 克），而对于疟疾，尤为不可缺少的特效药。本属之中，供药用者有四五种，但作为规那皮，则用 *C.succirubra* Pav.，作为规那制造原料，则以 *C.Ledgeriana* Mocus 为宜。因为前者的规那的含量，大抵有定（3%~4%），后者的含量虽不定，然而多量（6%~14%）的缘故。现今世界的规那皮需要额的九成，皆由爪哇供给，爪哇是在一八五四年，始从南美移种的，当时哈思卡勒（Haskaal）受荷兰政府之命，入南美腹地，苦心搜集了种子和树苗，用政府所特派的军舰，运到爪哇。就靠了这样的荷兰政府的非常的努力，才得见今日的成功。

咖啡 *Coffea* spp. 本是东阿非利加的原产，现在则为热带各地所栽培，是常绿灌木，热焦其种子，以供嗜好性饮料，是大家都知道的。含有咖啡英约 2%。咖啡英（caffein，$C_8H_{10}N_4O_2$）是用作兴奋剂，强心利尿药（一日量 0.6 克）的。咖啡属之中，现今被栽培最多者，为下列的三种：*C. arabica* L.，*C. excelsa* Chev.，*C. liberica* Bull。

刚皮尔 *Ouronparia Gambir* Baill. 产于马剌加[13]海峡沿岸地方及其附近诸岛的乔木，干燥其心材的水制越几斯者，名刚皮尔阿仙药（Gambir-Catechu）。用途参照豆科（*Acacia Catechu* Willd）。

育亨培 *Pausinystalia yohimba* Pierre. 是在阿非利加的卡美隆[14]（Cameroon）、尼该利亚（Nigelia）等处，野生的乔木。同地方的土人，古来就称这树的皮为育亨培（Yohimbe），用作催淫药的。一八九六年，德国人斯茫该勒[15]始从此发见了称为育亨宾（Yohimbin，$C_{22}H_{28}N_2O_3$）的有效成分，那盐酸盐，即盐酸育亨宾，现今用于医疗上。就是，对于性欲衰弱、阴萎症等，注射一日量 0.01 克，则有使生

13　现译“马六甲”。——编者注
14　现译“喀麦隆”。——编者注
15　Spiegel：Chemiker Zeitung，1896，97.

殖部的血管，特别扩大的作用。大量是有剧毒的。[16] 非洲所产同属
植物，此外尚有 *P. Trillesii* Beille.，*P. Talbotii* Wernham.，*P. macroceras*
Pierre. 等。*P. Trillesii* Beille 也以供制药原料，和育亨培皮同。*P.
macroceras* 含有和育亨宾不同的盐基物，往往作为伪品，混和于育
亨培树皮内。[17]

吐根 *Uragoga ipecacuanha* Baill.（*Psychotria ipecacuanha* Mull.，
*Cephaelis ipecacuanha* Willd.）产于南美巴西的半灌木，根称吐
根（ipecac；Brechwurzel），用其少量（0.01~0.05 克）为祛痰药，中
量（0.2~0.5 克）为催吐药，大量有剧毒。又，由此制造盐酸蔼美丁
（Emetinhydrochlorid, $C_{29}H_{40}N_2O_4 \cdot 2HCl$），为变形虫赤痢的特效药。盐酸
蔼美丁虽在十万倍的水溶液中，也有歼灭赤痢变形虫的强有力的作用。

吐根近年虽已移植于锡兰岛或马剌加半岛，但还很微微，大量
地输出者，几乎只有巴西而已。同国的输出年额达五万启罗格兰，
三十万圆内外。

◆车前科 Plantaginaceae

车前 *Plantago major* L. var. *asiatica* DC. 种子曰车前子，全草曰
车前草，用作镇咳药，呼斯泰庚、希代英等新药，就都是用本植物
为原料的。

◆紫葳科 Bignoniaceae

木角豆 *Catalpa ovata* G. Don.（*C. kaempferi* Sieb. et Zucc.）。自

16　刘米达夫，《植物研究杂志》，三，三四（1926 年）。
17　刘米达夫，药志，四九二，一一〇（1923 年）。

生于中国及日本各地的乔木，果实称为梓实，用作利尿药（一日量七克，煎剂）。果实作线状，恰如角豆的荚的样子，所以谓之木角豆。通常也写木角豆为"梓"，但真正的梓，是产于中国的同属植物 *C. Bungei* C. A. Mey.

### ◆玄参科 Scrophulariaceae

实芰答里斯 *Digitalis purpurea* L. 是欧洲原产的多年草，初夏开美丽之紫红色钟状花，往往栽培于庭园等，以供观赏，英语为 foxgloves（狐的手套），德语为 Fingerhut（指套）。花恰作套在指上模样，故学名也出于拉丁语的 digitus（指）。其叶为最重要的医药之一，用作强心利尿剂（一日量 0.5 克，浸剂），是医疗上不可缺少的东西。有效成分是实芰笃克辛（Digitoxin, $C_{41}H_{64}O_{13}$）以及别的两三种结晶性配糖体。从叶制造班芰答尔、实芰答明、芰喀伦、实芰福林等注射药。可作强心剂的植物，本生药之外，还有斯笃罗访图斯、铃兰、福寿草等，但斯笃罗访图斯（同项参照）和实芰答里斯的成分，化学底地极为相近的事，已在近年发见了。[18]

地黄 *Rehmannia glutinosa* Libosch. var. *purpurea* Makino. 本是中国的原产，但早已传至日本，现在奈良县下，盛行栽培。初夏开紫红色的唇形花。根曰地黄，汉方以为补血强壮药，又于咯血，子宫出血时服之，云有止血之效。又将生根的榨汁，涂于创伤，以作止血药。

---

18 Windaus, A., Reverey, G. U., Schwieger, A. : Berichte der deutschen chemischen Gesellschaft, 58, 1509（1925）.

## ◆茄科 Solanaceae

颠茄 *Atropa belladonna* L. 是欧美广行栽培的多年草，但在日本，则因为产莨菪（同项参照）甚多，故未栽种。应用大抵和莨菪相同，欧美则用本植物于亚忒罗宾的制造原料。古时意大利的妇女，为要令人见得眼美，曾将水羼淡了本植物的榨汁，用以点眼云。或谓果实的榨汁作红色，故尝用于颜面的化妆。要之，belladonna（bella donna，美女之意）之名，即由此而起的。

番椒 *Capsicum annuum* L. 是热带亚美利加的原产，而日本亦广行栽植的一年草。那成熟的果实，用于烹调，以作辛味料，是人所共知的。入药则以为苛辣性健胃剂；又以作皮肤引赤剂，和于软膏中，以敷冻伤，关节痛风等。古来相传，步行雪中，当于袜中著番椒实，或云用番椒煎汁，时时浸手，可防冻伤者，即在利用其刺戟性成分的作用，使在皮肤上引赤，以散郁血，现在已有各种便当的制剂了。辛味成分曰加普赛辛（Capsaicin, $C_{18}H_{27}NO_3$），红色素曰加普山丁（Capsanthin, $C_{34}H_{48}O_3$），是加罗丁样的物质。

曼陀罗华 *Datura alba* Nees.，番曼陀罗 *D. tatula* L.，佛茄儿 *D. stramonium* L. 前者野生于琉球，后二种从外国来，遍生于日本内地。叶以作镇痉药，而于喘息尤所赏用。有称为"喘息烟草"者，即由此制造的，但因为在叶、果实及其他全草中，含有称为亚忒罗宾（Atropin, $C_{17}H_{23}NO_3$）及唆斯卡明（Hyoscyamin, $C_{17}H_{23}NO_3$）的有剧烈的作用的盐基物，所以如果滥用，是极为危险的。在实际上，也每年有几个中毒者。

非沃斯 *Hyoscyamus niger* L. 为欧洲原产，在日本，大阪府三岛郡亦栽培之。叶为镇咳，镇痛药，也由此制造唆斯越几斯。有效成分是唆斯卡明，与曼陀罗华一样。

烟草 *Nicotiana tabacum* L. 本为南美洲的原产，与哥伦布的发见新大陆一同传入欧洲，现已被栽培于世界各地了。其叶含有称为尼可丁（Nicotin，$C_{10}H_{14}N_2$）的猛毒性的液状挥发性盐基物，用为吸烟嗜好料，以及由此造出粗制硫酸尼可丁来，以供农业上杀虫剂之用。茎含多量之钾盐，故烧之以作肥料。

莨菪 *Scopolia japonica* Maxim. 是自生于山间阴地的日本特产的多年草，早春之际，先于别的植物而发芽，开带紫黄色的钟状花。根称莨菪根。以供硫酸亚忒罗宾的制造原料，又由此制造莨菪越几斯，内用于喘息、神经痛、胃痛等，以作镇痉、镇痛剂，也外用于痔疾，为坐药。成分是唆斯卡明、亚忒罗宾、斯可波拉明（Scopolamin，$C_{17}H_{21}NO_4$）等的盐基物。亚忒罗宾如为少量，则如前文所述，有镇痉、镇痛作用，但大量则有剧毒，那中毒者一时呈狂骚状态，叫唤狂走。又因亚忒罗宾对于眼有特殊的作用，故在眼科医术上为不可缺少之药。即亚忒罗宾约 0.0005 克，即能使眼的瞳孔散大，倘将较浓的溶液，注入眼中，即很觉羞明，或暂时丧失视力。瞳孔是具有和照相机的虹彩光圈一样的作用的，能顺着明暗，自行开闭，但一遇亚忒罗宾，则散而不收，光线的流入太多，不能见物了。又植物的成分中，也有和亚忒罗宾正相反，具有使瞳孔缩小的作用的。如凯拉巴尔豆（同项参照）中的菲梭斯替明，或槟榔子（同项参照）中的亚烈可林这些盐基物，就是。

◆ **唇形科 Labiatae**

夏枯草 *Brunella vulgaris* L. 是自生于山野的多年草，初夏开紫色的唇形花，花穗于开花之后，变为暗褐色，作宛如枯死之观，故有此名。采集花穗而干燥之，民间用于淋病，以作利尿药，药店也有贩卖。含有多量的钾盐。

　　薄荷 *Mentha arvensis* L. var. *piperascens* Holmes，日本特产的多年草，现在北海道、广岛、冈山等县，皆盛行栽培。在山阳地方，则于六、八、十月，各刈一回，即行水蒸汽蒸溜[19]，以造薄荷卸取油。这卸油入制造业者之手，则用作薄荷脑（Menthol, $C_{10}H_{20}O$）的制造原料。薄荷脑虽作为矫味，矫臭药，供医疗之用，其大部分则消费于点心制造原料，日本的薄荷，较之下文所记的欧美种，薄荷脑的含量虽远过之，而薄荷油的香味之点却劣，故日本种专用为薄荷脑的原料。薄荷脑为日本重要输出品之一，输出年额达约一千二百万圆。近年发明了从澳洲产的有加里树的一种 *Eucalyptus dives* Schau. 的挥发油中所含有的辟沛里敦（Piperiton, $C_{10}H_{16}O$），来合成薄荷脑，而日本产薄荷脑的贩路，渐受威胁了。

　　洋薄荷 *Mentha piperita* L. 概形虽和前种相类，而花穗则顶生（薄荷是腋生的），薄荷脑的含量也远不及。专用作薄荷油的原料。英吉利的密卡谟（Mitcham）地方产，香气最佳，以此为世所重。此外，美国又栽培着绿薄荷（*M. viridis* L.），此种薄荷，不含薄荷脑，而含有称为凯尔丰（Carvon, $C_{10}H_{14}O$）的物质。其油曰斯沛明油（spearmint oil），以别于薄荷油（peppermint oil）。

　　山紫苏 *Mosla japonica* Maxim.（*M. orthodon* Nakai）为日本特产的一年草，含有1%~2%的挥发油，此油中含有约50%的谛摩勒（Thymol, $C_{10}H_{14}O$）。曾在埼玉县下，与白花山紫苏（*M.leucantha* Nakai）一同大加栽培，以作谛摩勒制造原料，[20]现因谛摩勒价值便宜，栽培也中止了。谛摩勒以十二指肠虫驱除（一日量4~5克），

---

19　现代汉语常用"蒸馏"。——编者注
20　刘米达夫，渥美暾次郎，药志，四六二，七〇七（1920年）。

肠内异常发酵制止等的目的，用于内服，又用于牙粉及其他，以作杀菌剂。碘化谛摩勒（Thymoliodid）一名亚理士多勒（Aristol），可作杀菌药，以代碘仿。[21] 同属的大山紫苏（*M.Hadai* Nakai），不含谛摩勒，而含有异性体的凯尔伐克罗勒。[22]

撒尔维亚 *Salvia officinalis* L. 为欧洲原产的多年草，日本则在横滨市附近栽培之。叶中含有2%内外的挥发油，叶的浸剂也偶或用于咽喉炎，为含漱剂。作酱油的赋香料，所用甚多。

麝香草 *Thymus vulgaris* L. 为欧洲原产的多年草，日本也和前种一同，栽培于横滨市附近。全草皆有芳香，称为泰谟或谛明（thyme；Thymian），以作镇咳药，也用于火腿、酱油等，为防腐性赋香料。含有挥发油，其主要成分，是谛摩勒。谛密辛、沛尔特辛等新药，即以本植物为原料，用于百日咳，以作镇咳剂的。

### ◆紫草科 Borraginaceae

紫草 *Lithospermum officinale* L. var. *erythrorhizon* Maxim.（*L. erythrorhizon* Sieb. et Zucc）是自生于山野的多年草，初夏开白色小花。根曰紫根，向来在汉方上，以为刀伤，火伤的妙药；又以作紫色的染料，但在现在，作为染料的用途几乎断绝了。根中含有称为亚绥谛勒息可宁（Acetylshikonin，$C_{18}H_{18}O_6$）的结晶性紫色素。[23]

### ◆旋花科 Convolvulaceae

耶拉普 *Exogonium purga* Benth.（*Ipomoea purga* Haene）生于墨

---

21 刘米达夫，渥美喻次郎，药志，四七六，九一五（1921年）。
22 村山义温，药志，三三三，一一八（1909年）。
23 黑田近子，化志，三〇，一〇五一（1918年）。

西哥的多年生蔓草，其块根曰耶拉普根（jalap；Jalapenknollen），用那粉末，或用酒精浸出之，以制造耶拉普脂，作泻下药。有效成分是称为康伏勒孚林（Convolvulin）的树脂配糖体。

牵牛花 *Pharbitis nil* Chois. 是广行栽培，以供观赏的一年生蔓草，其种子名牵牛子，汉方属于峻下药（一回量 1~3 克），可以代耶拉普根（前项参照）。虽在现在，卖药中往往用之，但因为是作用剧烈的下剂，故滥用颇属危险。泻下成分是称为法尔皮丁（Pharbitin）的树脂配糖体。这成分，和耶拉普根的成分，是化学底地极为亲近的。[24] 耶拉普根及其制品，输入日本者年额一万数千圆，故若用几乎每家无不栽培的牵牛花的种子，即可以防遏输入。在英国，是早已将牵牛花的种子，收载于药局方里了的。

◆ **萝摩科 Asclepiadaceae**

康杜兰戈 *Marsdenia condurango* Nichols. 产于南美洲亚圭陀尔地方的灌木。树皮为胃肠的强壮收敛药，对于慢性胃加答儿，肠室扶斯的恢复期，或胃癌等，医师往往用之（一日量 3~5 克）。

◆ **夹竹桃科 Apocynaceae**

斯笃罗仿图斯 *Strophanthus hispidus* DC.，*S. kombe* Oliv. 前者产于亚非利加西部，后者则于东部的灌木，从那种子制成斯笃罗仿图斯丁几，与实芰答里斯叶同为重要的强心利尿药。有效成分是称为斯笃罗仿丁（Strophanthin）的配糖体。这的种子，原是土人以涂毒

---

24　朝比奈泰彦，中西庄吉，药志，五二〇，五一五（1925 年）。朝比奈泰彦，清水寅次，药志，四七九，一（1922 年）。

箭的，后由医学上的研究，遂用为重要的医药了。

## ◆龙胆科 Gentianaceae

闪滔留谟 *Erythrea centaurium* L. 自生于欧洲的多年草，花时采集全草，为健胃苦味药。是和日本的当药（本项参照）相当的生药，德国用此作苦味丁几的原料。苦味成分是称为遏里滔林（Erytaurin）的苦味配糖体。

敢卡那 *Gentiana lutea* L. 生于欧洲山地上的宿根草，其根用为苦味健胃药。主成分是称为敢卡辟克林（Gentiopikrin，$C_{16}H_{25}O_9$）的苦味配糖体。

龙胆 *Gentiana scabra* Bunge. var. *buergeri* Maxim. 产于日本各地的多年草，秋日开碧色钟状花。根曰龙胆根，以供苦味健胃药。常常配伍于水药之中，作为健胃剂的苦味丁几，即将龙胆根、橙皮、小豆蔻三种，用酒精浸出的东西。苦味成分与敢卡那根同，是敢卡辟克林。

睡菜 *Menyanthes trifoliata* L. 自生于沼泽中的多年草，其叶曰睡菜叶，用作苦味性健胃药。苦味成分是称为美略丁（meliatin，$C_{15}H_{22}O_9$）的苦味配糖体。

当药 *Swertia japonica* Makino. 是自生于山野的多年草，秋日顶生或腋生白色花，在开花期，采集其全草者，名曰当药，用为苦味健胃药（一日量 3.5~10 克，粉末，或煎剂）。苦味成分是称为斯惠尔卡玛林（Swertiamarin，$C_{16}H_{22}O_{10}$）的结晶性配糖体。[25] 这物质，较之龙胆的苦味成分，苦味强得远甚，虽用三十万倍的水溶液，也仍觉得苦味。紫花当药（S. chinensis Hemel. et Forbes.）的成分，药效，并与当药同。如 S. bimaculata Hook. et Thoms 虽是同属植物，却全然不苦。这正和

---

25　刘米达夫，松岛义一，药志，五四〇，一三三（1927 年）。

龙胆、山龙胆等虽苦，而蔓龙胆、笔龙胆等则完全无苦，是一样的。印度所产的支拉答（*Swertia chirata* Buch.），苦味亦强，以入药。

## ◆马钱科 Loganiaceae

马钱 *Strychnos nuxvomica* L. 是产于英领东印度的小乔木，其扁圆形，铜币大的种子，曰马钱子，或番木鳖（Nuxvomica; Brechnüsse），含有称为斯笃里希宁（Strychinin，$C_{21}H_{22}N_2O_2$）和勃鲁辛（Brucin，$C_{23}H_{26}N_2O_4$）的峻毒性的盐基物。由此制出丁几或越几斯，或制成硝酸斯笃里希宁，用之为神经系统的兴奋药。斯笃里希宁是最可怕的毒药之一，其 0.1 克，即有在二十分间，将成人一人致死的作用。日本往往用以毒杀野狗。

## ◆木犀科 Oleaceae

阿列孚 *Olea europaea* L. 是常绿乔木，在欧洲地中海岸地方，北美西南部诸州，广被栽培，日本则在香川县下的小豆岛略有栽植。从其果实榨取阿列孚油，以拌生菜，供食用；又作为肥皂原料，消费甚多；在药用，则应用于注射药的溶剂、软膏等。有译本植物为橄榄者，是错误的，橄榄乃产于热带的 *Canarium album* Raeusch.，完全两样。

## ◆赤铁科 Sapotaceae

古答贝加树 *Palaquium gutta* Burck. 是产于马来群岛的乔木植物，在干、叶中，含有多量的乳液。从干采集乳液而干燥之者，称为古答贝加（Guttapercha），在医疗上，以为齿腔充填料，或古答贝加纸；在工业上，则用作电气的绝缘材料，海底电线被覆材料，尚无物可以代用，故消费甚多。主产地为爪哇、婆罗洲、苏门答腊诸岛，本种之外，也栽培着同属的 *P. bornense* Burck.，*P. oblongifolium* Burck. 等。古答贝加的本质，是高级的炭化氢累重物。

### ◆石南科 Ericaceae

乌伐乌尔希 *Arctostaphyllos uva-ursi* L. 是自生于欧洲北部的原野，中部的山岭的伏卧性常绿小灌木，概形酷似越橘，将其叶作煎剂（一日量 1~4 克），以供治淋药。有效成分是称为亚尔蒲丁（Arbutin，$C_{12}H_{16}O_7$）的配糖体。

越橘 *Vaccinium vitis-idaea* L. 是常绿伏卧性小灌木，温地自生于高山处所，寒地则在平原。其叶可代乌伐乌尔希叶（前项参照），为治淋药。有效成分也和乌伐乌尔希叶一样，是亚尔蒲丁。[26]

### ◆古生花被亚门 Archichlamydeae
### ◆伞形科 Umbellifferae

柴胡 *Bupleurum falcatum*，L. 为自生于山野的多年草，采集其根而干燥之者，称为柴胡，在汉方中，属于重要的解热药。本植物果有解热之效与否，向来虽然曾有二三医学底研究发表，但尚未确实。市场售品，是以本植物和中国产细叶柴胡（*B. falcatum* L. var. *Scorzonaefolium* Willd）为母植物的。

亚育王 *Carum ajowan* Bth. et Hook. 是自生于东印度的多年草，

---

26　刘米达夫，渥美喰次郎，药志，四六二，六三九（1920 年）。

在日本亦很能生长。其果实中含有 3%~4% 的挥发油，为制造谛摩勒（thymol）的最重要原料。

川芎 *Cnidium officinale* Makino. 为中国原产而栽培于各地的多年草，其根称为芎䓖，或曰川芎，古来在汉方中，为治头痛，开气郁的要药，而用作镇静、镇痉剂。含有 1%~2% 的挥发油，挥发油中，含有称为芎䓖拉克敦（Cnidiumlakton，$C_{12}H_{18}O_2$）的结晶性成分。在日本北海道，现今栽培甚多，年产额达二十万贯，悉用于卖药原料。

茴香 *Foeniculum vulgare* L. 为欧洲原产的多年草，夏日开黄色小花，秋期收获其果实。日本则大抵栽培于长野县地方。用水蒸汽蒸溜，制茴香油，以作香料，又制亚摩尼亚茴香精，为驱风祛痰药。茴香油的主成分，是称为亚内多勒（Anethol，$C_{10}H_{12}O$）的结晶性物质。

当归 *Ligusticum acutilobum* Sieb. et Zucc. 是多年草，自生及栽培于日本各地，初夏开白色的小花。全草有特异的香气。根曰当归，汉方属于妇人病的要药，用为产后之补血药，或镇静、通经药。有效成分是挥发油。现今用于卖药原料之量甚多；德国美尔克公司发售的新药"阿美诺尔"，即是以本植物为原料的镇静、通经药。

◆ **五加科 Araliaceae**

八角金盘 *Fatsia japonica* Decne. et Planch. 是栽培以供观赏之用的常绿灌木，叶中含有萨波宁，用作祛痰药。[27] 作为镇咳祛痰剂的称为"法忒辛"的新药，即以本植物为原料的。

人参 *Panax ginseng* C. A. Mey. 为朝鲜及满洲[28]的原产，在日本，

---

27　太田贤一郎，《庆应医学》，三，一一，一二；四，三，四（1924、1925 年）。
28　该词的使用并无贬义，共有两种含义。一是满族的旧称。1635 年皇太极改女真为满洲，辛亥革命后称满族。二是旧时指我国东北一带，清末日俄势力入侵，称东三省为满洲。——编者注

则栽培于长野、福岛、岛根等各地方。栽培人参，极为费事，须完全遮蔽阳光，掩盖东西南及上方的四面。而只开北方这一面。到播种后四年至六年，这才收获其根，即使之干燥者曰白参，蒸熟后始加以干燥者曰红参。自古以来，人参一向被尊为万病的灵药，但果有此等效验与否，却是可疑的。在近时，从医学底方面及药学底方面都颇经研究了。[29] 作为成分，是巴那吉伦（Panaquilon，$C_{32}H_{56}O_{14}$）及巴那克萨波干诺尔（Panaxsapogenol，$C_{27}H_{48}O_3$）等，而人参的特有的香气，则因于称为巴那专（Panacen，$C_{15}H_{24}$）的挥发油。在北美，栽培着近缘种 *P. quinquefolium* L.，输出于中国。

竹节人参 *Panax repens* Maxim. 为自生于山林的阴地的多年草，概形类似人参，而根茎作结节状，却全不相同。根中含有称为巴那克萨波宁（Panaxsaponin）的一种萨波宁，用作祛痰药。

### ◆桃金娘科 Myrtaceae

有加里树 *Eucalyptus globulus* Labill. 为澳洲原产的乔木，高度往往有至一百五十密达者。生长迅速，且有吸收湿气的作用，故和多湿气的不健康地相宜。叶中含有 1% 弱的挥发油即有加里油。有加里油用于鼻加答儿，为吸入药。

丁香 *Eugenia arsmatica* Bail. 是栽培于东印度诸岛及阿非利加东岸的乔木，采集其花蕾，谓之丁香（clovers；Gewüngnelken），为芳香性的调味料之用。含有 15% 内外的挥发油，由此制造欧干诺尔（Eugenol，$C_{10}H_{12}O_2$）。欧干诺尔为凡尼林（Vanillin）的制造原料，消费之量甚多。

---

29　近藤平三郎，天野梅太郎，药志，四六六，一〇二七（1920 年）。阿部胜马，斋藤系平，《庆应医学》，二，二六三（1922 年）。酒井和太郎，《东京医学会志》，三一（1917 年）。

### ◆石榴科 Punic aceae

石榴 *Punica granatum* L. 是小亚细亚原产的落叶灌木，梅雨之际，开鲜赤色花。干、枝，以及根的皮，曰石榴皮（pomegranate；Granaterinde），为绦虫驱除药。含有丕列企林（Pelletierin，$C_8H_{15}NO$）和别的盐基二三种。

### ◆蕃瓜树科 Caricaceae

蕃瓜树 *Carica papaya* L. 是作为果树，而栽植于热带各地，及台湾、小笠原岛等处的乔木。因为在本植物的茎、叶、果实中，尤其是未熟果实的乳汁中，含有多量的蛋白质分解酵素派派英（Papain），故乳汁的干燥品，用作蛋白质消化剂，也用于食肉软化的目的。或一热带地的土人，深知道这作用，当烧炙兽肉之前，有包以本植物的叶的习惯。凡酵素，大抵以室温，至高也以 30~40 度为酵素作用的最适温度，但派派英则以 85 度为最适。故当煮牛肉时，加派派英极少量，则使坚硬的肉十分软化。也可以用作麦酒，清酒，酱油等的澄清剂。[30] 叶及种子内，含有称为凯尔派英（Carpain，$C_{14}H_{25}NO_2$）的盐基。

### ◆椅科 Flacourtiaceae

大枫子树 *Taractsgenos Kurzii* King. 是产于英领印度，高至十余密达的乔木。压榨种子而得的大枫子油，在现今尚为惟一的癫病治

---

30　荻原昌二，台湾总督府中央研究所报告，五，七（1924 年）。

疗药，每回将其 0.1~0.2C.C. 注射于皮下。有效成分是哨勒摩格拉酸（chaulmougric acid；Chaulmougrasäure，$C_{17}H_{31}COOH$）和希特诺卡尔普斯酸（hydnocarpic acid；Hydnocarpussäure，$C_{15}H_{27}COOH$）这两种酸的格里舍林伊的尔（ester）。这两种酸，和普通的动植物油的脂肪酸，在化学上大异其趣，是一种环状化合物，近年美国的有机化学者亚当斯，合成了和这相类的化合物甚多，并且证明了和这相类的化合物，对于癞菌，皆有相当的杀菌力。[31]

## ◆山茶科 Theaceae

茶 *Thea sinensis* L. 为东洋原产，而广被栽培于温暖地方的常绿灌木。茶叶中含有 2% 内外的咖啡英（Caffein，$C_6H_{10}N_4O_2$），用以为饮料。茶末则为咖啡英的制造原料。咖啡英者，作为强心利尿药，乃重要的医药。

古来用为兴奋性饮料的下列各种植物，其产地及分类上的位置，虽不相同，但无不以咖啡英为主要成分，却是极有兴味的事实。

| 植物 | | 科名 | 产地 |
|---|---|---|---|
| 茶树 | *Thea sinensis* L. | 山茶科 | 东洋各地 |
| 咖啡 | *Coffea arabica* L. | 茜草科 | 热带各地 |
| 巴拉圭茶 | *Ilex paraguariensis*, St.Hil. | 冬青科 | 巴西 |
| 苦派那 | *Paullinia cupana*, H.B.K. | 无患子科 | 巴西 |
| 亚古明 | *Sterculia acuminata*, Pal. | 梧桐科 | 阿非利加 |

31  R. Adams：Journal of American Chemical Society，47，2727，（1925）.

## ◆梧桐科 Sterculiaceae

科科树 *Theobroma cacao* L. 为热带各地盛行栽培的乔木，其种子以作称为茶勃罗明（Theobromin，$C_7H_3N_4O_2$）的盐基的制造原料。茶勃罗明是咖啡英的同族体，同以作强心利尿药。又，种子中的脂肪，称为科科脂，因其融化点略等于人体的体温，故用为坐药的基础剂。点心上所用的支古力，即压榨种子，除去脂肪之后，磨碎，再加适当的糖和科科脂而成的东西。

## ◆锦葵科 Malvaceae

亚勒绥亚 *Althaea officinalis* L. 为栽培于中欧诸国的多年草，根中含有多量的粘液质，与黄蜀葵的根同以供粘滑药之用。

黄蜀葵 *Hibiscus manihot* L. 是中国原产的多年草，夏日开黄色花，至秋收获其根。在日本，则广岛、神奈川、静冈等处皆盛行培植。根含多量的粘液质，日本药局方上亦已收载，替代欧洲产的亚勒绥亚，作粘滑药，用于肠加答儿，也用为锭剂及丸剂的赋形药，但大部分，是消费于制纸用糊料的。[32]

## ◆鼠李科 Rhanmaceae

鼠李 *Ramnus japonica* Maxim. 是自生于山地的落叶灌木，其果实即鼠李子，含有称为侃弗罗尔（Kaimpferol，$C_{15}H_{10}O_6$）的黄色结

---

32　小泽武，《工业化学会杂志》，二五，三八九（1929 年）；刘米达夫，植研，五，九八（1928 年）；药志，五五二，一五二（1928 年）。

晶性物质，以作缓下剂。[33] 新鲜品能催呕吐，故采集后至少经过一年，然后用之。

## ◆漆树科 Anacardiaceae

盐肤木 *Rhus javanica* L. 是落叶乔木，自生于日本各地方。五倍子虫 ( *Schlechtendalia chinensis* J. Bell. ) 来刺伤其嫩芽或叶柄时，则因其刺戟，而生瘤状突起。是名五倍子 ( Chinese galls; chinesische Galläpfel )，因为多含单宁，故用于医药，为收敛药，也供染织、鞣皮等工业之用，又作为墨水制造原料，消费颇多。也以作没食子酸及毕洛额罗尔 ( 照相现像药 ) 的制造原料。

## ◆大戟科 Euphorbiaceae

巴豆 *Croton tiglium* L. 是东印度原产的灌木，压榨其种子，以制巴豆油。巴豆油属于峻下剂，虽服用其四分之一滴，亦起猛烈的下痢，其作用之强至于如此，故现今不甚用之。又于外用，则以作皮肤引赤药。

樟叶柏 *Mallotus philippinensis* Müll.Arg. 为产于东半球的热带地方的常绿灌木，也野生于台湾。与赤芽柏 ( *M. japonicus* Müll. Arg. ) 同属。生在那果实上的腺毛，称为卡玛拉 ( Kamala )，以作绦虫驱除药 ( 一回量 7.5~12.0 克，即用粉末 )。有效成分是名曰洛忒来林 ( Rottlerin ) 的结晶性物质。因为副害殊少，故每用于小儿。

蓖麻 *Ricinus communis* L. 为热带印度原产的多年草，在日本则是一年草。其种子曰蓖麻子 ( castor bean; Ricinussamen )，加以压

---

33  椎名泰三，《千叶医学会杂志》，二，一三三 ( 1925 年 )；五，四八，七二 ( 1927 年 )。

榨而得的蓖麻子油，是重要的下剂（一回量 20~30 克）。在工业方面，则用于飞机减摩油、印刷用油墨、化装用润发油等，而用以制造作为亚里萨林染料的媒染剂所必须的罗特油的原料者，其消费之量尤多。在工业上，温压油与冷压油并用，但入药，则只用冷压油。在种子中，含有称为里辛（Ricin）的毒性蛋白质，故若服蓖麻子以代蓖麻子油，是甚为危险的。蓖麻子油的主成分，是里企诺尔酸（Ricinolsaüre, $C_{18}H_{24}O_3$）的格里舍林伊的尔，日本仅在千叶县下略有栽培，每年从满洲及美国输入蓖麻子及蓖麻子油至一百五十万圆内外。

### ◆远志科 Polygalaceae

舍内喀 *Polygala senega* L. 是北美原产的多年草，但于日本的风土，也很相宜。根中含有称为舍内庚（senegin, $C_{15}H_{23}O_{10}$）的一种萨波宁，是重要的祛痰药（一日量 5~10 克）。

远志 *Polygala tenuifolia* Willd. 是产于满洲的多年草，根曰远志，与舍内喀根同用为祛痰药。含有萨波宁的一种。

### ◆黄楝树科 Simaroubaceae

黄楝树 *Picrasma quassioides*, Benn. 为日本特产的落叶乔木，木质部含有称为括辛（Quassin, $C_{31}H_{12}O_9$）的结晶性苦味质，用作健胃苦味药，又其煎汁，则为家畜及农作物的杀虫、杀蝇剂。茄买卡地方所产的同属植物 *P. excelsa* Lindl.，在欧美用于同一的目的。

## ◆芸香科 Rutaceae

夏蜜柑 *Citrus aurantium* L. subsp. *Natsudaidai* Hayata. 为栽培于暖地的常绿灌木，果皮之干燥者，谓之夏皮，往往用于浴剂，以作芳香料。在成熟之前自然落下者，和歌山及山口县地方皆利用之以为枸橼酸及蜜柑油的制造原料。枸橼酸能使汽水有酸味，每年皆消费颇多；在西洋，是由柠檬的果实制造出来的。

吴茱萸 *Evodia rutaecarpa* Hook. Fil. et Thoms. 为中国原产的落叶小乔木，也早已传入日本，栽培于各地方。夏日开绿色小花；初秋采收果实，作香辛性健胃药，又用于浴汤，有温暖身体之效。有效成分，是称为厄伏迭明（Evodiamin，$C_{19}H_{17}N_3O$）及路忒卡尔宾（Rotaecarpin，$C_{13}H_{13}N_3O$）这两种的盐基和挥发油。[34]

黄蘗 *Phellodendron amureese* Rupr. 是自生于山地的落叶乔木，其树皮曰黄蘗。含有称为培尔培林（Berberin，$C_{20}H_{17}NO_4$）及巴勒玛丁（Palmatin，$C_{21}H_{21}NO_4$）的黄色的苦味性盐基，[35] 在汉方中，属于重要的苦味健胃药。又，用水和黄蘗的粉末，以贴打伤、挫伤等，皆有效。

山椒 *Xanthoxylum piperitum* D. C. 为落叶灌木，自生于山地，也被栽培。那果实，汉方以作蛔虫驱除药（一回量5克）。山椒中含有3%~4%的挥发油，其主成分，是称为菲兰特伦（Phellandren）及息忒罗内拉尔（Citronellal）的芳香强烈的物质。那辛味，是由于名曰山椒尔（Sanshol）的物质的。

---

34 Y. Asahina：Acta Phytochimica（Tokyo），1，67（1924）.
35 村山义温，篠崎好三，高田仁一，药志，五三〇，二九九（1926年）；五五〇，一〇三五（1927年）。

### ◆古加科 Erythroxylaceae

古加 *Erythroxylon coca* Lam., *E. novogranatense* Hieron 为南美洲的灌木,秘鲁所栽培者,大抵是前一种,爪哇、台湾等之所植,则为后一种。其叶,以供盐酸古加英(Cocainphydrochlorid, $C_{17}H_{21}NO_4 \cdot HCl$ )及盐酸忒罗巴古加英(Tropacocainhydrochlorid, $C_{15}H_{19}NO_2 \cdot HCl$ )的制造原料之用。古加英可作局部麻醉剂,是重要的医药品。古加叶原是秘鲁土人所常用,当作嗜好品的,一八八四年奥国的学者珂莱尔(Koller)始由此分离其有效成分(古加英),此后遂成为不可缺少的医药品。古加英也如阿片及吗啡一样,近时滥用于享乐,卫生流了分明的毒害,故于古加的栽培,古加英的制造及输出入,世界各国已协力而加以严重的干涉了。

### ◆亚麻科 Linaceae

亚麻 *Linum usitatissimum* L. 是欧洲原产的一年草,中欧诸国皆盛行栽培,在日本则培植于北海道。栽培的目的,大概是在采纤维以织亚麻布,但作为副产物,则采其种子,制造亚麻仁油,以供软膏等的基础剂。又在工业上,也可作涂料、印刷用油墨、胶版等的制造原料。

### ◆牻牛儿科 Geraniaceae

牻牛儿 *Geranium nepalense* Sweet. 为自生于山野路旁的多年草,夏秋之候,开淡红色或白色花。茎叶用作止泻药(一日量 5~7 克),先前只为民间所用,近年却已承认其作为医药的真价了,以此为原料的新药，在市场上贩卖者也有两三种。成分大抵是单宁。

## ◆豆科 Leguminoseae

阿卡细亚树 *Acacia catechu* Willd., *A. Suma* Kurz. 为生于东印度的乔木，将那心材的水制越几斯，使之干燥者，名曰丕梧阿仙药（Pegu-Catechu），含有多量的卡台辛（Catechin, $C_{15}H_{14}O_6$）及鞣酸。作为收敛药，以供医药；又于鞣皮及染色工业上，使用甚多。日本所流行的仁丹，清快丸那样的口中药的涩味，即全由于阿仙药的。

阿剌伯[36]橡皮树 *Acacia senegal* Willd. 为自生于阿非利加的乔木，采集其干的分泌物，谓之阿剌伯橡皮（gum arabic; arabisches Gummi），作为粘滑药，用于缓和刺戟的目的。也以作乳剂、丸剂、锭剂等的赋形药。又于制橡皮糊，消费甚多。

忒拉额亢德 *Astragalus adscendens* Boiss. et Hemsl., *A. 1eiclados* Boiss., *A.brachycalyx* Fisch. 是产于自小亚细亚至波斯一带地方的灌木，由干所分泌的粘液之干燥结固者，名忒拉额亢泰（Tragacantha），用作粘滑液，或丸剂、锭剂等的赋形药。又于化装品[37]的制造上，所用甚多。

仙那 *Cassia acutifolia* Delile., *C. angustifolia* Vahl. 两种都是高一密达余的灌木，前者生于埃及，后者生于印度，叶名仙那叶，作为泻下药（一日量1~3克，浸剂），往往用之。有效成分是养化一炭矫基安脱拉启农配糖体。

决明 *Cassia tora* L. 为南亚细亚原产的一年草，夏日开黄色花，初秋结长线状的荚果。其种子曰决明子，汉方以为缓下强壮药，又

36　现译"阿拉伯"。——编者注
37　现代汉语常用"化妆品"。——编者注

谓有增进视力之效。决明者，令人目明也。含有养化—炭矫基安脱拉启农曰遏摩亭（Emodin, $C_{15}H_{10}O_5$）。

可派瓦巴尔山树 *Copaifera officinalis* L. 为产于南美洲北部的乔木，从其树干所溢出的树脂，称可派瓦巴尔山（Copaivabalsan），为淋病及其他泌尿器疾患的内用药（一日量1.5~6克）。从别的两三种同属植物，也可以采集可派瓦巴尔山。

台里斯 *Derris elliptica* Benth. 野生于马来群岛及满刺加[38]半岛，近年也大力栽培。形态类似鱼藤（同项参照），是蔓性灌木。原产地的土人将根的榨汁投入河流，使鱼麻痹，以作捕鱼之用。又，根的榨汁也用于驱除蔬菜类的害虫。有毒成分是称为洛台农（Rotenon, $C_{23}H_{22}O_6$）[39]的结晶成分。近时作为农业用杀虫剂，盛被使用的名曰"纳阿敦"及"台里斯肥皂"的制剂，就是以本植物为原料的。洛台农是杀虫力极强的成分，故于驱除动物的外部寄生虫，例如人类的阴虱、疥癣虫、狗的毛虱等，[40]也非常有效，但因为毒性颇大，故使用时务须小心。对于动物的肠内寄生虫，例如蛔虫、绦虫等，也颇有强大的杀虫力，然而同时对于寄生动物也是剧毒，故不用以作内服药。

皂荚 *Gleditschia horrida* Makino 为自生于山野间的落叶乔木，夏日开淡黄绿色的蝶形花。其荚果称为皂荚，种子则曰皂角子，在汉方上，用为祛痰药或利尿药。含有多量的萨波宁（Gleditschiasaponin, $C_{59}H_{100}O_{20}$），[41]浸渍其细片的水，即生微细的泡沫，与肥皂同，故古来已用以作洗涤料。

甘草 *Glycyrrhiza glabra* L. var. *glandulifera* Regel. et Herder. 为

---

38 现译"马六甲"。——编者注

39 刘米达夫，渥美礦次郎，药志，四九一，一〇（1923年）；药志，五五七，六七四（1928年）。武居三吉，化志，四四，八四一（1923年）；《理化学研究所汇报》，八，五一〇（1929年）。

40 前田安之助，《皮肤科及泌尿器科杂志》，二五，一（1925年）。

41 松岛义一，久保田实，药志，五五二，一四六（1928年）。

自生于中国北部的多年草，根有特异的甘味，故用为矫味药，及丸剂的赋形药。在汉方上则常用于咽喉诸病，为镇咳药。那甘味，是因于称为格里契列丁（Glycyrrhizin, $C_{44}H_{64}O_{19}$）的甘味质的。甘草之输入日本者，年额约七十万圆内外，那主要的用途，是由此制造甘草越几斯或粗制格里契列丁，用于酱油，使有甜味。上等的酱油自有甜味，故无加入这样的甘味剂的必要，但二三流以下之品，则必须加此剂以补之。在欧洲，于雪茄烟的加味及点心上，所消费也不少。甘草的原植物，本种以外，尚有 *G. echinata* L. 及 *G. glabra* L. 两种，前者生于俄国，后者生于西班牙及法兰西。

鱼藤 *Millettia taiwaniata* Hayata. 为自生于台湾的蔓性灌木，当地人将根的榨汁投入河流，使鱼麻痹，以供捕鱼之用，也用于蔬菜类的害虫驱除。有毒成分也和台里斯（同项参照）一样，是洛台农。[42]

秘鲁巴尔山树 *Myroxylon pereirae* Klotsch. 是产于南美的乔木，其干所分泌的巴尔山，曰秘鲁巴尔山（Porubalsam），于疥癣用为外用药。含有多量的树脂。

凯拉巴尔豆 *Physostigma venenosum* Balf. 是产于阿非利加的蔓性植物，种子曰凯拉巴尔豆（calabar-bean; Kalabarbohnen），以供菲梭斯替明（Physostigmin, $C_{15}H_{21}N_3O_2$）的制造原料。菲梭斯替明（一名厄什林，Eserin）乃猛烈性的盐基物，有使瞳孔收缩的作用，即有和莨菪的含有成分亚忒罗宾正相反对的作用的。是用于眼科的药品。

葛 *Pueraria hirsuta* Matsum. 为自生于山野的落叶藤本，夏秋之候，开紫红色的蝶形花。秋季掘根而干燥之，谓之葛根，汉方以为发汗解热的要药。古来以感冒药著名的葛根汤，就是混合葛根、麻黄、生姜、大枣、桂枝、芍药、甘草这七味的。关于那药效，可参照麻黄条。葛

---

42　永井一雄，化志，二三，七四四（1902 年）。刘米达夫，渥美喙次郎，岛田美知武，药志，五〇〇，七三九（1924 年）。

根又以供葛淀粉的制造原料。葛淀粉虽风味佳良，但因价贵，故现今出产殊少，市场上所贩卖的称为葛淀粉者，乃是马铃薯淀粉也。

◆**蔷薇科 Rosaceae**

珂苏树 *Hagenia abyssinica* Willd. 是产于阿非利加的乔木，其雌花曰珂苏花（cousso；Kosoblüten），用为绦虫驱除药。有效成分是称为珂辛（Kossin）的黄色结晶性的物质。

杏 *Prunus armeniaca* L. var. *ansu Maxim.* 为中国原产，而亦大被栽培于日本的落叶乔木，春期开白色或淡红色花。其种子称为杏仁，压榨之以制杏仁油，又加水于其残渣，蒸溜之以造杏仁水。杏仁水中含有青酸及弁载尔兑希特（Benzaldehyd, $C_6H_5 \cdot CHO$），用为镇咳药。

博打树 *Prunus macrophylla* Sieb et Zucc. 为自生于日本暖地的常绿乔木，将那新鲜的叶片，用水蒸汽蒸溜以制造博打水。[43] 博打水也如杏仁水，含有青酸及弁载尔兑希特，用作镇咳药，与杏仁水同。价则廉于杏仁水远甚。博打水及杏仁水中，含有对于人体是猛毒性的青酸约 0.1%，所以滥用是危险的。这青酸和弁载尔兑希特，在博打树，是由普路那辛（Prunassin, $C_{14}H_{17}NO_6$），[44] 在杏仁，则由阿密达林（Amygdalin, $C_{20}H_{27}NO_{11}$）这配糖体的加水分解而生，凡蔷薇科植物的叶及种子里，是往往含有这种的配糖体的。

桃 *Prunus persica* Sieb. et Zucc., *P. Persica* Sieb. et Zucc. var. *vulgaris* Maxim. 为中国原产的落叶乔木，在日本培养亦甚多。春日开白色或淡红色花。采集其白花而干燥之，称白桃花，以作下剂（一日量 1 克，煎剂）。有效成分是名为侃弗罗尔（Kämpferol,

---

43 博打，日本语，语如 Bacuchi。——译者。

44 刈米达夫，松岛义一，药志，五一四，一〇六〇（1924 年）。

$C_{15}H_{10}O_6$）的黄色结晶性的物质。红色花较之白花，成分的含量少，药效也不及。种子谓之桃仁，在汉方上，与杏仁同为镇咳药。桃叶中含有单宁质，夏期浸于浴汤中，有治汗泡之效。在汉药中，鼠李子、营实（野蔷薇的果实）、白桃花三种，都是重要的下剂，而从这三种中，都检出侃弗罗尔为泻下成分，也是极有兴味的事实也。[45]

吉拉耶 *Quillaja saponaria* Molina 为产于南美智利及秘鲁的常绿乔木，其树皮吉拉耶皮（soap bark；Seifenrinde），含有多量的萨波宁，偶亦以作祛痰药，但主要的用途，则在化装品，例如加于培阑谟中，为起泡剂，或者以作怕被肥皂损其质地的绢布之类的洗浣料。

野蔷薇 *Rosa multiflora* Thunb. 为自生于山野上的落叶灌木，初夏开白色的五瓣花。其种子名曰营实，在汉方为峻下及利尿药，约二克即奏泻下之效，服用多量，则起赤痢似的剧烈的下痢，故须留心。市场所卖之品，也混有 *R. luciae* Franch. et Roch 的种子，但药效则同。含有称为谟勒契弗罗林（Multiflorin）的配糖体，这物质由加水分解而生侃弗罗尔。[46]

◆**虎耳草科 Saxifragaceae**

土常山 *Hydrangea opuloides* Steud. var. *thunbergii* Makino. 是自生深山中，或被栽培的落叶灌木，夏日开青紫红色花。初秋之候，采集其叶，用手掌揉熟而干燥之者，曰甘茶，亦称土常山，有甜味，汉方以为矫味药。其甘味成分，是名为菲罗度勒辛（Phyllodulcin，$C_{16}H_{14}O_5$）的结晶性物质。[47]

---

45 刈米达夫，高田仁一，吉田芳信，药志，五七二，九三七（1929 年）。

46 近藤平三郎，岩本薰，口羽与三郎，药志，五六五，二三二（1929 年）。近藤平三郎，远藤胜，药志，五七四，二六二（1929 年）。

47 朝比奈泰彦，上野周，药志，四〇八，一四六（1916 年）；朝比奈泰彦，浅野顺太郎，药志，五六四，一一七（1929 年）。间庭秀夫，药志，五〇七，三四八（1924 年）。

## ◆十字花科 Cruciferae

芥 *Brassica cernua* Thunb. 是中国原产的越年草，也大被栽培于日本，春日开黄色的十字花。那种子称为芥子，含有配糖体曰希尼格林（Sinigrin，$C_{10}H_{16}KNO_9S_2$），加水分解酵素曰米罗辛（Myrosin）以及多量的脂肪油。在其粉末上，加微温汤，则希尼格林因米罗辛的作用，分解而生一种挥发油曰挥发芥子油（Allylsenfol，$C_4H_5SN$），有强烈的刺戟臭。故芥子粉末可作巴布剂，为皮肤刺戟引赤药，以贴于神经痛、关节痛风、肺炎、气管枝炎等。又用于芥子渍、加里粉等，为调味料。挥发芥子油于虚脱、失神等，使之吸入，为刺戟药；作为酱油的防腐剂，所用也很多。为酱油的防腐剂，卫生上无害而比较地有效者，以此为第一。在欧美，栽培着 *B. nigra*（L）Koch. 和 *Sinapis alba* L. 两种，为芥子原料。

## ◆罂粟科 Papaveraceae

延胡索 *Corydalis decumbens* Pers. 是自生于各地的多年草，其块茎曰延胡索，汉方作为妇人病的要药，对于子宫诸病及月经痛用为镇静药。成分是名为卜罗妥宾（Protopin，$C_{20}H_{19}NO_5$）及蒲勒皤卡普宁（Bulbocapnin，$C_{19}H_{19}NO_4$）等的盐基。本种之外，*C. remota* Maxim. var. *genuina* Maxim. 及中国产的 *C. ternata* Nakai.，*C. bulbosa* DC. var. *typica* Regl. 的块茎，也一样入药。[48] 卜罗妥宾和蒲勒皤卡普宁，是有镇痛、麻醉之效的盐基，延胡索之被常用于月经

---

48　朝比奈泰彦，用濑盛三，药志，四六三，七六六（1920 年）。长田捷三，药志，五四七，七一一（1927 年）。

痛等,是不为无因的。

驹草 *Dicentra pusilla* Sieb. et Zucc. 为自生于高山的多年草,夏日开紫红色的美花。在民间,向来即常用其全草为腹痛药。有效成分是名为迭闪忒林(Dicentrin, $C_{20}H_{21}NO_4$)及卜罗妥宾这两种具有麻醉作用的盐基。

罂粟 *Papaver somniferum* L. 为小亚细亚原产的越年草,初夏开白、红、暗紫色等的美花。伤其未熟的果实,取所分泌的乳液而干燥之者,曰阿片(Opium)。阿片的世界底产地,是土耳其、印度、波斯、中国等,但在日本,则以大阪府三岛郡,和歌山县有田郡的二郡为主产地,年产一千贯内外,昭和三年(一九二八年)遂越过从来的记录,达三千四百贯,值九十万圆。阿片含有吗啡(Morphin, $C_{17}H_{19}NO_3$)及其他的盐基,作为镇静、镇痛剂,殊为重要。阿片及吗啡在中国滥用于享乐,其害实甚,故世界各国,在协力取缔其生产,输出及输入;在日本,欲栽培罂粟,收采阿片者,也必须经地方长官许可。许可栽培者所收获的阿片,则在内务省的卫生试验所加以分析,依吗啡含量而定价格,由政府买收。罂粟的种子,大抵用于点心原料。此外,栽培以供观赏的 *P. rhoeas* L. 及 *P. orientale* L. 等,也含有有毒的盐基物,故须小心。

### ◆樟科 Lauraceae

樟 *Cinnamomum camphora* Nees. et Eberm. 为自生于日本中部以南,或被栽培的常绿乔木。在产出地,将那木材的切片,加水蒸汽蒸溜,先得樟脑油,由此分离其脑分,以造成粗制樟脑。樟脑(Camphor, $C_{10}H_{16}O$)为重要的医药品之一,用作注射药,为强心及兴奋剂;又,樟脑油的高温溜分,则作为治淋药,以替代白檀油。

樟脑的主要的用途, 在假象牙工业, 产额的大部分, 都被消费于这方面。也以供书画衣服等的防虫, 及龙脑的制造原料。樟脑属于日本的重要输出品(年额六百万圆内外)之一, 为政府的专卖品。

桂 *Cinnamomum cassia* Blume. 是常绿乔木, 被栽培于中国广东及广西地方。那树皮曰桂皮(cassia bark; Chinesischer Zimt), 用作药品, 以为芳香性健胃剂, 矫味、矫臭药。含有约 1.5% 的挥发油。挥发油中的主成分, 是桉谟忒阿尔兑希特(*Zimmtaldehyd*, $C_6H_5 \cdot CH=CH \cdot CHO.$), 桂皮所有的特异的气味, 就为此。锡兰桂皮取自锡兰岛所培植的同属植物 *C. zeylanicum* Breyne., 较之中国产桂皮, 气味更为佳良, 故宜于用作香味料。在成分应用上, 却相同。

肉桂 *Cinnamomum loureirii* Nees. 是自生于日本暖地的常绿乔木, 采集其根皮及干皮而干燥之者, 曰肉桂, 出高知, 和歌山, 鹿儿岛诸县, 而尤以土佐产的"千利千利"桂皮为最良。入药, 为芳香性健胃药, 矫味、矫臭剂; 也用于点心制造, 为香味料。肉桂中含有挥发油, 以桉谟忒阿尔兑希特为主成分。

## ◆肉豆蔻科 Myristicaceae

肉豆蔻 *Myristica fragrans* Houtuyn. 是产于荷属东印度及马来群岛的乔木, 其种子曰肉豆蔻(nutmeg; Muskatnuss), 子衣称为肉豆蔻花(mace; Muskatblüten), 用作芳香性健胃药, 矫味、矫臭药。在欧洲, 也作为香味料, 用于烹饪。含有多量的挥发油。

## ◆木兰科 Magnoliaceae

大茴香 *Illicium verum* Hook. 是产于中国南部的乔木, 与日本的樒同属。其果实称大茴香，曾经以供医药，但今则惟以作香料。含有约 5% 的挥发油，以阿内妥尔（Anethol，$C_{10}H_{12}O$）、萨夫罗尔（Safrol，$C_{10}H_{10}O_2$）等为主成分。日本的樒，果实的形状虽然酷似大茴香，但含有剧烈的有毒成分。

## ◆防己科 Menispermaceae

哥仑巴 *Jatrorrhiza palmata* Miers. 是产于阿非利加的东海岸的多年性蔓草，根曰哥仑巴根（columba root；Kolumbowurzel），用作苦味健胃药。含有派尔玛丁（Palmatin，$C_{21}H_{21}NO_4$）及其二三种盐基物。

汉防己 *Sinomenium acutum* Rehd et Wilson.（*S. diversifolium* Diels, *Cocculus diversifolium* Miq.）为自生于暖地的落叶藤本，根曰汉防己，云于关节痛风，神经痛有效（一日量 5~7 克，煎剂）。有效成分乃称为希那美宁（Sinomenin，$C_{19}H_{23}NO_4$）[49] 的盐基，近年提出之，用作注射药。

## ◆小檗科 Berberidaceae

南天烛 *Nandina domestica* Thunb. 为自生于山野，或被栽植于庭园的常绿灌木，初夏开白色的六瓣花，秋期结白色或红色的浆果。白色的果实称白南天，汉方以为镇咳药，用于喘息、百日咳等。含有著名曰陀美司谛辛·美细勒以脱（Domesticin-methyläther，$C_{20}H_{21}NO_4$）[50] 的结晶性盐基。这物质具有强烈的麻痹作用，显镇咳之效，向来仅由经验而知的药效，用今日之学术也很可以说明了。

---

49　近藤平三郎，落合英二，药志，五四九，九一三（1927 年）。后藤格二，铃木英雄，化志，五〇，五五六（1929 年）。

50　北里善次郎，药志，五三六，八四三（1926 年）。

### ◆毛茛科 Ranunculaceae

乌头 *Aconitum japonicum* Thunb. 是自生于山野的多年草，秋季开紫色兜状花。根称草乌头，含有亚科尼丁（Aconitin, $C_{34}H_{47}NO_{11}$）及别的两三种盐基物。有时也作为镇痉药，用于神经痛、关节痛风等，但因其有猛毒性，殊为危险，故今日几乎不复用。

亚科尼忒 *Aconitum napellus* L. 为产于欧美的多年草，根含亚科尼丁，像乌头一样，内服以治神经痛，关节痛风等，作为镇痉药。亚科尼忒根的毒性较弱于乌头。

黄连 *Coptis japonica* Makino. 是自生于山地的树阴，或被栽培于各地的多年草。根茎作为苦味性健胃药（一日量 15 克，煎剂），为日本药局方所收载，而于卖药，所用之量也很多。根茎除多量的培尔培林、派尔玛丁（Palmatin, $C_{21}H_{21}NO_4$）[51] 之外，并含有本植物特有的盐基物黄连宁（Worenin, $C_{20}H_{15}NO_4$）[52]、科卜替辛（Coptisin, $C_{19}H_{15}NO_5$）[53] 等。从成分看起来，这生药是和非洲产的哥仑巴根（同项参照）相当，可以代用的。

希特拉司忒 *Hydrastis canadensis* L. 是产于北美的多年草，根茎含有培尔培林、希特拉司丁（Hydrastin, $C_{21}H_{21}NO_6$）等的盐基。其越几斯有时也用于子宫出血等，为止血药，但现今则大抵只从中提出希特拉司丁来，酸化之，以制造希特拉司谛宁（Hydrastinin, $C_{11}H_{13}NO_3$）。希特拉司谛宁是有力的止血药。

芍药 *Paeonia albiflora* Pall. 为东部亚细亚的原产，而广被培养的多年草，初夏开红色或白色的美花。汉方以根为镇痉药，用于腹

51　村山义温，篠崎好三，药志，五三〇，二九九（1926 年）。

52　北里善次郎，药志，五四二，三一五（1927 年）。

53　北里善次郎，Proc. Imp. Acad. Japan, 2, 124（1926 年）。

痛及妇人诸病。

牡丹 *Paeonia moutan* Sims. 为中国原产的落叶灌木，栽植于庭园等处以供观赏之用。初夏开大形[54]的美花。药用的牡丹皮，便是采集其根皮，而加以干燥的。牡丹皮的佳香，由于一种石炭酸性酮类曰丕渥诺尔（Paeonal，$C_9H_{10}O_3$），经过数年之品，往往在那断口上，看见析出着微细的结晶。对于头痛、腹痛，以及妇人诸病，作为镇痉药，与芍药同为汉方医流所常用。用于卖药者也很多。

◆**商陆科 Phytolaccaceae**

商陆 *Phytolacca asinosa* Roxb. var. *csculenta* Makino.，（ *P. acinosa* Roxb. var. *Kämpferii* Makino.）为自生于山地，或被栽培的多年草，根以供利尿药。有效成分虽未详，但因为含有多量的硝酸钾，也许就为了那作用罢。

◆**苋科 Amaranthaceae**

牛膝 *Achyranthes bidentata* Blume. 为自生于原野及路旁的多年草，根称牛膝，汉方以作利尿通经药，也用于卖药。日本在奈良县下，栽培甚多，也从中国输入。

◆**藜科 Chenopodiaceae**

海诺波亭草 *Chenopodium ambrosioides* L. var. *anthelminticum* A. Gray. 是北美原产的多年草，夏日著绿色的小花。全草有特异的

---

54　现代汉语常用"大型"。——编者注

香气，加以水蒸汽蒸溜，则得 0.5 % 内外的海诺波亭油（American wormseed oil；Chenopodiumöl）。此油对于蛔虫、十二指肠虫等，是强有力的驱虫剂。大人量一日 0.2~1.0 克，服后经一点钟，须用下剂（蓖麻子油或仙那浸）。倘若下剂的奏效不良而被吸收，则呈不快的副作用，偶或竟至于成为聋子。海诺波亭油的有效成分，是称为亚斯卡力陀尔（Askaridol, $C_{10}H_{16}O_2$）的油状物质，乃构造式如下的一种过氧化物质，在植物化学上，属于稀有的例子。

$$CH_3-C \overset{\displaystyle CH = CH}{\underset{\displaystyle CH_2 - CH_2}{\big|\quad\quad\big|}} O - O - C - CH \overset{\displaystyle CH_3}{\underset{\displaystyle CH_3}{\big\langle}}$$

亚斯卡力陀尔在南美产 Monimiaceae 科的乔木植物（*Peumus boldus* Baill）的叶中，也被含有。在日本，则以三共制药会社发卖的"内玛妥尔"之名，为世所知。

海诺波亭草之栽培，现在以北美合众国的巴尔的摩尔市附近为中心，也输入于日本，但在内务省卫生试验所药用植物圃场的试验的结果，则也很能生育，含油率亦多。

◆ **蓼科 Polygonaceae**

何首乌 *Polygonum multiflorum* Thunb. 是自生于中国及日本各地的多年性蔓草，根称何首乌，汉方以为强壮药，谓有长生不老之效。约十年以前，在日本也非常流行。何首乌者，令何氏的发变黑之意，是起于"昔何公服之，白发变黑，故号何首乌"的故事的。

大黄 *Rheum tanguticum* Tschirch. 为生于中国西部的山岳地方的多年草，将根茎干燥而法制之者，曰大黄（rhubarb；Rhabarber），为各国药局方所收载，是重要的医药品，用作健胃（一日量 0.05~0.25

克）及缓下剂（一日量 0.5~2.0 克）。有效成分是克列梭方酸（Chrysophansäure，$C_{15}H_{10}O_4$）、遏摩亭（Emodin，$C_{15}H_{10}O_5$）等的养化一炭矫基安脱拉启农（Oxymethylanthrachinon）。

唐大黄 *Rheum undulatum* L. 是中国及西伯利亚原产的多年草，在日本亦有栽培。根茎曰和大黄，以代中国产的真正大黄，作健胃及缓下剂，又很用于卖药的原料。其缓下作用，比大黄更为缓和。有效成分也是养化一炭矫基安脱拉启农与大黄同。和大黄的主产地是奈良县。

### ◆白檀科 Santalaceae

白檀 *Santalum album* L. 是栽培于英属印度的小乔木，其木部用作薰香料，或加以水蒸汽蒸溜，制白檀油。白檀油（santal oil）是印度玛淑亚（Maysore）政府的专卖品，以"玛淑亚产白檀油"之名，为世所知。这是重要的治淋药，主成分乃称为珊泰罗尔（Santalol，$C_{15}H_{24}O$）的油状物质（含量 90％内外）。白檀油又用于肥皂等的原料。近年在市场上，出现了在西部澳大利亚由同科植物 *Fusanus spicatus* R.Br. 所得的所谓"西澳洲产白檀油"甚多，但在医疗上，是否和玛淑亚产白檀油功用相同，却还是一个疑问。油中含有珊泰罗尔及和这为异性体的孚赛诺尔（Fusanol）。

### ◆桑科 Moraceae

大麻 *Cannabis sativa* L. 是栽培于东印度的一年草，采其未熟的果实，以供药用。在日本，也以采其纤维（麻）为目的，而栽植之，但并不含有药用成分。在形态上，虽然和栽培于东印度者毫无差异，但也许是因了风土的关系，或者生理底变种之故罢。其中含有着具有催眠麻醉性的树脂，以作镇静催眠剂。因为和阿片一样，用为麻醉性吃烟料，故在国际间也管理其输出入，与阿片同。

霍布草 *Humulus lupulus* L. 是栽培于欧美诸国的宿根性蔓草，雌雄异株，夏时开花。将雌花穗在成熟的初期采集而干燥之，谓之霍布（hops；Hopfen），为酿造麦酒所必不可缺之品。除将特有的苦味与芳香，给与麦酒之外，还有帮助酵母作用，且使制品清澄之效。又，采集其附在雌花穗的苞上的腺体，则谓之霍布腺，偶亦用为健胃及镇静药。

## ◆壳斗科 Fagaceae

药没食子树 *Quercus lusitanica* Lamarck.（*Q.infectoria* Olivier）是产于小亚细亚的落叶乔木，春季，没食子蜂（*Cynips tinctoria* Olivier.）来刺伤本植物的嫩叶而产卵的时候，则和卵的孵化而稚蜂发育起来同时，也生出球状的虫瘿。称这为没食子（galls；Aleppogalläpfel），因其含有多量的没食子鞣酸（Gallus-gelbäure），故盛用于鞣皮工业、染织工业等。间亦以供药用，为收敛药。是和五倍子（参照盐肤木条）相当的生药。

## ◆胡椒科 Piperaceae

毕澄茄 *Piper Cubeba* L. 是自生，或被栽培于印度、爪哇等处的雌雄异株的蔓性灌木，采集其未熟的果实而干燥之，即曰毕澄茄，以作治淋药（一日量 15 克，舐剂）。含有 15% 内外的挥发油。

卡瓦卡瓦 *Piper methysticum* Forst. 是自生，或被栽培于坡里内西亚[55]（Polynesia）的多年草，作为制药原料，则大抵出于夏威夷。

根含树脂，有麻醉性，又有利尿之效。将本树脂溶解于白檀油中的新药，以"戈诺山""卡瓦珊泰尔"等之名在出售。坡里内西亚人以根为麻醉性的嗜好料，恰如酒和阿片；其吃法有种种，斐支、萨木亚群岛，是使未婚的处女啮碎其根，村人相聚而遍饮其混和了唾液的液汁。在坡那胚岛，则用石将根敲碎，而饮其榨汁。少顷觉醉，即或唱或跳，尽欢乐之极致，然后乃入甜梦。在那常习的人们，也起中毒症，与阿片同，是名卡瓦中毒症。这麻醉性成分是一种树脂，和阿片之为盐基物者不同。

## ◆三白草科 Saururacea

蕺菜 *Houttuynia cordata* Thunb. 为自生于路旁的多年草，初夏开花。民间采其鲜叶，揉之，用火略焙，以贴化脓，疮疖等；又谓有下毒之效，煎服以治淋病。本植物有特异的强烈的恶臭，但那臭气的本体，则未详。将这加以水蒸汽蒸馏，便得臭气全不相同的挥发油。

## ◆单子叶门 Monocotyledoneae
## ◆兰科 Orchidaceae

采配兰 *Cremastra appendiculata* Makino. 为自生于树阴的多年草，因其根茎含有多量的粘液，故以代欧洲所产的萨力普根（原植物 *Orchis Morio* L., *O. mascula*, L., 等）为粘滑药。

## ◆姜科 Zingiberaceae

郁金 *Curcuma longa* L. 为自生，或被栽培于台湾及别的热带地方的多年草，根茎呈鲜黄色。这称为姜黄（turmeric；Kurkuma），曾以供药用及染料，但现今则大抵仅用为食料品的著色料。即混和于加里粉，或加入于泽庵渍（译者按：日本的一种盐渍萝卜）。用作化学上试验纸的姜黄纸，便是将纸浸在姜黄的酒精浸出液里而成的。那黄色素，是称为库尔库明（Curcumin，$C_{21}H_{20}O_6$）的成分。

同属中还有名为"姜黄"（*C. aromatica* Salisb.）的植物，但其根茎，与郁金的根茎（也名姜黄）异，黄色淡，而芳香却强。

莪莸 *Curcuma zedoaria* Rosc. 是广被栽培于热带地的多年草，日本则栽植于鹿儿岛及冲绳县下。根茎作为芳香性健胃药，大抵用于卖药。含有约1%的挥发油。

生姜 *Zingiber officinale* Rosc. 为热带亚细亚的原产，而广被栽培于各地的多年草。其根气辛烈，有特异的芳香。辛味成分是称为精该伦（Zingeron，$C_{11}H_{14}O_3$）的结晶性物质。生姜用为香辛性健胃药，也以作调味料。

小豆蔻 *Elettaria cardamomum* Whit. et Maxton. 为栽培于英属印度的多年草，其果实曰小豆蔻（cardamoms；Cardamomen），种子有佳快的芳香。用作芳香性健胃药，以供芳香散、苦味丁几等的制剂原料。和汉药中，虽有缩砂（*Amomum xanthioides* Wall.）、伊豆缩砂（*Alpinia japonica* Miq.）、益智（*Zingiber nigrum* Gaertner.）等可以替代小豆蔻，但于气味芳香之点，皆远不如。小豆蔻含有约5%的挥发油，其主成分，是醋酸台尔比内阿尔（Terpineolacetat，$C_{10}H_{16}O \cdot COCH_3$）及契内阿尔（Cineol，$C_{10}H_{18}O$）等。

◆鸢尾科 Iridaceae

泊夫兰 *Crocus sativus* L. 为栽培于各地的多年草，晚秋之候，开淡紫色的美花。雌蕊入药，作为镇痉、通经剂（一日量 0.5 克），为民间所用，又于卖药原料，所消费也很多。主成分是亚法–克罗辛（$\alpha$-Crocin，$C_{43}H_{68}O_{25}$），培泰–克罗辛（$\beta$-Crocin），冈玛–克罗辛（$\gamma$-Crocin $C_{26}H_{32}O_5$）这三种黄色素。这色素，和胡萝卜（根）、栀子、酸浆、西红柿（果实）等的色素属于同类，通常称之为卡罗企诺易特色素。洎夫兰是明治十八年（译者按：一八八五年）才始传入日本的植物，但在经过了四十余年的今日，则年产额已达四十万圆，完全将输入品防遏了。洎夫兰是九月种植，十一月收获的，也可以种在桑圃的隙地里。一反步（译者按：约中国一亩二分弱）的收量约二斤半，一斤的卖价为三十圆（每年不同），现在在兵库、广岛、左佐贺这三县，栽培得最广。

### ◆石蒜科 Amaryllidaceae

石蒜 *Lycoris radiata* Herb. 为自生于各地的宿根草，秋分前后，开红色花。鳞茎中含有着称为里珂林（Lycorin，$C_{16}H_{17}NO_4$）的剧毒性盐基物，是可怕的有毒植物之一，但近年由森岛教授的研究，发见了里珂林的药理底作用，与吐根（同项参照）的有效成分蔼美丁相类似 [56]，从本植物的鳞茎制造了祛痰药在发卖了。但吐根和本植物，都是剧药，所以倘不是医生，来用是危险的事。凡有毒植物，若少许，大抵入药；而相反，虽是药，过量就一定成为毒物的。

### ◆百合科 Liliaceae

芦荟 *Aloe africana* Mill., A. *ferox* Mill., A. *succotrina* Lam. 这

---

56　森岛库太，《东京医事新志》，二四○二（1925 年）。

些植物，都产于阿非利加及西印度群岛，叶片肥厚，含蓄着多量的汁液。入药的芦荟（Aloe），是将那叶的汁液加以蒸发浓缩，作为越几斯，以为泻下药（一日量 0.1~1.0 克）。倘用至 0.5 克以上，则有峻下作用，同时也是通经药。泻下成分是称为芦荟英（Aloin）的养化一炭矫基安脱拉启农的一种。

铃兰 *Convallaria majalis* L. 是自生于欧洲及日本北部的多年草，初夏开钟状的白色小花，也被栽培以供观赏。将全草作煎剂，或作丁几，以为强心利尿药。有效成分是称为康代拉妥克辛（Convallatoxin）的结晶性的配糖体。这成分，在花中含得最多。

车前叶山慈姑 *Erythronicum japonicum* Makino. 是自生于山地的多年草，早春开紫色的美花。其根含有多量的淀粉，用以供"片栗粉"的制造原料。片栗粉品质佳良，但因价贵，故现今市贩品之称为片栗粉者，大抵是马铃薯淀粉。片栗粉也被收载于日本药局方，以为锌华淀粉的原料。

贝母 *Fritillaria verticillata* Willd. var. *thunbergii* Baker. 为中国原产的多年草，在日本则培植于奈良县吉野郡等地方。春日开碧绿色的钟状花。鳞茎称为贝母，汉方以为镇咳、解热药，又谓有催乳止血之效。含有莆里谛林（Fritillin, $C_{25}H_{41}NO_3$）及其他两三种盐基物。[57]

小叶麦门冬 *Ophiopogon japonicus* Ker. Gawl. 是往往栽植于庭园的多年草，初夏开紫色的小花。采须根的瘤起部而干燥之者，曰麦门冬，或曰小叶麦门冬，汉方中用为镇咳、解热、强壮药；虽现在，卖药中亦颇用之。大阪府三日市町，是著名的产地。*Liriope graminifolia* Baker. 的根，也用于同样的目的，为区别起见，称为大叶麦门冬。

海葱 *Scilla maritima* L.（*Urginea maritima* Baker.）是自生于地中海

57 福田昌雄，化志，五〇，七四六（1929 年）。

沿岸的多年草,将那地下茎的鳞叶,称为海葱(squill; Meerzwiebel),由此作海葱丁儿,以为强心利尿药。也用以作对于人体少有危害的杀鼠剂。有效成分是斯替林(Scillin)、斯替来英(Scillein)等物质。

## ◆天南星科 Araceae

半夏 *Pinellia ternata* Breit. 是自生于路旁,田圃上的多年草,初夏抽肉穗花序,包以黄绿的佛焰苞,在汉方上,根茎名曰半夏,为镇咳的要药,而尤常用于妊娠呕吐(恶阻)。在近时,医师的处方也颇应用了。有效成分未详。

## ◆棕榈科 Palmae

槟榔 *Areca catechu* L. 是马来地方的原产,而广被栽培于热带地方的常绿乔木。种子即槟榔子(areca nut; Arekanuss),含有亚利可林(Arecolin)及其他数种的盐基,用作绦虫驱除药(一回量4~5克)。热带地方的土人,有将石灰加于槟榔子,包以蒟酱(*Piper betle* L.)的叶而咀嚼之的风习,在这些人,说是肠寄生虫少,下痢也少有的,这是由于亚列可林和单宁的作用。

## ◆莎草科 Cyperaceae

香附子 *Cyperus rotundus* L. 是自生于海滨沙地的多年草,生在根茎上的瘤块,曰香附子,汉方以为妇人病的要药,用作通经及镇痉药。含有约1%的挥发油。

## ◆禾本科 Gramineae

薏苡 *Coix lacryma-jobi* L. var. *frumentacea* Makino. 为田圃中所栽植的一年草，从种子除其子壳，谓之薏苡仁，汉方常用为利尿及营养强壮药，薏苡仁是适宜地含有着蛋白质、脂肪、淀粉等的良好的营养品。在民间，也煎用之，谓有除疣之效云。

## ◆裸子植物亚部 Gymnospermae
## ◆麻黄门 Gnetales
## ◆麻黄科 Gnetaceae

麻黄 *Ephedra sinica* Stapf. 是生于中国腹地的雌雄异株的多年草，全形略似天花菜，叶很退化，作小鳞状，对生节上。初夏开小花。在汉方，麻黄乃发汗、镇咳的要药，古来常用为感冒药的葛根汤，便是配合了葛根、麻黄、桂枝、芍药、甘草、大枣的六味的。麻黄的有效成分是厄弗特林，又称麻黄精（Ephedrin, $C_{10}H_{15}NO$），这一种盐基物，为明治二十五年（一九○二年）故药学博士，理学博士长井长义氏所发见[58]。此后直到近年，盐酸厄弗特林不过用以为散瞳药，但自一九二四年 Chen, Schmidt 两氏[59] 的药理学底研究发其端，而作为呼吸镇静药的用途大开，尤其常用于气管支、喘息等，为内服（0.025~0.05 克），或注射药。厄弗特林的化学底构造，和从牛的副肾制出的亚特力那林（Adrenalin, $C_9H_{13}NO_3$）这一种高贵药相类似，那药理作用也相类似。

---

58　长井长义，药志，一二○，一○九（1892 年）；一三○，一一八六；一三九，九○一（1893 年）。

59　Chen and Schmidt：J. exp. Pharmacol. 24，339（1924）。

$$\text{HO}-\text{CHOH} \cdot \text{OH}_2\text{NH} \cdot \text{CH}_3$$

亚特力那林

$$\text{CHOH}-\text{CH}-\text{NH}-\text{CH}_3$$
$$|$$
$$\text{CH}_3$$

厄弗特林

亚特力那林不但价很贵，且是化学上极不安定的物质，水溶液一触空气，很容易便被养化，而且不适于内服，仅仅用作注射药（偶或用作吸入药）而已。而厄弗特林则是安定得多的物质，其长处在也宜于内服。于是三十年前由长井博士所发见的厄弗特林，现在已成为世界底的医药，从中国输出于英美德各国的麻黄之量，每年至数十吨了。

如上所述，在汉方，麻黄的茎叶是用为发汗、镇咳药的，但同时，那地下茎，则作为制汗药，而用于结核患者的盗汗等。就是，地上部和地下部的作用，是发汗和制汗，恰相反对，《本草纲目》亦云，"麻黄发汗之气，驶不能御，而根节止汗，效如应响，物理之妙，不可测度"。近年医学博士藤井美知男氏于麻黄地上部和地下部的生理作用的相反，已由动物试验给以证明了。[60]

麻黄的原植物，久用了 *E. vulgaris* Rich. var. *helvetica* Hook. et Thompson 这学名，但据近年 O. Staft 氏的研究，判明了汉药的麻黄，是和欧洲及印度产麻黄不同的新种，同氏已立了 *E. sinica* Stapf.[61] 的新名。由中国所输出的麻黄是同种之外，也混有 *E. equisetina* Bunge

---

60　藤井美知男，《满洲医学杂志》(此为日本杂志)，四，五六（1926年）。
61　O. Stapf: New Bulletin, 1927, 133.

的[62]。据 B. E. Reed 及刘汝强两氏[63]，则在原产地，称前者为草木麻黄，后者为木本麻黄，以为区别云。

## ◆球果门 Coniferae
## ◆松柏科 Pinaceae

桧 *Chamaecyparis obtusa* Sied. et. Zucc. 树干、根叶，皆含有1%内外的挥发油，其主成分，是称为卡地南（Cadinen, $C_{15}H_{24}$）的三二松油精。"滋育尔""渥勃泰尔"等新药，便是用本植物为原料的治淋药。

赤松 *Pinus densiflora* Sieb. et Zucc. 黑松 *P. thunbergii* Parl. 在树干上加以割伤，采集其渗出的粘稠液者，曰台列宾替那（terpentina; Terpentin），成于60%~80%的松脂，与20%~30%的挥发油即台列宾油，将这和水而蒸溜之，则从溜液[64]得台列宾油（译者按：或译作松节油），将残滓加热脱水者，曰珂罗孚纽谟（colophony; Goigenharz）。台列宾替那在树上自然干燥，失其挥发分者，便是松脂。台列宾替那及松脂，作为硬膏的基础剂，用途殊广；台列宾油于气管支炎、黄磷中毒等，为内服药，于肺坏疽，为吸入药。台列宾油有从空气中吸收酸素，而生过酸化物的性质，这过酸化物将黄磷酸化，成为无害的酸化物，便达了解毒的目的了。用于此种目的的台列宾油，愈旧愈佳者，即因为油愈陈年，含有过酸化物也愈多量的缘故。古来相传，松林能将空气净化，但从松树发散于空中的台列宾油，其量极微，不能视为能行这样的净化作用，但要之，台列宾油是具有这样的和别的挥发油有些不同的性质的。

---

62　刘米达夫，《植物研究杂志》，五，三二五（1928年）。

63　B. F Read, J. C. Liu: Journal of American Pharmacentical Association. 1928, 339.

64　现代汉语常用"馏液"。——编者注

高丽松 *Pinus koraiensis* Sieb. et Zncc. 是自生于朝鲜的常绿乔木。种子称海松子，以作滋养强壮药，含有 50% 内外的脂肪油。

◆**一位科 Taxaceae**

榧 *Torreya nucifera* Sieb. et Zucc. 是自生于山地的常绿乔木，其种子谓有驱除十二指肠虫之效云。含有多量的脂肪油。又，叶中含有挥发油，用于熏以驱遣蚊子。

## 二　无管有胚植物部 Embryophyta Asiphonogama

◆**石松门 Lycopodiales**

石松 *Lycopodium clavatum* L. 是自生于山地的常绿多年草，夏日生子囊穗。石松子便是采集了本种及同属诸种的胞子的东西；含有多量的脂肪油，具不吸收湿气的性质，专用以作丸药的衣。

◆**羊齿门 Filicales**

小齿朵 *Dryopteris crassirhizoma* Nakai. 是生于日本北海道及本州的山地的多年草，根茎用作绵马越几斯原料，为绦虫驱除药，以代欧洲产绵马根（D. filixmas Schott.）。有效成分是菲里辛（Filicin）、菲勒玛伦（Filmaron）等。

# 三　真菌植物部 Eumycetes

## ◆担子菌门 Basidiomycetes

落叶松蕈 *Polyporus officinalis* Fries. 是寄生于落叶松属（Larix）诸种的树干的菌体，含有亚喀里辛酸（Agaricinsäure，$C_{22}H_{40}O_7$），专以供那制造原料。亚喀里辛酸是用于结核患者的盗汗（一回量 0.005~0.01 克），作为制汗药的。

## ◆囊子菌门 Ascomycetes

麦角 *Claviceps purpurea* Tulasne. 世界各地无不广布，寄生于禾本科植物。那宿主，在欧洲是来麦（*Secale cereale* L.），在日本则大抵是鹅观草（*Agropyrum semicostatum* Nees.）。麦角（ergot；Mutterkorn）便是将发生于这些宿主的本植物的菌核（Sclerotium），加以干燥的东西，有子宫收缩、止血等的作用，作为阵痛促进剂，或于子宫出血等妇人科领域，是甚为重要的医药。阵痛促进剂者，倘若多量，即起流产及其他剧烈的中毒，所以在北海道的一部，曾经有因麦角繁殖于牧草上，而牛马流产甚多，蒙了损害的事。有效成分是亚戈妥克辛（Ergotoxin，$C_{35}H_{41}N_5O_6$）、亚戈泰明（Ergotamin，$C_{33}H_{35}N_5O_5$）等盐基物及其他的亚明盐基。因为麦角有经过一年，则成分分解，而不能使用之类的不便，故近来也制出了种种的代用药，但还因麦角有优于他物的特长，所以至今也还在使用。

麦角在日本，也到处自然地发生着的，然而所产不多，故从欧洲，尤其是从俄国输入。在欧洲，也大抵是采集着自生品，但人工培养，亦属可能，前年，维也纳的高等农业学校植物病理学教室的赫开教授（Prof. Hecke），曾将麦角的胞子，施行麦芽汁胶质的固形培养，开始从同教室供给颁布于大家了。[65] 在日本，大谷药学士也在试行麦角的人工底培养。[66]

## ◆不完全菌门 Fungi Impefecti

茯苓 Pachyma Hoelen Rumph. 是松树采伐后，经三四年，发生于土中的松根周围的不定形的菌体，大者直径至一尺，是名茯苓。汉方以为利尿药，又多用于卖药中。

## 四　红藻植物部 Rhodophyceae

鹧鸪菜 *Digenia simplex* Ag. 为沿着黑海流域，生于从台湾到九洲南部，土佐等的近海的红藻的一种，名鹧鸪菜，或曰海人草，可作蛔虫驱除药（一日量 10 克，煎剂）。这是并无副害，而却还确实的驱虫药，故尤宜于小儿。以此为原料，在日本发卖的制剂，有"玛克宁""提改宁""提改尔明""提改拉克辛"等，德国的有名的制药公司美尔克，则早就特地从日本运去了本植物，制造发卖着名曰"海尔米那尔"的驱虫药。

石花菜 *Gelidium amansii* Lamx. 为生于日本本洲沿海的海底岩石上的红藻的一种，由此以制造"寒天"（Agar Agar）。于寒天的制造，此外通常也混用 *Campylaephora hypnoides* J. Ag., Ceramium boydenii, Gepp. 及其他的红藻。法将原藻和略加硫酸或醋酸的水一同煮沸，

---

65　L. Hecke:Wiener Landw. Zeitg. 75，3（1923）；Bot Sbstr. 13，57（1924）.
66　大谷文昭，药志，五五四，三七六（1928 年）。

取滤过而得的粘浆，使之凝固，切作四角柱状（角寒天），或用寒天筛漉作丝状（细寒天），冬季置屋外，令冻结，然后借日中的暖气，使水分融解滴下，干燥起来。就是，寒天的制法，实不过是从粘浆分离其粘质物和水分的工程。日本所通行的冻制食品中，冰豆腐、冰蒟蒻、冰饼等，后来虽与水同煮，也不再成为原来的豆腐或蒟蒻，而惟独[67]寒天，却具有可逆性。寒天的成分，以称为该罗什（Gelose，$[C_6H_{10}O_5]n$）的炭水化合物[68]为主，因加水分解，而生糖曰格拉克妥什。寒天之于药用，有时以作缓下剂。"亚喀罗尔""沛忒罗尔亚喀"等新药，大抵是美国的制品，但也就是在寒天浆里，含有着流动巴拉芬，菲诺尔孚泰列英等的下剂，而且利用了寒天本身，也有缓下作用的东西。又于细菌培养基，也为必不可缺之品。包服散药的薄衣，大概是由淀粉质所制的，但三重县下所出的称为"小林药衣"之品，则以淀粉和寒天为原料。此外，在食品方面，如点心、甜酱、牛肉大和煮的罐头等，所用之量也很多。

---

67　现代汉语常用"唯独"。——编者注
68　现代汉语常用"碳水化合物"。——编者注

# 凡例

（1—2）（略）。

（3）凡生药之名，皆力举英德两国语，但化学底成分的名称，则因为英德两语，并无大差，所以大抵只举德国语，那读法也照德语的发音。

（4）文献则力举日文的最近之作一二种，因为倘有必要，便可以查考的缘故。

关于文献，所用的略字如下：——

药志══药学杂志。化志══日本化学会志。植研══植物研究杂志。

（5）读过本书后，倘欲调查其详细，则有下列的参考书：——

下山顺一郎著，朝比奈泰彦，藤田直市增补，生药学。

下山顺一郎著，柴由田桂太增订，药用植物学。

刘米达夫，木村雄四郎共著，邦产药用植物。

近藤平三郎，朝比奈泰彦，安本义久合编，第四改正日本药局方注解。

Gilg：Pharmakognosie.

Tschirch：Handbuch der Pharmakognosie.

Köhler：Die medizinische Pflanzen.

Kraemer：The Scientific and Applied Pharmacognosy.

日本刘米达夫原著

乐文摘译